河出文庫

ダーク・ジェントリー
全体論的探偵事務所

D・アダムス
安原和見 訳

河出書房新社

訳者まえがき

長年翻訳をやっているが、まえがきを書くのは初めてである。なぜいまになってそんなよけいなことをするのかというと、日本人にはあまりなじみのない（と思われる。おくわしいかた、ファンだというかたには申し訳ないが）コールリッジという詩人の作品が重要なモチーフになっているからだ。知らずに読んでもじゅうぶんに面白い作品ではあるが、知っていたほうがより楽しめると思うので、とりあえずその基礎知識だけ最初にご説明しておいたほうがよかろうと考えたしだいである。

サミュエル・テイラー・コールリッジ（一七七二〜一八三四）は、ワーズワースと並んで英国ロマン主義文学を代表する詩人である。さまざまな詩を書いているが、代表作として名高い（そして本書に関係のある）作品は、幻想性の強い二作「クーブラ・カーン」と「老水夫行」である。以下では、この二作について簡単に説明する。

コールリッジは一七九七年ごろ、いささか体調を崩して英国南西部の田舎家で静養していて、アヘンチンキ（このころ、アヘンは鎮痛薬・止《し》瀉《しゃ》薬などとしてごくあたりまえに処方されていた。コールリッジがとくべつアヘンの常習者、つまり麻薬中毒者だったというわけではないらしい）を服用していて不思議な夢を見た。それを書き留めたのが「クーブラ・カーン」だとコールリッジ自身が述べている。これは短い詩で、本文中に全文引用されているので内容については触れないが、ちょっとだけ解説しておくと、「クーブラ・カーン」というのはフビライ・ハンの英語ふうの表記であり、そして詩中に出てくる「ザナドゥ」というのは元の夏の都だった「上都」のことである。

この作品に関しては面白い故事があるので、ここでそれもご紹介しておく。コールリッジが夢を忘れないうちにと詩を書き留めていると、そこへポーロックという近くの町から客が訪ねてきた。しかたなく詩作を中断して応対していたが、やっと客が帰ってさて続きを書こうとしたら、夢の内容をすっかり忘れてしまっていた。「クーブラ・カーン」がかなり短く（全五十四行。日本人の感覚でいうと詩で五十四行はむしろ長いような気がするが、向こうでは「詩」と言ってもいろいろあって、物語詩などでは何百行にもわたるのがふつう）、またしり切れとんぼな作品になっているのはそのせいだという。これは英国ではひじょうに有名な話で、そのため「ポーロックからの客」と言えば「人の仕事（とくに芸術的な創作活動）を邪魔するいやなやつ」を意味するほどになっている。罪もないポーロックの住民のかたがたにはお気の毒な話である。

いっぽう「老水夫行」は六百二十五行におよぶ長い詩で、さすがにこれは本文中にもごく一部しか引用されていないので、以下に簡単に内容を説明しておく。

結婚披露宴に招待された三人の若者が会場に向かっていると、うちひとりが老水夫につかまってしまう。老水夫は長々と昔話を始め、若者はいやいやながらも逃げられず、その話を最後まで聞く破目になる。その昔話によれば、老水夫は若いころ、南へ向かう船に乗って赤道を越えて旅していたが、途中からアルバトロス（日本名「アホウドリ」。まぬけな名前でイメージがこわれるので、このまえがきでは「アルバトロス」で通す）がついてきはじめた。幸運の鳥だと水夫仲間は喜ぶが、なぜか若き日の老水夫はそのアルバトロスを射殺してしまった。するとそれからしばらくしてぱたりと風がやみ、船は暑い海で立ち往生することになる。海じたいがどろどろになって腐りだし、そこを足のあるぬるぬるしたものが無数に這《は》いまわっている。「これはアルバトロスの呪いだ、なにもかもおまえのせいだ」と老水夫は仲間たちに恨まれるが、その仲間たちはみなばたばたと死んでいき、最後にようやく船が動きだしたときには、生き残っているのは老水夫ひとりになっていた……

この「老水夫行」も英国ではたいへん有名な詩で、アルバトロスことアホウドリはそのせいでとばっちりを食らっている。アルバトロスといえば、凶事の起こる前触れだの障害物だの過去の罪業の烙印だのを意味する語になっているのだ。大きな美しい海鳥なのに、まことに気の毒な話である（もっとも、日本語の名前よりはましかもしれない。コールリッジが日本人だったらこの鳥は使わなかっただろう。アホウドリの呪いと言われてもぜんぜんこわくない）。

前置きが長いのはよくないのでこのへんでやめておくが、ダグラス・アダムスがこの二作をどう料理して作品に活かしているか、楽しみにお読みいただければ幸いである。

なお、コールリッジの詩は当然ながら翻訳もたくさん出ているので、まだお読みでないかたはこれを機会に手にとってみるのも一興ではないだろうか（じつは訳者もそのクチでした）。

ダーク・ジェントリー全体論的探偵事務所

母へ。
馬のところが気に入ったと言ってくれたから。

著者による注

本書に出てくるセント・チェッズ学寮《カレッジ》の物理的な描写のうち、少なくとも多少なりと具体的な部分については、私の記憶にあるケンブリッジ大学セント・ジョンズ・カレッジをあるていど下敷きにしているが、ほかのカレッジから適当に借用してきた部分もある。また現実には、サー・アイザック・ニュートンが住んでいたのはトリニティ・カレッジであり、サミュエル・テイラー・コールリッジが住んでいたのはジーザス・カレッジである。

つまりセント・チェッズ・カレッジは、完全に架空のでっちあげだということだ。本書に出てくる団体および人物に関して、現実の団体や人物——生死を問わず、あるいは幽霊になって夜中にさまっているとを問わず——との類似があったとしても、それはまったくの偶然である。

本書の原稿は、アップルのコンピュータ〈マッキントッシュ・プラス〉と〈レーザーライター・プラス〉プリンタで、ワープロソフト〈マックオーサー〉を使って書き、写植までやった。

こうして完成した原稿は、最終的に高解像度のテキストイメージを作成するため、〈グラフィクス・ファクトリー〉社（ロンドンSW3）で〈ライノトロン100（ライノトロニックの誤りと思われる）〉を使って印刷した。この段階の処理に関しては、アイコン・テクノロジー社のマイク・グローヴァーに助けてもらった。
最後に、スー・フリーストーンに特別な感謝を。本書を世に出すことができたのは彼女が守り育ててくれたおかげである。

一九八七年　ロンドンにて
ダグラス・アダムス

1

今回は目撃者はいない。

今回は、ただ死んだ大地と、雷鳴と、気まぐれに降りだす小雨があるばかりだ。小雨は北東から運ばれてくる。世界の重大事件はたいてい、北東からの小雨とともにやって来るような気がする。

前日と前々日の嵐も、先週の洪水も、いまは収まっていた。空はあいかわらず重たく雨をはらんでいるが、しだいに濃くなる夕闇のなか、実際にはぽつりぽつりと物憂く小粒が落ちてくるだけだ。

暗みいく平原を風が渡っていく。低い丘陵のあいだでまごまごし、浅い谷をあわてて吹き抜ける。その谷には、塔のような構造物がただひとつ、悪夢の泥に埋もれて立っていた。傾いて。

それは黒ずんだ塔の残骸だった。ここよりもっと毒々しい、地獄の穴から噴き出したマグマのようだ。なにかに――その大変な重量すら圧倒する、恐るべきなにものかに――のしかかられているかのように、おかしな角度に傾いている。はるかな昔に死んで、ここに屍《しかばね》をさらしているもののように見えた。

動くものは泥の川だけだ。谷底の塔のかたわらをゆるゆると流れていく。一マイルかそこら先で、この川は峡谷に落ち込んで地下に呑まれている。

しかし、闇が濃くなるにつれてわかってくるのだが、この塔は完全に死に絶えてはいなかった。その奥底で、ぼんやり赤い光がただひとつ揺らめいている。

その光はやっと見えるか見えないかで、と言っても、もちろん見る者がいるわけではない。目撃者はいない、今回は。しかし、ともあれそこに光はあった。数分ごとに少し強く明るくなっては、ゆっくり薄れてほとんど消えかける。それと同時に、低いすすり泣きのような音が風に乗って聞こえてくる。それがいわば慟哭《どうこく》のクライマックスに達したかと思うと、やはりまた力なく弱まっていく。

時が流れていく。やがてべつの光が現われた。より小さい、動く光だ。地面の高さに現われて、ときどき動きを止めながらも、ひょこひょこと塔のまわりを一周する。やがてそれは、影に包まれた人物——その光を持っているのがやっと見分けられる——とともに、ふたたび塔のうちに消えた。

一時間が過ぎた。そのころにはあたりは闇に没していた。世界は死に絶えたかのよう、黒一色の夜に塗りつぶされたかのようだ。

とそのとき、塔のてっぺん近くにまた光が現われた。先ほどより目当てありげに、力強く光っている。たちまちのうちにいつもの明るさのピークに達し、しかしそのままどんどん明るくなっていく。それとともに慟哭の声も高く大きくなっていき、やがて悲哀の絶叫に変わった。絶叫はあくまでも絶叫しつづけ、目もくらむ大音声となり、いっぽう光も耳を聾する真紅に輝きはじめた。

と、ふいにどちらも消えた。

ほんの一瞬、静寂の闇が訪れた。

塔の下、泥の奥底から、新たに驚愕《きょうがく》の白い光が膨れあがってきた。空は縮みあがり、泥の山は震え、大地と空は互いに怒鳴りあい、雲が恐ろしいピンクに染まり、それがとつぜん緑に変わり、しばしオレンジ色にたゆたっていたが、やがて光は沈んでいき、夜はようやく深く忌まわしい闇を取り戻した。もうなんの音もしない。かすかな水音が聞こえるだけだ。

しかし、朝になって昇った太陽はいつになく明るく輝き、その日はいつもとはちがっていた、というかちがうような気がした、というか、少なくとも多少はなにかのような気がするなにかがそこにいたとしたら、ちがうような気がしただろう。今日はいつもより暖かく、空気が澄んで明るいと。いままでよりずっと生命にあふれた日だと。谷間の無惨な残骸を横目に、澄んだ川が流れていく。

時が本気で流れはじめていた。

岩がちの高い崖のうえ、退屈した馬に電動修道士はまたがっていた。粗《あら》織りの頭巾の下から、まばたきもせずにべつの谷を見おろしている。その谷に関して問題を抱えていたのだ。

2

暑い日だった。からっぽの霞んだ空に浮かんだ太陽が、灰色の岩といじけて干からびた草に照りつける。動くものはない。修道士すら動かない。馬のしっぽは少し動いていた。小さく左右に揺れて、空気を多少はかきまわそうとしている。しかし、ただそれだけだった。それ以外は、なにひとつ動くものはない。

電動修道士は、食器洗い機やビデオデッキと同じく、労力節約の道具だった。食器洗い機は面倒な食器洗いを代わりにやってくれるから、人はわざわざ自分で食器を洗わずにすみ、ビデオデッキは面倒なテレビを代わりに見てくれるから、人はわざわざ自分でテレビを見なくてもすむ。電動修道士は代わりにものを信じてくれるから、人はいよいよ重荷になってくる仕事をしなくてすむ――つまり、世間的に信じて当然ということになっていることをわざわざ自分で信じなくてすむというわけだ。

ただあいにくこの電動修道士は故障していて、ほとんどでたらめになんでもかんでも信じるようになっていた。いまでは、ソルトレイク・シティの人でもとうてい信じられないようなことでも信じるようになっている（ソルトレイク・シティはモルモン教徒の作った都市）。もちろん、電動修道士はソルトレイク・シティなど聞いたこともなかった。またクインギギリオンという単語も聞いたことはなかったが、これはこの谷とユタ州のソルトレイク・シティとを隔てるだいたいのマイル数である。

この谷に関する問題とはこうだ。修道士はいま、この谷もこの谷にあるものもそのまわりのものも（修道士自身と修道士の馬も含めて）、すべて一様に薄いピンク色だと信じていた。おかげでものを見分けるのがいささか困難であり、したがってなにをするのもどこへ行くのも不可能、というか少なくとも困難で危険だった。だから修道士は動かず、馬は退屈しているのだ。馬はこれまでさまざまなばかげたことにつきあわされてきたが、これはそのなかでも飛び抜けてばかげているとひそかに思っていた。

修道士はこんなことをいつまで信じるつもりなのだろうか。

もちろん、修道士に関するかぎり、永遠にだ。山をも動かす信仰、というか少なくともありとあらゆる証拠に反して山がピンク色だと信じる信仰は、揺らぐことのない堅忍不抜の信仰であり、世界がたとえなにを投げつけてこようともびくともしない巌《いわお》のごとき信仰なのだ。ところで実際には、たいてい二十四時間ぐらいだと馬は知っていた。

それで、この馬についてはどうなのか。現実に自分の意見を持ち、ものごとを疑ってかかるこの馬は。馬にしては異常な行動ではないだろうか。これもふつうの馬ではないということなのか。

そういうわけではない。馬としては美形で立派な体格をしてはいるが、それでも完璧にふつうの馬だ。生命の存在する場所では、たいてい収斂《しゅうれん》進化の結果としてこういう生物が生まれてくるものである。馬はつねに、背中に乗っけている者よりはるかに多くのことを理解している。毎日べつの生物に一日じゅう背中に乗られていたら、その生物についてなんの意見も持つなというほうが無理だ。

そのいっぽう、毎日べつの生物の背中に一日じゅう座っていても、その生物についてこれっぽっちも意見らしきものを持たずにいるのはまったく簡単なことである。

電動修道士の初期のモデルが作られたとき、ひと目で作り物だとわかることが重要だと考えられた。本物の人間とまちがわれる危険があってはならない。ビデオデッキが一日じゅう、リビングのソファでごろごろしてテレビを見ていたらうれしい人はいないだろう。鼻くそをほじったり、ビールを飲んだり、ピザを注文したりされては困る。

そんなわけで、単眼《ひとつめ》の修道士が設計された。独創的なデザインで、しかも馬に乗るのに不都合がないというわけである。これは重要なことだった。人は、そして実際にはなんでも、馬に乗っているほうがまじめに見えるからである。そこで脚は二本ということになった。またがるのに便利だし、十七本、十九本、二十三本といった一般的な素数より安あがりだからだ。修道士の皮膚は紫ではなくピンクがかっていて、ぎざぎざがなくて柔らかくなめらかである。また口と鼻はひとつずつしかないが、その代わり目をもうひとつつけることになり、これでしめて目はふたつになった。外見はまったく変てこだったが、どんな突拍子もないことも信じる能力はじつに見あげたものだった。

この修道士が最初におかしくなったのは、一日にあまりに多くのことを信じさせられたからだ。というのはつまり、同時に十一のテレビチャンネルを見ていたビデオデッキに誤って交差接続されて、非論理回路が吹っ飛んでしまったのだ。言うまでもなく、ビデオデッキはただテレビを見ているだけで、見たものをすべて信じる必要はない。だからマニュアルはちゃんと読まなくてはいけないのである。

かくして、戦争は平和で善は悪で月はブルーチーズでできていてある私書箱に大金を送ることが神の御心だと信じまくった狂乱の一週間が過ぎたあと、全テーブルの三十五パーセントは両性具有だと信じはじめたところで修道士は故障した。修道士ショップの店員は、マザーボードを全取っ替えしなくちゃだめだと言い、しかし改良された新型の修道士プラスなら二倍もパワフルで、まったく新しいマルチタスク型の消極的能力機能を備えていて、十六ものまるで矛盾する思想を同時にメモリに記憶させてもいまいましいシステムエラーなど起こらないし、処理速度は二倍で、少なくとも三倍は舌がよくまわり、おまけに古いモデルのマザーボードを取り替えるより安い値段で一台まるごと買えると指摘してきた。

そんなわけで、話は決まった。

故障した修道士は砂漠に追い払われた。そこでなんでも好きなことを、たとえば自分は不当な扱いを受けたとか、そんなことを信じて過ごせというわけだ。馬は取りあげられずにすんだ。馬を作るには大して金はかからないからである。

何日も何夜も、修道士はそれを三日だとか四十三日だとか五十九万八千七百とんで三日だとかさまざまに信じていたが、ともかく砂漠をさまよい、岩や鳥や雲や一種の非実在巨大アスパラガスに単純な電気の信頼を寄せるうちに、ついにここ、高い岩山のうえで立ち止まった。見下ろす谷は、深く熱烈な修道士の信念にもかかわらず、ピンクではない。ピンクのピの字もない。

時は流れていく。

3

時は流れていく。

スーザンは待っていた。

待てば待つほど、ドアベルはますます鳴らなかった。そして電話も。腕時計に目をやった。もうそろそろ不機嫌になる正当な権利が認められるころだと思った。もちろんすでに不機嫌になってはいたが、それは言ってみれば彼女の個人的な都合だった。いまはもう、とっくの昔に彼の都合の時間に食い込んでいる。道路の混雑とか、不運が重なったとか、全般的なのろのろぐずぐずを考慮に入れても、ゆうに三十分は約束の時間を過ぎていた。ぎりぎりこの時間には出なければ間に合わないから、それまでに用意しておいてくれとしつこく言っていたくせに。

彼の身になにかあったのではないかと心配しようとしてみたが、そんなことは一瞬も信じられなかった。これまで彼の身になにかあったことなどない。そろそろあってもいいころではないだろうか。すぐになにか起こらなかったら、彼女が自分で起こしてやってもいい。なるほどそれも一案だ。

むしゃくしゃして肘《ひじ》掛け椅子にどさりと腰をおろし、テレビのニュースを見た。ますますむしゃくしゃした。リモコンでチャンネルを替えて、しばらくべつの番組を見た。なんだかよくわからなかったが、やはりむしゃくしゃした。

電話してみようか。とんでもない、電話なんかするもんですか。ちょうどこっちがかけたときに彼もかけようとしていて、それで通じないなんてことになるかもしれない。

こんなことを考えるなんて、自分で自分が信じられなかった。

まったくあいつ、いったいどこにいるんだろう。だいたい、彼がどこにいようがだれが気にするというのか。少なくとも彼女は気にしない、それはたしかだ。

もう三回続けてこれをやられている。立て続けに三回はもうたくさんだ。むかむかしてまたチャンネルを替えた。コンピュータについての番組をやっていた。コンピュータと音楽でできることの分野でなんだかすごい進歩があったとか。

もうたくさん。今度こそもうたくさんだ。ほんの数秒前にもうたくさんだと思ったのはわかっていたが、今度こそほんとうに最後の最後通牒《つうちょう》だ。

烈火の勢いで立ちあがり、電話のそばへ行き、険悪な表情のシステム手帳をつかんだ。手早くめくって番号を押す。

「もしもし、マイクル？　ええ、スーザンよ。スーザン・ウェイ。今夜ひまだったら電話してくれってあなた言ったじゃない、それでわたし、どぶに落ちて死んだほうがましだって返事したでしょ、憶えてる？　それでね、急に気がついたんだけど、今夜ひまなの。もう完璧に、徹底的に、百パーセントひまなの。それに数マイル四方どこを見てもちゃんとしたどぶもないし。チャンスがあるうちにチャンスをつかめっていうのがわたしからのアドバイスよ。三十分で〈タンジール・クラブ〉に行くわ」

靴を履いてコートを引っかけ、はたと今日は木曜日だと思い出した。留守番電話に超長時間録音用の新しいテープをセットしなくてはならない。その二分後には玄関の外へ出ていた。ついに電話が鳴ったとき、愛想よく返事をしたのは留守番電話だった。スーザン・ウェイはただいま電話に出ることができません。メッセージを残してくだされば、できるだけ早くこちらからご連絡します。たぶんね。

4

底冷えのする、昔ながらの十一月の夜だった。

月は陰鬱《いんうつ》に青ざめて、こんな夜に出てきたくなかったと言わぬばかりだ。しぶしぶ昇ってきて、半病人の幽霊のように漂っている。その月に輪郭《りんかく》を浮かびあがらせ、不健康な沼地からあがってくるもやにぼんやりかすみつつ、ケンブリッジ大学のセント・チェッズ学寮《カレッジ》の大小の塔がそそり立っていた。何世紀にもわたって無計画に建てられてきた建築物のむだ遣いのお化けだ。中世とヴィクトリア朝、オデオン座（パリの新古典主義様式の建築物）とチューダー様式がとなりあっている。このもやを通して見ているのでなかったら、とても同じ建物の一部とは思えなかっただろう。

そのあいだを人々が急いで走っていた。ぼんやりした光溜まりから光溜まりへ、震えながら、白い息の雲を残して。残された息は、背後の冷たい闇に包まれるように消えていく。

七時だった。人々の多くが向かっているのは、このカレッジの大食堂だ。大食堂は第一中庭と第二中庭を隔てて建てられており、暖かな光を不承不承に漏らしていた。そこへ、とりわけ不釣り合いなふたり組がやって来た。いっぽうは若い男で、長身で痩せぎす。分厚いダークコートで包まれていても、その歩く姿は恥ずかしがり屋の鷺《さぎ》にちょっと似ていた。

もうひとりは小柄で丸っこい体形で、そのじたばたぎくしゃくした身のこなしを見ていると、年とったリスが何匹も袋に詰め込まれてもがいているようだった。本人の年齢は、いくつだかまるで見当がつかない坂を越えたあたりで、どんな年齢をあげてもそれより少し老けて見える——ともかく、いくつだかさっぱりわからない。たしかに顔には深くしわが刻まれているし、赤い毛糸のスキー帽からのぞくわずかな髪は薄くて白く、どう整えられるかについては頑固に自分の意見を堅持していた。やはり分厚いコートにくるまっていたが、そのうえからひらひらのガウンをまとっている。それについているひどく色あせた紫の装飾は、ほかに例のない変わった教授職の記章だった。

歩きながら、しゃべっているのはもっぱらその年長のほうだった。途上の興味深い見ものを指さしてみせるのだが、暗すぎてどれひとつ見えなかった。若い男のほうは「ああ、なるほど」とか「ほんとですか。面白いですね……」とか「それは知りませんでした」とか「驚きましたね」とか言いながら、真剣に頭をこくこくやっている。

ふたりは大食堂の正面からではなく、中庭東側の小さな入口からなかに入った。入ると教官休憩室があり、黒っぽい鏡板張りの前室がある。カレッジの教官たちはそこに集まって、寒さに「ぶるるる」などと声をあげながら手のひらをこすりあわせ、教官専用の入口を通って広間に入り、それぞれハイテーブル（学長や教官たちの着くテーブル）に向かう。

遅くやって来たふたりは、急いでコートを脱いだ。しかし年長の男にとっては、これがそう簡単ではなかった。まず教授のガウンを脱がなくてはならないし、コートを脱いだらまたそのうえからガウンをはおらなくてはならない。それから帽子をコートのポケットに突っ込み、スカーフをどこへ入れようかと考え、それからしてこなかったことに気がつき、それからコートのポケットをあさってハンカチを取り出し、次にコートのべつのポケットを探って眼鏡を取り出し、最後にその眼鏡が意外にもスカーフで包まれていたことに気がつき、なんだやっぱり持ってきていたんじゃないかでも着けるのを忘れていたのだな沼地を渡る魔女の息のような湿った冷たい風が吹きつけていたというのに。

彼は若い連れをせき立てて、自分より先に広間に入らせた。盛大にしかめ面をされ眉《まゆ》をあげられても雄々しく立ち向かい、食前のラテン語の祈りを中断させつつ、ハイテーブルに残った最後の二席にふたりは腰をおろした。

今夜の大食堂は満員だった。毎年冬の数か月間は、ふだんより学部学生たちでいっぱいになるのだ。それより珍しいのは、ろうそくが灯《とも》されていたことだった。いまではよほど特別な夜にしか見られない風景だ。学生でいっぱいの長いローテーブルが二脚、ちらつく暗がりの奥にのびていた。ろうそくがついていると、人々の顔はふだんより生き生きしてくるし、抑えた話し声も、フォークやナイフやグラスのかちゃかちゃ鳴る音も、ふだんよりわくわくしているようだし、大広間の引っ込んだ暗がりには、この食堂が建てられてからの数世紀がすべて臨席しているように見える。ハイテーブルじたいは上座に、ローテーブルに直交するかっこうで置かれ、ほかより一フィートほど高くなっている。今夜は招待客接待《ゲスト・ナイト》の夜であり、ふだんより人数が多いためテーブルの両側に席が作ってあり、おかげで広間のほうに背を向けて着席している者も多かった。

「それで、マクダフくん」教授は、席についてナプキンをぱたぱた広げながら口を開いた。「また会えてうれしいよ。来てくれてよかった。この騒ぎがなんのためかはわからんが」と付け加えて、目を丸くして広間を見まわした。「このろうそくだの銀器だのなんだの。こういうのはたいてい、だれかやらなにかやらの記念で特別ディナーが出るときなんだ。もっとも、そのだれだかなんだかのことはだれも憶えちゃおらんのだがね、今夜はごちそうにありつけるというだけで」

　ちょっと口をつぐんでしばらく考えていたが、やがて続けた。「不思議なもんだね、料理の質は照明の明るさと反比例するような気がするよ。料理人の腕はどれぐらいあがると思うね、一日じゅうずっと真っ暗がりに閉じ込めておいたら。試してみる価値はあると思うな。このカレッジには、それに使えそうな地下室がいくつかあるし。いっぺん案内したことがなかったかな、なかなか立派なレンガ造りなんだよ」

　彼がこうしゃべっている横で、彼の客はいささか胸をなでおろしていた。いまのいままで、この客がだれなのかちょっとでも憶えているようなそぶりはいっさいなかったからである。アーバン・クロノティス教授こと勅任《ちょくにん》時間学教授、本人は「レジ」と呼ばれたがっているが、ともあれその記憶力は、かつて本人が言うところによればアレクサンドラトリバネアゲハ（世界最大の蝶）のようなものなのだ。つまり色鮮やかで、ひらひらとあっちこっちに舞い飛び、そして悲しいことに、いまでは絶滅に瀕《ひん》しているのである。

数日前に電話で招待してくれたときには、このもと教え子にぜひとも会いたがっているようだったのに、今夜リチャードが訪ねてみると（いささか遅れて来たのはたしかだが）、ドアをあけた教授は見るからに立腹していて、リチャードを見て驚いて目を丸くし、精神的な問題でも抱えているのかと問い詰めてから、彼がリチャードのカレッジ・チューターだったのは十年も前だとやんわりと指摘されてむっとした顔をし、リチャードがたしかに夕食に招かれてやって来たのだとやっと納得したら、とたんにこのカレッジの建築の歴史について早口に長々としゃべりはじめた。明らかに、頭のなかではまったく別のことを考えているのだ。

「レジ」は実際にはリチャードを指導したことはなく、たんにカレッジ・チューターだっただけだ。これは要するに、リチャードの生活全般の面倒を見、試験はいつあるか教えたり、薬物に手を出すなと言ったり、まあそういう役目である。そもそも、レジがだれかを教えたことがあるのか、というより、教えるとしたらなにを教えるのかまったくの謎だった。いったいどういう学問の教授なのか、控えめに言っても漠然としていたし、おまけに講義をせずにすますために、彼は単純にして由緒正しい手段を講じていた。つまり受講の条件として、三十年も前に絶版になったことを事実として知っている本ばかりを並べた長大な読書リストを渡し、学生たちがそれを見つけられないと癇癪《かんしゃく》を起こすのである。そんなわけで、彼の専門がどういうものなのか知っている者はだれもいなかった。言うまでもなく、問題の読書リストにあがっている本は、念のためにすべてとっくの昔に大学やカレッジの図書館から抜き取ってあり、したがって彼にはたっぷり時間が——つまりその、なにをやっているのかだれも知らないなにかをやる時間がたっぷりあるというわけだった。

リチャードはつねに、この変てこな老人とまずまず仲よくやっていたから、ある日勇気をふるって、勅任時間学教授というのは正確にはどういう職なのかと尋ねてみた。それは夏らしい明るい日、存在することじたいの喜びに世界がはち切れそうに見える、そんなある日のことで、レジもいつになくとっつきやすい雰囲気だった。カレッジの新旧の区画はカム川で隔てられているのだが、ふたりはその川にかかる橋を渡っていた。

「閑職だよ、まったくの閑職なんだ」レジはうれしそうに言った。「ささやかな報酬で、仕事量はごくわずか——と言うより存在しないというべきだね。おかげで、わたしはつねにほんの少し先んじていられる。つましくとも居心地のいい場所で生きていけるんだ。お勧めだよ」橋の縁《ふち》に身を寄せて、興味を惹かれたレンガを指さそうとする。

「でも、どんな研究をすることになってるんですか」リチャードは重ねて尋ねた。「歴史ですか。それとも物理学とか、哲学とか。なんなんです?」

「そうだね」レジはおもむろに口を開いた。「訊かれたから言うがね、この職はもともと国王ジョージ三世（在位一七六〇～一八二〇。晩年精神に異常をきたして皇太子が摂政を務めた）が置いた職なんだよ。ほら、ジョージ三世はいろいろ面白いことを考えていただろう。ウィンザー・グレート・パークの木の一本がじつはフリードリヒ大王だと信じていたりね。

ジョージ三世がじきじきに任命したから『勅任』というわけで、これはそう珍しくもないが、ちょっと異例だったのは、ジョージ三世じきじきの思いつきでもあったんだ」

カム川の水面に陽光が躍っている。ボートに乗った学生たちが、失《う》せろと互いに浮き浮き怒鳴りあっている。ひょろひょろの自然科学者たちが、何か月も屋内にこもって魚のように青白くなったあげく、やっと表へ出てきて陽光に目をしばたたいている。川岸を散歩するカップルたちは、なにもかもおしなべてすばらしいので有頂天になって、どうしても一時間屋内で過ごさずにいられなくなる。

「気の毒に、心の休まるひまがなかったんだ」レジは続けた。「ジョージ三世のことだよ。知ってるかね、あの人は時間に取り憑《つ》かれていたんだ。宮殿を時計だらけにして、しょっちゅうぜんまいを巻いていた。真夜中に起き出して、寝間着姿で宮殿じゅうふらふらして、時計のぜんまいを巻いてまわったりね。時間がちゃんと進むかどうかとても気にしておったんだ。いろいろ恐ろしい目にあってきたから、ちょっと油断したすきに時間が逆流して、また同じ目にあうんじゃないかとおびえていたんだよ。まことにもっともな話だ、とくに頭が完全におかしくなっていればね。満腔の同情をこめて言うが、あの人の頭がおかしかったのはまぎれもないからね、気の毒に。それでわたしが任命されて——というか、わたしのこの職が、この教授職が、わたしがいま光栄にもその地位にある職が——ええと、どこまで話したかな。ああそうだ、それでジョージ三世はこの、ええと、時間学教授という地位を作って、あることがあることのあとに起こるのになにか理由があるのか、そしてそれを止める方法があるのか研究させることにしたわけだよ。この三つの問いに対する答えは、順にイエス、ノー、可能性はある、だとすぐにわかったのでね、それでこれからは退職までずっと休暇みたいなもんだと気がついたのさ」

「前任の先生たちもですか」

「ああ、だいたい似たような考えだったよ」

「でも、だれがいたんですか」

「だれと言われてもね。まあその、もちろん立派な人たちだったよ。ひとり残らずね。また訊いてくれればこの次話してきかせよう。ほら、あのレンガを見てごらん。ワーズワースはあのレンガにへどを吐いたことがあるんだよ。大した男だった」

あれからもう十年も経つ。

その十年間に、なにか変化があったかとリチャードは広大な食堂を見まわした。そしてその答えはもちろん、まるで変化なし。暗い天井近くには、ちらつくろうそくの光にぼんやりと照らされて、肖像画が亡霊のように浮かんで見える。首相や大主教、政治改革者や詩人。この人々も、若いころにはあのレンガにへどを吐いたのかもしれない。

「そう言えば」とレジが言った。聞こえよがしのひそひそ声で、まるで女子修道院で乳首ピアスの話題を持ち出すかのようだった。「きみはこのごろ、大変な成功を収めたそうじゃないか。ついにやったね」

「えっ、いやその、ええ、まあ」リチャード自身、そのことにだれにも劣らず驚いていた。「じつはそうなんです」

テーブルのあちこちから、視線が突き刺さってくる。

「コンピューターだよ」ずっと向こうのほうで、だれかがばかにしたように隣席の客に耳打ちしている。刺さってきた視線がまたゆるみ、よそへそれていった。

「すばらしい」レジが言った。「わたしもうれしいよ。よくがんばったね」

「ちょっと訊くが」と彼は続けた。リチャードは最初気がつかなかったが、しかし教授はもうこちらに向かってしゃべっているのではなく、右手に顔を向けて、反対隣の人物に話しかけているのだった。「いったいなんのためなんだね、この」と大げさに手をふって、ろうそくやら銀器やらを指し示すと、「……こういうやつは」

その隣席の人物は、寄る年波にすっかりしなびていた。のろのろとこちらに顔を向ける様子は、こんなふうに死者のあいだから呼び出されて迷惑だと言わぬばかりだ。

「コールリッジさ」細いかすれ声だった。「コールリッジ記念晩餐《ばんさん》会だよ、知らんのか」またのろのろと首をまわしだし、ゆっくりと顔を正面に戻していく。この人物はコーリリイと言って、考古学・人類学の教授だった。あれは真剣な学問研究と思ってやっているのではない、子供のころを思い出して喜んでいるだけだ、と陰ではよく言われていたものだ。

「なるほど」レジがつぶやくように言った。「そうだったのか」それからまたリチャードに顔を向けて、「コールリッジ記念晩餐会なんだよ」ともとから知っていたかのように言った。「コールリッジもこのカレッジに属してたんだ」とややあって付け加える。「コールリッジ、サミュエル・テイラー、詩人だよ。聞いたことがあるだろう。これはコールリッジの晩餐会だったんだ。文字どおりの意味ではないよ、もちろん。そうだったらいまごろはすっかり冷めている」ちょっと口ごもる。「ほら、塩をどうぞ」

「えっ、どうもすみません、でもまだ結構です」リチャードは驚いて言った。テーブルにはまだ料理は出てきていない。

「いいから、ほら」と教授は言って、重い銀の塩入れを差し出してきた。

リチャードは面食らって目をぱちくりさせたが、内心で肩をすくめて、とろうと手を差し出した。ところがまばたきした瞬間、塩入れは煙のように消え失せていた。

彼は驚いてのけぞった。

「驚いただろう」レジは言って、右側の死人めいた人物の耳の後ろから、消えた塩入れを出してみせた。テーブルのべつのところで、驚くほど女の子っぽいくすくす笑いが起こった。レジは照れたように笑って、「人に嫌がられるくせなのはわかってるんだよ。わたしのやめたいことリストでは、煙草とヒルの次にあがってるんだがね」

これまた、昔と変わらないことのひとつだ。鼻をほじる人もいれば、通りで老婦人をぶん殴るのがくせの人もいる。レジの悪いくせは、変てこではあっても実害はない――

子供っぽい手品が大好きなのだ。リチャードは、初めてレジに会いに行ったときのことを思い出した。問題を抱えていたからだ――といってもごくふつうの苦悩で、周期的に学部学生がやられるやつ、とくにレポートを書かなくてはならないときにかかりやすい。しかし、そのときにはずっしりと重く苦しく感じられた。レジは椅子に腰かけて、リチャードの打ち明け話を眉間《みけん》にしわを寄せて熱心に聞いていた。ついに話が終わると、じっと考え込みながらしきりにあごをこすっている。ややあって身を乗り出し、じっと目をのぞき込んできた。

「たぶん、きみの問題は」彼は言った。「鼻のなかにクリップがどっさり入っていることじゃないかな」

リチャードは目を丸くしてレジを見返した。

「ちょっといいかね」レジは言い、デスクの向こうから手を伸ばしてきたかと思うと、リチャードの鼻からクリップ十一個のつながったチェーンを引っぱり出してきた。チェーンの端には小さなゴムの白鳥がついている。

「ああ、こいつが真犯人だ」と、その白鳥をつまみあげた。「こいつらはコーンフレークの箱についてきて、際限なく厄介《やっかい》ごとを引き起こすんだ。さて、話ができて楽しかったよ。またそういう悩みが出てきたら、いつでも遠慮なく訪ねてきなさい」

言うまでもなく、リチャードは二度と訪ねていかなかった。

リチャードはテーブルを見まわした。このカレッジで過ごしたころの顔見知りでもいないかと思ったのだ。

左側の二席離れたところに、リチャードの英語の指導教官だった教授がいた。しかし、向こうはまるで気づいた様子がない。これは無理もないことだ。ここで過ごした三年間、リチャードはたゆまぬ努力を続けてきた——あの教授と会わずにすますために。わざわざひげを生やして、別人のふりをしたことすら何度もあった。

その隣に座っていたのは、リチャードにはどうしても名前のわからなかった人物だった。というより、ほかのだれにとってもそれは同じだ。やせたネズミに似ていて、信じられないほど長くて骨張った鼻をしている——それはもう、ものすごく長くて骨張っているのだ。それどころか、例の問題になったキール（ヨットの船底から突き出すひれ状の構造）にそっくりだった。一九八三年のアメリカズカップで、オーストラリアの優勝に貢献したあれである（アメリカズカップは歴史ある国際ヨットレース。毎回アメリカが優勝していたが、一九八三年に初めてウイングキール（キールの底に大きな張出をつけ、安定性とスピードを高めたもの）を採用したオーストラリアが優勝した）。当時、あまりにそっくりなのでだれもが口々にそう言っていたが、もちろん本人の前ではべつだ。そもそも彼に面と向かってなにかを言う者はいなかった。

ひとりも。

ただの一度も。

初めて彼に会うと、その鼻に仰天するやら当惑するやらでだれも口がきけず、初めてのときがそれだったので二度めはさらに気まずくなり、以下それが続くわけだ。それがもう何年にもなり、いまでは十七年間そのままだ。そしてそのあいだずっと、彼は沈黙の繭《まゆ》にこもっていた。食堂では、彼の両側に塩と胡椒《こしょう》とマスタードのセットがべつべつに置かれるのがならわしになっていた。というのも、彼に塩をまわしてくれとはだれも頼めないし、彼の向こう側に座っている人にそれを頼むのはたんに失礼なだけでなく、その途中に彼の鼻があるせいでまったく不可能だったからである。

彼にはもうひとつおかしなところがあった。毎晩ずっと一連の動作をくりかえすのだ。左手の指を一本ずつ順番に動かしてテーブルを叩き、次は右手の指でそれをやる。ときどきはべつの部位でやることもあった。こぶしとか、ひじとかひざとか。食事のためにこの動作ができなくなると、代わりにまぶたをぱちぱちやりはじめ、ときどきは首をふったりもする。言うまでもなく、なぜそんなことをするのかだれしも不思議に思っているのだが、やはりどうしても訊くことはできないのだった。

その向こう側に座っている人物は、リチャードからは見えなかった。

そこで反対側に目をやると、レジの死人めいた隣人の向こうには、古典学教授のワトキンが座っていた。恐ろしく辛辣《しんらつ》な変人だ。分厚い縁無し眼鏡はほとんどガラスの立方体で、そのなかで彼の目は金魚のように別の生き物として生きているように見えた。鼻はまずまずまっすぐでふつうだが、その下にはクリント・イーストウッドと同じひげを生やしている。彼の目はいま、テーブルのまわりをするすると眺めまわしている。今夜話しかける相手を選ぼうとしているのだ。彼が獲物にしようと狙っていたのはゲストのひとり、任命されたばかりの〈ＢＢＣラジオ３〉の局長だった。向かいに座っているのだが、あいにくカレッジの音楽監督と哲学教授にもうつかまっていた。ふたりは「モーツァルトが多すぎる」という語句について熱心に説明して、このゲストを困らせている最中だった。ふたりに言わせると、この三つの単語（too much Mozart）の妥当な定義からして、この語句は本来的に自家撞着《どうちゃく》であり、したがってこのような語句を含む文章は無意味であると見なされるのであって、それゆえにいかなる番組編成戦略においても、それを支持する議論にこんな文章を使うことは推奨できないのである。気の毒なゲストはすでに、ナイフやフォークを力いっぱい握りしめはじめていた。救いを求めて左右に必死の視線を投げていたが、ワトキンの目にそれを留めるという過ちをおかした。

「初めまして」ワトキンは笑顔で愛想よく言って、とくべつ親しげにうなずきかけた。それから、いま来たばかりのスープ皿にガラス入りの視線を落とし、その位置から動かそうとしなかった。いまはまだ。少しじらしてやるのだ。救済の値段は、最低でも六回連続のラジオ番組の出演料ぐらいに吊りあげなくては。

　ワトキンの向こうに目をやったリチャードは、レジの手品が引き起こした女の子っぽいくすくす笑いの発生源を発見した。驚くまいことか、それは女の子だった。年齢《とし》は八つぐらい、ブロンドで、むっつりした顔をしている。座ったまま、ときどきテーブルの脚を不機嫌に蹴っていた。

「だれですか、あれは」リチャードは驚いてレジに尋ねた。

「だれがだれだって？」レジは驚いてリチャードに尋ねた。

リチャードは、女の子のほうにこっそり指を傾けてみせた。「女の子がいるんですよ」とささやいた。「すごく小さな女の子です。新しい数学の教授かなんかですか」レジはそちらのほうをのぞき見て、「これはこれは」と仰天して言った。「わたしが訊きたいよ。こんなことは前代未聞だ。なんともはや」

そのとき、この謎は〈BBC〉の男によって解明された。両隣の席から論理的なハーフネルソンをかけられていたのに、それをだしぬけにふりほどき、テーブルを蹴るのはやめなさいと女の子を叱ったのだ。それでテーブルを蹴るのはやめたが、今度はさらに猛然と脚を振りはじめた。せっかくの機会なのだから楽しみなさいと言われて、女の子は父親を蹴った。おかげでこの陰鬱な夜にちらと明るいものがひらめいたが、それも長続きしなかった。父親はだれにともなく、あてにならないベビーシッターについて短く思うところを述べたが、だれもその話題にはついていけなかった。

「ブクステフーデ（十七世紀の作曲家）は」と音楽監督がまたしゃべりだした。「もうとっくに注目されていていいころですよ。きっと、できるだけ早くこの状況をなんとかしたいとお考えでしょうね」

「ああ、その、そうですね」女の子の父親はスープをこぼしながら言った。「その、つまり……それはグルックとは別人ですよね」

女の子はまたテーブルの脚を蹴った。父親ににらまれると、頭をかしげて、声に出さずに口だけ動かしてなにかを尋ねた。

「まだだめだ」できるだけ声を抑えて叱った。

「いつならいいの」

「あとでな。もうちょっとしたら、たぶんね」

女の子はぶすっとして、また背中を丸めた。「いつもあとでばっかり」と口だけ動かす。

「かわいそうに」レジがつぶやいた。「このテーブルには、内心あの子の態度に共感しておらん教授はひとりもおるまいよ。ああ、ありがとう」スープが来て、レジはそちらに気をとられた。リチャードも同じく。

「それで」とレジが口を開いたのは、ふたりともスプーンを二度ばかり口に運んで、それぞれ独自に、これは美味炸裂《さくれつ》とは言えないという同じ結論に達したあとのことだった。「いまはなにをやっているんだね。コンピュータに関係しているなにかだそうだが、それに音楽にも関係してるとか。ここにいたころ、きみは英文学を勉強していたと思うんだが――と言っても、ひまなときだけだったようだがね」スープ・スプーンの縁越しに、リチャードを意味ありげに見やった。「いや、ちょっと待って」と、口を開くまも与えずにさえぎって、「たしかここにいたころから、きみはなにかのコンピュータを持っていたような気がする。あれはいつだったか、一九七七年かな」

「そうですね、一九七七年にコンピュータと呼ばれてた機械は、実際には電動そろばんみたいなしろものので、でも……」

「いやしかしね、そろばんをばかにしてはいけないよ」レジが言った。「慣れさえすれば、あれはひじょうに高度な計算装置なんだから。おまけに電気は食わないし、そこらにあるもので作れるし、大事な仕事の途中でいきなりピーと言って止まったりもしない」

「ええ、だから電動のやつはそもそも必要なかったわけですよ」とリチャード。

「それはそうだ」とレジは認めた。

「あのころのマシンにできることと言ったら、人間が自分でやったほうが倍も早くて、ずっと手間もかからないことばかりでした」リチャードは言った。「でもそのいっぽうで、わかりの悪い鈍い生徒を演じるのはとてもうまかったんです」

レジは面食らった顔をした。

「そんなニーズがあるとは知らなかったよ。いま座っているここからロールパンをひとつ投げれば、そういう生徒の十人には当たると思うがね」

「そうでしょうね。でも、見かたを変えてみてください。なにかを人に教えるのは、ほんとはなんの役に立つんだと思われます？」

この問いかけに、テーブルのあちこちからつぶやき声があがったが、それには共感と賛同がこもっているようだった。

リチャードは続けた。「つまりぼくが言いたいのは、なにかをほんとうに理解したかったら、いちばんいいのはそれを人に説明することだと思うんです。そうすると、いやでも頭のなかで整理しなくちゃなりませんからね。それで、教える相手がわかりが悪くて鈍い生徒であればあるほど、ものごとをどんどん単純な要素に分割していかなくちゃならない。そしてじつのところ、それこそがプログラミングの本質なんです。複雑なものごとを、頭の悪いマシンにも処理できるぐらい細かいステップに分けられたときには、こっちもまちがいなくかなりのことを学んでいる。教えるほうが、教わるほうよりたいてい多くを学ぶもんじゃありませんか。そうでしょう」

「そりゃそうだ。わたしの生徒たち以上に、なにも学ばずにいられたら奇跡だよ」テーブルのどこかから、低くうなるような声があがった。「前頭葉のロボトミー手術でも受ければべつだが」

「それでぼくは、タイプライターだったら二時間もあれば書けるようなレポートを、十六Kのマシンで書こうとして数日も悪戦苦闘してたんです。でも、こっちがなにをしたいと思ってるのかマシンに教えようとする、そのプロセスがすごく面白かったんですよ。ぼくは実質、ワープロをBASICで一から書いてたんです。単純な検索・置換を実行するのに三時間かかってましたけどね」

「そう言えば、きみは一本でもレポートを仕上げたことがあったかね」

「いえその、それらしいものは。ちゃんとしたレポートはぜんぜんでしたけど、でも書けなかったのにはすごく面白い理由があったんです。たとえば気がついたんですけど……」

そこで言葉を切って、彼は自分で自分を笑った。

「それにもちろん、ロックグループでキーボードを弾いてましたしね」と付け加えた。

「あれじゃ書けっこない」

「いや、それは知らなかった」レジが言った。「わたしには想像もつかないような暗い過去があったんだね。付け加えるなら、その恐ろしさはこのスープにまさるとも劣らんよ」ナプキンでごく慎重に口もとをぬぐった。「いつか厨房《ちゆうぼう》に行って話をしてこんといかんな。ちゃんとまともな部分をとっておいて、捨てるべき部分を捨てておるか確かめてこよう。それはそうと、ロックグループとはね。いやはや、これは驚いた」

「まったくです」リチャードは言った。「『そこそこうまいバンド《リーズナブリー・グッド》』を名乗ってましたけど、看板に偽《いつわ》りありってやつで。ぼくらとしては八〇年代前半のビートルズになるつもりだったんですが、金銭面でも法的な面でもすごくいいアドバイスをしてもらいまして、その点ではビートルズより恵まれてましたね。まあ要するに『やめとけ』って言われてやめたわけです。ぼくはケンブリッジを卒業してから三年間干上がってましたよ」

「しかし、その時期に一度わたしと出くわしたことがあったじゃないか」レジは言った。「あのときは、とてもうまくやってると言っていたよね」

「道路掃除夫としてはですよ。道路には恐ろしくゴミが落ちてましたから、あれで一生食べていってまだお釣りがくるほどでしたよ。だけど馘首《くび》になったんです。そのゴミを、別の掃除夫の担当区域に掃き出してたもんですから」

レジは首をふった。「その仕事はきみには向いてなかったね。いくらでも仕事はあるよ、そういうことをしてればどんどん出世できるようなのが」

「いくつかやってみたんですよ――どれもそう立派な職じゃありませんけど。でもどれひとつ長続きしませんでした。いつも疲れててまともにこなせなくて。居眠りしてるところを見つかってばっかりでしたよ。鶏小屋とかファイリングキャビネットにもたれかかって――なににもたれるかは、そのときの仕事しだいでしたけど。なにしろ、ひと晩じゅう起きてて、コンピュータに『目の見えない三匹のネズミ《スリー・ブラインド・マイス》（英国の童謡）』の演奏法を教えていたんです。それがぼくにとっては重要な目標だったもんで」

「そうだろうとも」レジはうなずいた。「ありがとう」と、これは食べ残しのスープ皿を下げにきた給仕に向かって言った。「どうもすまないね。しかし『スリー・ブラインド・マイス』だって？　なるほどなるほど。それじゃ、ついにそれに成功したわけだ。それで、いまは有名人になっているいうわけだね」

「ええまあ、それだけでじゃありませんけど」

「それはそうだろうね。しかし、それを持ってきてくれなかったのは惜しかったな。それがあれば、あの女の子も喜んだだろうに。なにしろ、いまはこんな退屈で無愛想な連中に囲まれてるんだから、『スリー・ブラインド・マイス』をちょっと演奏してやったら、ずいぶん気が晴れただろうと思うよ」身を乗り出して、右の席ふたつを飛ばして女の子をのぞき込んだ。いまもぶすっとして椅子に座っている。

「こんにちは」彼は言った。

女の子はびっくりして顔をあげたが、恥ずかしそうにうつむいて、また脚をぶらぶらさせはじめた。

「どっちのほうが嫌いかな」とレジは尋ねた。「ここのスープと、ここのじいさんたちと」

女の子は小さく、しぶしぶ笑って肩をすくめたが、あいかわらずうつむいている。

「賢いね、この段階でどっちとも決めないのは」レジは続けた。「わたしとしては、ニンジンがどうなってるか見てから判断したいところだな。この週末からずっとゆでてるんだが、まだゆで足りないんじゃないかと思うんだよ。あのニンジンよりまずいものがあるとしたら、それはワトキンだね。わたしたちのあいだに座ってる、変てこな眼鏡をかけたおじさんのことだ。そうそう、わたしはレジというんだ。時間があったら蹴飛ばしにおいで」

女の子はくすくす笑って、顔をあげてワトキンに目を向けた。ワトキンは身をこわばらせ、愛想のいい笑顔を作ろうとしてみじめに大失敗していた。

「やあ、お嬢ちゃん」彼はぎこちなく言い、女の子はその眼鏡を見て笑いをかみ殺すのに必死になっていた。そのためほとんど会話は成り立たなかったが、援軍を得た女の子はほんの少しだけ楽しそうな顔になり、父親はほっとして笑顔になった。

レジはリチャードにまた顔を向けた。いきなり、「先生にはご家族はいらっしゃるんですか」と訊かれたからだ。

「ええと……いないよ」レジは低い声で言った。「それはそうと、『スリー・ブラインド・マイス』のあとはなにがあったんだね」

「そうですね、簡単に言ってしまえば、ウェイフォワード・テクノロジーズで働くことになって……」

「ああそうか、有名なミスター・ウェイだ。どんな人だね」

　リチャードは以前からこの質問には少し閉口していた。たぶんあまりにしょっちゅう訊かれるからだろう。

「新聞雑誌に書かれてるより、よい人でもあり悪い人でもありますね。でもぼくはとても好きですよ。がむしゃらな人だから、ときどきちょっと腹が立つこともありますけどね、あの会社ができてまもないころからのつきあいなんですよ。あのころはぼくもあの人も一文なしだった。優秀な人です。ただ、電話番号は教えないほうがいいですよ。業務用の留守番電話を持ってればべつですけど」

「ほう、それはどうしてだね」

「ほら、しゃべりながらでないと考えがまとめられない人っているでしょう。彼もそうなんですよ。なにか思いつくと、だれかれかまわず話さなきゃいられないんです。それで、話を聞いてくれる人が手近にいないときは、近ごろじゃそういうことが多くなってるんですけどね、留守番電話でもかまわないんですよ。適当な人のとこへ電話をかけてしゃべりまくるわけです。彼の秘書のひとりなんか、彼が電話をしてそうな人たちから留守番電話のテープを回収して、そのテープ起こしをして整理して、ちゃんと文章にして翌日彼に渡すって、それだけを専門にやってるぐらいですよ。青いホルダーにはさんで」

「ほう、青いホルダーね」

「テープレコーダーに録音すればすむのに、どうしてそうしないんだと思います?」リチャードは肩をすくめて言った。

レジはちょっと考えて、「テープレコーダーを使わないのは、自分相手にしゃべるのがきらいだからだろうね。筋が通っているよ。いちおうね」

運ばれてきたばかりのペッパーポーク《ポール・オ・ポワヴル》をひと口ほおばり、しばらくもぐもぐやっていたが、静かにナイフとフォークをまた両脇におろし、さしあたっては取りあげようとしなかった。

「それで」とまた口を開く。「マクダフくんは、そこにどう関わってくるんだね」

「それはつまり、ゴードンに言われて、ぼくはアップルのマッキントッシュ用の大がかりなソフトウェアを書いたんです。財務関係のスプレッドシートとか、会計ソフトとか、そういうやつの、強力で使いやすくて、グラフィックを多用したやつ。具体的にはどういう機能を盛り込みたいのかって訊いたら、ゴードンはただ『なにもかもだ。あのマシン用に歌って踊れるビジネス・ソフトウェアの最高のやつが欲しい』って言うんですよ。

それでぼくは、そのときのちょっとした気分で、その言葉を文字どおりに受け取ってしまったわけです。

つまりその、どんなことでも数の組み合わせで表現できるじゃないですか。どんな地形の地図でもそれで描けるし、どんな動的なプロセスもモジュール化できるし——ともかくなんでもです。それで考えてみると、会社の会計って結局のところ、すべてただの数字の組み合わせでしょう。だからぼくは、そういう数字でなんでも好きなことができるような、そういうプログラムを書こうと思って本気でそれをやったわけです。棒グラフにしたければ棒グラフが描けるし、円グラフや散布図にしたければ、円グラフや散布図で表現できる。その円グラフがじつはなにを意味しているか悟られないように、ダンサーが飛び出してきて注意をそらすようにしたければそれもやってくれる。それとか、数字をたとえばカモメの群れに変身させて、その飛ぶフォーメーションとか、カモメの羽ばたきとかで、会社の各部門の業績を表現させたりもできるし、会社のロゴのアニメーションで実際になにかを表現するなんていうのも得意ですよ。

でも、いちばんばかばかしい機能は、会社の会計情報を音楽で表現したければ、それもできるってことなんです。ともかくぼくはばかばかしいと思ったんですけど、企業ではそれがめったやたらと受けちゃって」

レジは、フォークに刺したニンジンを目の前ですんなりとたたずませ、そのニンジン越しにリチャードに重々しい眼差しを向けた。しかし、口をはさもうとはしない。

「ほら、音楽はどんな面も数字の組み合わせっていうか、パターンで表現できるじゃないですか」リチャードはまくしたてた。「音の高さとか、音の長さとか、高さと長さのパターンとか……」

「メロディのことだね」とレジ。ニンジンはまだ動いていなかった。

リチャードはにっと笑った。

「メロディって言葉はぴったりですね。憶えときますよ」

「そうすればもっと説明しやすくなるだろうね」レジはニンジンを食べずに皿に戻した。

「それで、そのソフトウェアはよく売れたわけだね？」と尋ねた。

「国内ではあんまり。英国の会社では、たいてい年間会計は『サウル』の葬送行進曲（ヘンデル作曲、チャーチルの葬儀でも演奏された英国では有名な曲）みたいな音楽になっちゃうもんですからね。でも日本では、ネズミの群れみたいに客が群がったんですよ。それで陽気な社歌がどっさりできて。ただ出だしは調子いいんですが、批判的なことを言うなら、最後のほうはちょっと大声できいきい言ってる感じになりがちだったかな。アメリカではすばらしい売れ行きで、商業的にはそれが肝心なところですからね。ただ、ぼくがいまいちばん興味があるのは、このプログラムから会計を取り除いたらどうなるかってことなんです。ツバメの羽ばたきを表現する数字を、そのまま音楽に変えるんですよ。どんな音がすると思います？ ただ、キャッシュの音でないのはたしかだってゴードンは言うんですよね」

「それは面白そうだ」レジは言った。「じつに興味深い」ついにニンジンを口に放り込んだ。向こうを向き、身を前に乗り出して、新しい女友だちに話しかけた。「ワトキンの負けだ」と宣言する。「このニンジンは最低新記録を達成してしまったよ。すまんな、ワトキン。きみがどれだけ残念なやつでも、このニンジンにはとうていかなわんよ」

女の子はさっきよりずっと自然にくすくす笑い、笑顔でワトキンに目を向けた。ワトキンは上機嫌でやり過ごそうとしている。しかし、レジのほうへ泳がせた目を見れば、人をからかうのには慣れていても、からかわれるのに慣れていないのは見え見えだった。

「ねえパパ、もういいでしょ?」女の子は言った。わずかではあっても勇気が出てきて、ついでに声も出てきたようだ。

「あとにしなさい」父はまた言った。

「もうあとだよ。ずっと時間計ってたんだもん」

「そりゃ……」父親はためらったが、しまいに折れた。

「あたしね、ギリシアに行ったの」小さな、しかし畏敬のこもる声で女の子は切り出した。

「そう、ギリシアへね」ワトキンが小さくうなずく。「それはそれは。ギリシアのどこへ行ったの。それともあちこちまわったのかな」

「パトモス島」きっぱりと言う。「すっごくきれいだった。パトモス島は世界でいちばんきれいなとこだと思うの。ただね、フェリーがね、来るって言った時間に来ないんだよ。いっぺんも。あたし、時間計ってたんだ。おかげで飛行機に乗り遅れちゃったけど、でも気にならなかったよ」

「そうか、パトモス島か」ワトキンは、これを聞いて明らかに興奮していた。「いいかね、お嬢ちゃん、これは知っとかなくちゃいけない。ギリシア人は古典世界の文化を支配しているだけでは飽き足らず、今世紀最大の、ひょっとしたら唯一の、真に創造性と想像力に満ちた作品を生み出しているんだ。それは言うまでもなく、ギリシアのフェリーの時刻表だよ。あれこそほかに類例のない壮大な虚構だ。エーゲ海を旅行したことのある人なら、みんなそのとおりだと言うよ。うん、きっとそう言うと思う」

女の子は面食らった顔でワトキンを見た。

「それでね、壺を見つけたんだよ」

「たぶんなんでもないんですよ」父親が急いで口をはさんだ。「ほら、そういうものじゃないですか。初めてギリシアへ行くと、みんな壺を見つけたと思うでしょう。ははは」

だれもがうなずいた。それは事実だ。いまいましいが、事実にはちがいない。

「港で見つけたの」女の子は言った。「海に沈んでたの。ほら、なかなか来なかったから、くされフェリーが……」

「サラ！　そんな言葉を使うんじゃ……」

「パパが言ったんだよ。もっと汚い言葉も使ってたじゃん。パパがあんな言葉知ってるとは思わなかった。えっとそれでね、ここにはえらい先生がいっぱいいるんだから、あれが本物の古代ギリシアの壺なのか教えてもらえるんじゃないかと思ったの。とっても古い壺だと思うんだけど。ねえパパ、みんなに見てもらってよ」

父親はあきらめたように肩をすくめ、椅子の下でごそごそやりはじめた。

「お嬢ちゃん、知ってるかな」とワトキンが話しかけた。「黙示録はパトモス島で書かれたんだ。これはほんとだよ。書いたのが聖ヨハネなのは知ってるよね。聖ヨハネがパトモス島で書いたんだ。これはまちがいないと思うんだが、あれはきっとフェリーを待ってるあいだに書いたんだよ。うん、きっとそうだと思う。ほら、夢うつつみたいな感じで始まるだろう。時間をもてあまして退屈してくると、ああいう状態になるもんだからね。それでだんだん妄想が膨らんでいって、しまいには絶望の極に達するんだ。これはとても示唆に富んでいると思うね。それで作文を書いてみたらどうかな」と、女の子にうなずきかけた。

少女のほうは、気はたしかかという目でワトキンを見返した。

「ほら、これなんです」と父親が言って、テーブルにぽんと置いた。「ただの壺なんですよ。この子はまだ六つなんです」と苦笑しながら付け加えた。「そうだろう?」

「七つよ」とサラ。

壺はとても小さいもので、高さは十二、三センチ、本体はほぼ球形で直径は十センチほど、非常に細い二、三センチの首が突き出していた。その首と本体表面の半分ほどは、こびりついた泥に覆われていたが、壺の表面が露出している部分はざらざらしていて赤みを帯びていた。

サラはそれを取り、右側に座った教授の手にそれを押しつけた。

「あなたは賢そうだから」彼女は言った。「どう思うか教えて」

教授はそれを手に取り、いささか小ばかにしたようにひっくり返した。「この底面の泥をこそぎ落としたらどうかな」と冗談めかして言う。「きっと『メイド・イン・バーミンガム』と書いてありますよ」

「そんなに古いですかね」サラの父親がぎこちなく笑った。「あそこでなにかを作ってたのはもうずいぶん昔でしょう」

「それはともかく」と教授は言った。「わたしの専門じゃないので。分子生物学が専門なんですよ。どなたか興味のあるかたは?」

この問いかけは、熱のこもったどよめきに迎えられたとは言えなかったが、それでも壺は手から手へ渡されてテーブルの向こう端をのろのろと移動していった。牛乳壜の底のような眼鏡越しに見つめられたり、角縁眼鏡を通してのぞき込まれたり、半月形のレンズのうえから眺められたり、べつのスーツのポケットに眼鏡を入れっぱなしにしてきて、いまそのスーツがクリーニングに出されていはしないかと気もそぞろなだれかに目を細めてにらまれたりしていたが、それがどれぐらい古いものかわかる者も、それを大いに気にしている者もいないようだった。幼い少女はまた、しだいにしょげた顔になっていく。

「気の滅入る連中だ」レジはリチャードに言うと、銀の塩入れをまた手に取って持ちあげた。

「お嬢ちゃん」と、身体を乗り出して話しかけた。

「やれやれ、勘弁してもらいたいよ」老考古学者のコーリイはつぶやき、椅子に深くかけなおして両手で耳を覆った。

「お嬢ちゃん」レジは重ねて言った。「ほらご覧、これはただの銀の塩入れだよ。それとこちらはただの帽子だ」

「帽子なんか持ってないじゃない」女の子がむっつりと言う。

「ああ」とレジ。「ちょっと待ってて」立ちあがり、毛糸の赤い帽子を取ってきた。

「ほら、これをご覧」彼はまた言った。「これはただの銀の塩入れで、こっちはただの毛糸の帽子だ。そこで、こうして塩入れを帽子に入れて、その帽子をお嬢ちゃんに渡すからね。この手品がこれからどうなるかは……お嬢ちゃんしだいなんだよ」

隣のふたり――コーリイとワトキンを飛ばして、彼は帽子をサラに渡した。帽子を受け取り、サラはなかを見た。

「どこに行ったの？」帽子のなかをのぞきながら尋ねた。

「お嬢ちゃんの置いたところさ」とレジ。

「ふうん」とサラ。「そうなんだ。でも……そんなにすごい手品じゃないね」

レジは肩をすくめた。「ささやかな手品だけどね、これが楽しみなんだよ」と言って、またリチャードに顔を向ける。「さてと、なんの話をしていたんだったかな」

リチャードは、その顔を見て軽いショックを覚えた。この教授の気分がくるくる変わるのは昔からだが、さっきまでの温もりが一瞬にしてすべて消え失せたかのようだった。いまはまた、心ここにあらずという表情を浮かべている。今夜初めて部屋を訪ねていったとき、彼はリチャードが来るのを完全に忘れていたようだったが、あのときに見たのと同じ表情だ。そこで、リチャードがぎょっとしているのを感じとったらしく、レジは急いで笑《え》みを組み立てなおした。

「やあやあ！」彼は言った。「やあ、きみ、やあ！　わたしはなにを言ってたんだっけ」

「えっと、『やあやあ』とおっしゃってました」

「ああ、でもそれはなにかの序曲だったような気がするんだが。きみがいかにすばらしい人物かという主題《テーマ》の短いトッカータ（十六世紀から十八世紀にかけて流行した鍵盤楽器用の技巧的な短い曲。初期には合唱前などに音合わせ的な意味で演奏された）みたいなもので、わたしが言おうとしていた主たる話題の導入部だったというか。わたしはなにを言おうとしていたんだと思うね」

「わかりません」

「そうか。まあ、それは喜ぶべきことなんだろうね。わたしがなにを言おうとしているかみんなが先にわかっていたら、それをわざわざ言う意味がなくなってしまう。さて、われらが若きゲストの壺はいまどうなってるかな」

おりしも、壺はワトキンまでまわってきていた。自分の専門は、古代人が酒を飲むために作った道具のほうではなく、それで飲んだ結果として書いたものだけであると彼は公言し、その知識と経験の前にわれわれがひれ伏すべき人物はコーリイであると言って、彼に壺を渡そうとした。

「いま言ったとおり」と彼はくりかえした。「その知識と経験の前に、われわれがひれ伏すべき相手はあんたなんだ。ほら、頼むから耳から手を離して、これをちょっと見てくださいって」

穏やかに、しかし有無を言わさず、彼はコーリイの右手を耳からひっぺがし、状況をもういちど説明して、壺を手渡した。コーリイはぞんざいに、しかし明らかに専門家の目でその壺をあらためた。

「そうさな」彼は言った。「二百年ほど前のものだと思うね。じつにお粗末《そまつ》だ。この手のものとしてはきわめて雑な作りだね。なんの価値もないよ、言うまでもないが」

ふんぞりかえって壺をテーブルにおろすと、なぜだか彼に腹を立てているらしい愉快な一座に目をやった。

サラへの効果はてきめんだった。すでにがっかりしかけていたのが、これで完全にしょげかえってしまった。唇をかみ、椅子の背にどさっと寄りかかる。またすっかり自信をなくして場違いだと感じていた。父親はそのお行儀の悪さにこわい顔をしてみせ、また娘に代わってみなにあやまった。

「それはそうと、ブクステフーデでしたね」彼は急いで言った。「そうそう、ブクステフーデだった。なんとかならないか調べてみますよ。それで……」

「お嬢ちゃん」とさえぎる声は、驚愕にかすれていた。「お嬢ちゃんはまちがいなく魔法使いだ。超自然的な力の持主だ！」

全員の目がレジに集まった。これ見よがしに壺を手に持ち、飛び出しそうな目でなかをのぞき込んでいる。その目をゆっくり女の子のほうに向けた。恐るべきライバルの実力を初めて値踏みする人のように。

「いや、恐れ入りました」ささやくように言った。「お嬢ちゃんのような力を持つ人の前では口をきくのも畏《おそ》れ多いが、魔術の最高のわざをなし遂げたことに、失礼ながらお祝いを申し上げたい。それをこの目で見られて、わたしとしては光栄の至りだよ！」

サラは目を丸くしてレジを見つめている。

「ここの人たちに、お嬢ちゃんの魔法を見せてやってもいいかな」レジは真剣に尋ねた。

サラはごく小さくうなずいた。もとは宝物だった彼女の壺、いまでは哀れにも落ちぶれてしまった壺を、彼はテーブルに強く叩きつけた。まっぷたつに割れて、片方は倒れ、もう片方はそのまま立っている。

サラは目をみはった。汚れて変色してはいたが、明らかにそれとわかる、このカレッジの銀の塩入れが、壺の残り半分のなかに詰まって立っていたのだ。

「またこんなばかなことを」コーリイがぼそりと言った。

この安っぽい手品に、あちこちから非難の声があがった――そのどれひとつ、サラの目の驚嘆の光を陰らすことはなかった――が、それが収まったところで、レジはリチャードに顔を向けて、なにかのついでのように言った。

「ここにいたころ、きみが仲よくしていたあの友だち、あれはなんと言ったかな。いまも会うことがあるかね。みょうな東欧ふうの名前の。スヴラドなんとか。スヴラド・チェッリだ。憶えているかね」

リチャードはしばしぽかんとしてレジの顔を見た。

「スヴラドというと……ああ、ダーク、ダーク・チェッリのことですね。いいえ、ぜんぜん連絡はとってません。街で二、三度出くわしたことはありますけど、それだけです。ときどき名前を変えてるみたいですよ。あいつがどうかしたんですか」

5

岩がちの高い崖のうえ、電動修道士にあいかわらずまたがられたまま、馬は静かに文句も言わず発狂しつつあった。粗織りの頭巾の下から、修道士はまばたきもせずに足もとの谷を見つめている。その谷に関して修道士は問題を抱えていたが、その問題は新しい、そして彼にとってはあってはならぬ問題だった。というのも、それはこれ——疑いだったからだ。

いつも長くは続かないのだが、それに取り憑かれているあいだは、存在の根幹がむしばまれることになる。

暑い日だった。からっぽの霞んだ空に浮かんだ太陽が、灰色の岩といじけて干からびた草に照りつける。動くものはない。修道士すら動かない。しかし、その頭脳のなかでは、奇妙なものごとがシューシュー音をたてはじめていた。ときどきあるのだが、インプット・バッファを通過したデータの一部が、誤ったアドレスに送られるとこういうことになる。

しかしそのとき、修道士は新たな信仰に目覚めはじめていた。最初はちらちらといまにも消えそうだったが、やがてそれは巨大な目もくらむ白光となって、それまで信じていたことをすべて（谷がピンクだというばかげたやつも含めて）くつがえした。この谷のどこか、いまいるところから一マイルほどのところに、まもなく不可思議な扉が開く――修道士はいまではそう信じていた。その扉は奇妙な遠い世界に通じていて、その気になればそこへ行くことができる。なんと驚嘆すべき妄想だろう。

しかしさらに驚嘆すべきことに、このときにかぎっては、この妄想は完全に正しかったのだ。

馬は、なにかが起こりそうな前兆を感じとった。耳をそばだて、かすかに首をふった。ずっと岩ばかり見ていたせいで一種のトランス状態に落ち込み、自分でも危うくそれがピンクだと信じそうになっていた。馬はもう少し強く首をふった。

手綱《たづな》が軽く引かれ、修道士のかかとに突つかれて、馬は歩きだした。岩だらけの斜面をそろそろと降りていく。楽な道ではなかった。岩の多くはもろい頁岩《けつがん》――もろい灰褐色の頁岩で、ときどきそのうえに緑褐色の草が危なっかしくしがみついている。その色彩に気づいても、修道士は気まずさは感じなかった。以前より成熟して知恵がつき、子供っぽい執着の段階は卒業したのだ。ピンクの谷だの、両性具有のテーブルだの、あれはみんな、真の悟りに至る途上でだれもが通過する段階にすぎなかったのだ。

太陽が容赦なく照りつけてくる。修道士は顔の汗をぬぐい、埃《ほこり》をはらって、馬の首に覆いかぶさるように身を乗り出した。ちらつく陽炎《かげろう》を通して谷底のほうをのぞき込み、地面から突き出す大きな岩を見やった。あそこだ、あの岩の陰だ、と修道士は思った——というより、その存在の核の奥底から熱烈に信じた。あそこに扉は出現する。目の焦点を合わせようとしたが、陽炎で視界が揺らめいてぼやけ、細かいところはよく見えない。

鞍《くら》に座りなおし、また馬の腹を蹴ろうとしたところで、ふいに奇妙なことに気がついた。

わりあい平板な岩壁が近くにあって——というより目の前にあって、いままで気づかなかったことに驚いたほどだったが、その岩壁に大きな絵が描かれている。稚拙《ちせつ》な絵だったが、筆の運びに一種独特な雰囲気があって、とても古いもののようだった。ひょっとしたら、とてつもなく古いものかもしれない。色はあせ、あちこち欠けたり剝がれたりしており、なにが描かれているのかろくに見分けられなかった。修道士はその絵にもう少し近づいてみた。原始時代の狩猟の場面のようだ。

手足が何本もある紫色の生物の集団は、明らかに原始時代のハンターだ。粗末な槍《やり》を持って夢中で獲物を追いかけている。獲物は厚い外被に覆われた角のある大きな生物で、すでにこのハンターたちの槍で傷ついているらしい。色はいまではすっかりあせて、ほとんど残っていないに等しい。というより、はっきりわかるのはハンターの歯の白さだけだった。白く輝いて、何千年、何万年もの歳月にもその光沢は失われていない。それどころか、修道士自身の歯のほうが見劣りするぐらいだった。こちらは今朝磨いたばかりだというのに。

修道士はこういう絵を前にも見たことがあるが、それは写真やテレビで見ただけで、生《なま》でじかに見るのは初めてだった。ふつうは洞窟のなかで見つかるものだ。洞窟なら雨風から守られているからいいが、そうでなければ残っていないだろう。

岩壁のまわりの状況を少し注意して眺めてみると、厳密には洞窟ではないが、うえに大きな岩が張り出していて、雨風からはよく守られているのがわかった。それにしても、これほど長く消え残っているとは不思議だ。さらに不思議なのは、まだ発見されていないらしいということだった。いま残っているそういう洞窟壁画はすべて有名だから、どんな絵か修道士もよく知っている。しかし、これは初めて見る絵だった。

ひょっとしたら、これは劇的にして歴史的な大発見かもしれない。ひょっとしたら、都市に戻ってこの発見を発表すれば、やっぱり新しいマザーボードがもらえて、もっとまともなことを信じさせてもらえるかも——もっとまともな、なにを？　修道士ははたと考え込み、まばたきをし、頭をふって、一時的なシステムエラーを解除した。

彼はとつぜん立ち止まった。

扉の存在を信じている。あの扉を見つけなくてはならない。扉は出口だから、そこを抜ければ向こうには……向こうには……

あの「扉」は「出口」だ。

これでよし。

答えがわからないものごとを相手にするときは、「　」に入れてしまえばうまく行くものなのだ。

きびきびと馬の首をめぐらして、前方へ、谷底へ向かって進ませた。さらに数分間、足場の悪い道を苦労して進んだすえに谷底にたどり着いた。修道士は、そこでしばしうろたえた。褐色にひび割れた地面に、細かい埃がうっすらと積もっていたのだが、それがなんと、ひじょうに薄い茶色がかったピンク色だったのだ。川岸ではそれがとくに顕著だった。川といっても、のろのろと泥水が細く流れているだけだ。雨の季節にこの谷を流れる川のなごりである。修道士は馬をおり、ひざをついて、ピンクの埃にふれ、指のあいだからこぼしてみた。とても細かく、柔らかく、肌にこすりつけると快《こころよ》かった。色はほとんど同じだったが、埃のほうがやや白っぽいかもしれない。

馬が彼を見ていた。いまさらのように気づいたが、馬はきっとのどがからからにちがいない。彼自身ものどがからからだったが、これまで考えないようにしていたのだ。鞍につけた水筒《すいとう》を外した。情けないほど軽い。ふたをねじってあけ、ひと口飲んだ。それからお椀《わん》形にした手のひらに少しこぼして、馬の口もとに差し出した。大きな音を立てて、あっというまにすすり込んでしまった。

馬はまた彼を見た。

修道士は悲しい気持ちで首をふり、水筒にふたをしてまた鞍に取りつけた。事実や論理的な情報を処理する脳の小さい部分では、水はもう長くはもたないし、水がなくなったらかれらももたないとわかっていた。それでも前進するのはひとえに「信仰」のゆえであり、いま彼が信じているのは「扉」だった。

粗織りの修道服からピンクの埃を払い落とし、立ちあがって大きな岩に目をやった。もう百メートルと離れていない。それを見ていると、ほんの少し、かすかな戦慄を感じないではなかった。頭脳の大半の部分は、永遠の揺るぎない信仰にどっしりと満たされている。あの岩の陰に「扉」はあり、その「扉」は「出口」なのだ。しかし脳のなかの小さな一部、水筒のことを理解している部分は、過去の失望を思い出さずにはいられず、蚊の鳴くような、しかし耳障りな警報を発していた。

自分で「扉」を見に行くのをやめれば、永遠に信じつづけることができる。その信仰は一生の要石になるだろう（残り少ない一生だけどな、と水筒のことをわかっている部分が言った）。

いっぽう「扉」を拝《おが》みに行ったとして、そこにそれがなかったら……そのときはどうなる？

馬がじれったそうにいなないた。

もちろん、その答えは単純明快だ。まさにその問題に対処するために、彼には専用の回路基板が備わっている。というより、これこそ彼の中核的な機能なのだ。事実がどうであろうと、彼は信じつづける。「信じる」とはまさにそういう意味ではないか。

扉がそこになかったとしても、やはり「扉」はそこにあるのだ。

彼は気合を入れなおした。「扉」はある。だからいますぐ行かねばならぬ。なぜなら「扉」は「出口」だから。

今度はもうまたがらず、彼は馬を引いて歩きだした。「出口」はすぐそこだし、「扉」の御前に馬で乗りつけるような傲慢不遜《ごうまんふそん》なまねはできない。

堂々と胸をはって、悠然と彼は歩を進めた。地面から突き出す岩に近づいていく。たどり着いた。向こう側にまわった。顔をあげた。

そこに「扉」はあった。

馬は、これは言っておかなくてはならないが、たいへん驚いた。

修道士は畏怖と困惑にひざが崩れた。すでに習い性になっている失望に備えて覚悟を固めていたために、自分ではけっして認めないだろうが、こんな事態はまったくの想定外だったのだ。「扉」を見つめながら、完全なシステムエラーで頭のなかは真っ白だった。

それは、これまで見たどんな扉ともちがっていた。彼の知っている扉はすべて、鋼鉄張りの巨大なものだった。その向こうにあるビデオデッキや食器洗い機や、それにもちろん、そのすべてを信じるために必要な高価な電動修道士たちを守るためである。しかしこの扉は、単純な木製の小さなもので、大きさは彼と同じぐらいだった。修道士サイズの扉、白く塗られていて、簡素な少しへこんだ真鍮《しんちゅう》のノブがひとつ、いっぽうの側の、中間より少し低いあたりについている。当たり前のように岩壁にはまっていた。なんの説明もなく、由来も目的もわからない。

哀れにも肝をつぶした修道士だったが、どこにそんな勇気があったものか、やがてふらふらと立ちあがると、馬を引いて恐る恐る近づいていった。手をのばして触れてみた。警報は鳴らず、修道士はぎょっとして飛びすさった。気をとりなおしてまたさわった。今度はもっとしっかりと。

そろそろとその手をノブまでおろしていった——今度も警報は鳴らない。得心が行くまで待って、それからノブをまわした。できるだけそっと。ラッチがはずれたのがわかる。息をつめた。なにも起こらない。手前に引いてみると、簡単に開いた。なかをのぞき込んだが、暗くてなにも見えない。外の砂漠の太陽が明るすぎるのだ。ついに、驚嘆のあまりほぼ茫然《ぼうぜん》自失状態で、彼は馬を従えてなかへ入っていった。

数分後、べつの岩の向こうに座っていてこちらからは見えなかった人物が、顔に埃をこすりつけ終わって立ちあがり、伸びをして、扉のほうへ戻りはじめた。服を払いながら歩いてくる。

6

「ザナドゥにクーブラ・カーンは
壮大な歓楽宮の建造を命じた」

朗読者は明らかに、詩歌の厳粛さや偉大さを伝えるには、笑える声で読むのが一番だと考える思想集団に属していた。その声は、天高く舞いあがっては詩句を狙って急降下してくる。あれでは、詩句のほうは首を縮めて隠れ処《が》を求めて逃げ出しかねない。

「そこを流れる聖なる河アルフは
人知の及ばぬ洞窟をくぐり抜けて落ちていく
日の当たらぬ冥《くら》き海へ」

リチャードは身体の力を抜いて椅子の背もたれに寄りかかった。この詩は彼にとってはあまりにおなじみだった。セント・チェッズ・カレッジで英文学を専攻していればいやでもそうなるし、自然に頭に入ってきてそのまま居すわっている。

このカレッジからコールリッジが出たことは、あだやおろそかにできない大したことだと見なされていた。この男が一種の娯楽用薬物を偏愛していたのは有名な話だし、最高傑作であるこの詩も、薬物に酔って見た夢をもとに書いたものだというのに。

その自筆原稿はそっくり、カレッジの図書館の金庫に保管されていて、定期的に開かれるコールリッジ記念晩餐会では、その手稿からじかにこの詩が朗読されることになっていた。

「かくして五マイル四方の肥沃な土地に
城壁と塔が帯のようにめぐらされた
あちらには曲水に輝く庭園があり
かぐわしい木々が花を咲き競わせる
そしてこちらには年経た山々が年経た森に覆われ
日の当たる緑したたる園を囲んでいる」

いったいいつまでかかるのだろう。リチャードは、彼のもと指導教官を横目でちらと見やって心配になってきた。その朗読姿勢には、揺らぐことなき固い決意が満ちている。とはいえ、歌でも歌うような声に最初はいらいらしたものの、しばらく聞いているうちに逆に気が鎮まってきて、彼はぼんやりろうそくを見つめていた。溶けたろうのしずくが縁《ふち》から垂れ落ちてくる。ろうそくはいまでは短くなって、虐殺された夕食の残骸にちらつく光を投げていた。

「しかしああ！　深く神秘的なあの亀裂が
緑の山腹を斜めに走り、杉の覆いを切り裂いている
荒々しい土地よ！　神々しくも魔力に満ちて
さながら欠けゆく月の下
魔性を愛して泣く女の繁《しげ》く通う場所のよう！」

晩餐のときにこれぐらいはと思って赤ワインを少し飲んだのだが、それが全身の血管にぽかぽかとしみ入ってきて、おかげで彼自身の心もあてどなくさまよいはじめた。そしていつのまにか、食事中のレジの問いかけに触発されて、いまどうしているだろうと考えていた――彼のもと……友人と言っていいのだろうか。ひとりの人間というより、あっと驚く事件の連鎖のような男だった。そもそもあんな男に、友人と呼べる友人がほんとうにいるものだろうか。とうてい無理というより、概念として両立できないような気さえする。たとえばスエズ危機（一九五六年、エジプトがスエズ運河の国有化を宣言したことで起こった国際紛争）がパン一個のために起こったとでもいうような。

スヴラド・チェッリ。ダークの名で人気があった。しかしやはり、「人気」という言

葉はそぐわない気がする。たしかに有名ではあった。注目はされていたし、つねに話題になっていた、それはどちらも正しい。しかし人気があったかというと……高速道路の大事故現場に人気があるというなら、その意味ではそうかもしれない。だれもがよく見ようとスピードを落とすが、炎上する車に本気で近づく者はいないのだ。悪評ふんぷんというほうが近い。スヴラド・チェッリ。ダークの名で悪評ふんぷんだった。

学部学生の標準より丸々太っていて、標準よりもっと帽子をかぶっていた。というのはつまり、いつもかぶる帽子はひとつだけなのだが、あの若さにしては珍しい情熱をもってそれをしょっちゅうかぶっていたという意味だ。暗赤色の丸い帽子で、やたら平たいつばがついていて、ジンバルでバランスをとっているかのような動きかたをする。持主の頭がどう動こうとも、つねに地面に対して完全に水平を保っているのだ。驚嘆すべき帽子ではあったが、人体のアクセサリーとして上出来とは言いがたかった。上品な装飾品で、しゃれていて格好がよくてぐっと引き立っていただろう、かぶっているのが小さなベッドサイド・ランプだったら。しかしほかではだめだ。

彼のまわりには人が引き寄せられてきた。それは彼に関する、そして彼が否定しているうわさのせいだった。しかし、そういううわさの出どころはいつもはっきりしなかった。わかっているのは、本人がそれを否定しているということだけだ。

うわさのネタは、彼が母方から受け継いだという霊能力だった。本人によれば、彼の母方の一族はトランシルヴァニア地方の高級なほうの端に住んでいたらしい。というか、彼本人はそんなことは絶対にないと主張し、とんでもないでたらめだと言い張っていた。彼の一族にはいかなる蝙蝠《こうもり》もいなかったと執拗にくりかえし、そんな悪意のある作り話を言いふらす者は訴えると言っていたが、にもかかわらず大きくてばたばたする革のコートを好んで着ていたし、部屋には逆さにぶら下がると腰痛によいという健康器具を置いていた。昼間もだがとくに夜間、ちょっとした空き時間にその器具からぶら下がっているところを見つけられては、これにはまったくなんの意味もないのだと力説してみせるのだった。

奇妙奇天烈《きてれつ》で奇想天外な話を持ち出しては、それを要所要所で否認するという独創的な手段によって、彼は自分に関する神話を創り出すことに成功していた。霊能力と神秘能力とテレパシー能力と魔力と千里眼を備えた、サイコサシックな吸血蝙蝠だというのだ。

しかし「サイコサシック」とはどういう意味なのだろう。

彼は自分でこの言葉を口にしていながら、意味を訊かれるとまったくなんの意味もないときっぱり言いきっていたものだ。

「そしてあの、やむことを知らぬたぎり泡立つ音
あたかも大地が苦しい息を喘がせているかのよう
その音とともに、強力な泉が亀裂から瞬間瞬間に噴き出してくる

そのなかば間欠的な噴出の勢いに
巨大な岩片が砕け飛ぶ……」

ダークはまた、いつでも金に困っていた。しかし、これはのちに変化する。口火を切ったのは彼の同室者だった。マンダーという疑うことを知らないお人好しで、ほんとうのところを言えば、おそらくそのお人好しを見込まれてダークに白羽の矢を立てられたのだろう。

スティーヴ・マンダーはあるとき気がついた。酒を飲んでベッドに入ると、ダークはかならず寝ごとを言う。それだけではなく、その寝ごとでなにを言うかといえば、それがたとえばこんなふうだった。「むにゃむにゃぶつぶつへの交易ルートが開かれたことが転機となって、ぐーぐーもごもごにおける帝国の成長がもたらされた。これについて論じよ」

「……さながら霰《あられ》の飛び散るように
それとも、さおに打たれた穀粒の雨のようと言おうか」

初めてそういうことがあったとき、スティーヴ・マンダーはベッドにがばと起きあがった。おりしも第二学年の予備試験が目前に迫っていて、ダークがいま言ったことは、というより賢明にもごもごうなったことは、まさしく経済史の試験で訊かれそうな問題に聞こえたからだ。

マンダーはそっと起きあがると、ダークのベッドに寄っていき、息をひそめて一心に耳を澄ました。しかし聞きとれたのは、シュレスヴィヒ゠ホルシュタインがどうこうとか普仏《ふふつ》戦争がどうこうという、まったく脈絡のないつぶやきだけだったし、とくに普仏戦争については、ほとんど枕に向かってもごもご言っているばかりだった。

しかし、うわさは広まった——静かに、ひそかに、そして野火のように。

「そして岩塊の躍り狂うなか、刹那刹那に休むことなく亀裂からたえず聖なる河は噴き出してくる」

その後の一か月間、ダークはひっきりなしに酒や食事をおごられることになった。その晩ぐっすり眠り込んで、また試験問題を寝ごとでしゃべってくれないかと期待されたわけだ。驚くべきことに、おごられる食事が豪華で、飲まされるワインが上等であればあるほど、ダークは枕につっぷして眠らなくなるようだった。

つまり彼のもくろみは、そんな能力があるとはいっさい主張せずに、あると称される能力を活用することだった。じっさい、彼にそういうパワーがあるという話に対しては、彼は明らかにまさかという顔をしたし、それどころか怒りだすことさえあった。

「まるで迷路のように曲がりくねった五マイルを
森や谷を抜けて聖なる河は流れていく
やがて人知の及ばぬ洞窟に達すると
そこで死せる海にごうごうとたぎり落ちていく
その轟音にまじって、クーブラの耳にかなたから届くは
祖先の声、それは戦《いく》さを予言していた！」

ダークはまた、自分は透聴力の持主ではないとも主張していた。彼はときどき眠りながら歌を口ずさむことがあったが、二週間後、それがだれかの好きな曲だったとわかるのだ。実際のところ、仕込むのに苦労するような種ではない。

それどころか、彼はふだんからぎりぎり最低限の下調べをして、神話の維持に努めていたのだ。とはいえ怠け者だったから、人の熱狂的な信じやすさを当てにするというのが、要するに彼のやっていることだった。怠惰《たいだ》なのが肝心なのだ——彼のいわゆる不思議な能力の話が詳細で正確だったとしたら、みんなかえって疑って、べつの説明を探したかもしれない。ところが「予言」が曖昧模糊《あいまいもこ》としていればいるほど、人はみずからの願望によって信憑性の穴を進んで埋めてくれる。

ダークは、それで大して得をしていたわけではない——少なくとも、得をしているよ

うには見えなかった。しかし実際には、たえず他人の金で飲み食いできるというのは、学生にとってはかなりありがたいことなのである。ちゃんと腰をすえて金額を計算してみればわかる。

そして言うまでもなく、彼はけっして、うわさが多少でも事実であるなどとは主張しなかった——というより、積極的に自分から否定していた。

そんなわけで、最終試験が始まるころには彼にとって絶好の条件が整っていた。じつにおいしい、ちょっとしたペテンをしかけるのだ。

「歓楽宮の影が浮かぶ
流路なかばの川波のうえに。
噴泉の音と洞窟の音、
ふたつながら混じりあって聞こえるあたりに。
それはたぐいまれな匠《たくみ》の奇跡
陽光輝く歓楽宮に凍てつく氷の洞窟！」

「おや、これは……！」レジはふいに、うたた寝からはっと目が覚めたようだった。酒の酔いもあって、朗読を聞いているうちにいつのまにか眠り込んでいたのだ。肝《きも》をつぶしてあたりを見まわしたが、なにも変わっていなかった。コールリッジの詩句が、大広間を支配する暖かく満足した沈黙のうえを渡っていく。さらにちょっと顔をしかめてから、レジはまたうたた寝に戻ったが、今回はもう少し気合が入っていた。

「ダルシマー（打弦楽器。古くは抱えて演奏できる小型の楽器だった）を持つ乙女を
かつてまぼろしに見た
まぼろしのアビシニア（エチオピアの古名）の乙女は
ダルシマーを奏でながら
アボラ山（架空の山）の歌を歌っていた」

ダークは説得されて、その夏の試験にどんな問題が出るか確実な予言をするために、催眠術を受けることを了承した。

最初にこの案を出してきたのは彼自身だった。なにがあってもこんなことをする気はさらさらないが、と断わりつつやりかたを説明したのだ。もっとも多くの意味でやってみたい気持ちはある、彼に備わっていると言われているけれども絶対に備わっているはずのない能力が実際に備わっていないことを証明するためだけにでも、と言って。

かくして彼はついに同意した——ひとえに、これでこのばかげた——途方もなくうんざりするほどばかげた——問題に最終的にけりをつけるために。そしてそのために、周到に考え抜かれた条件をつけた。すなわち適正な監視のもと、彼は自動書記によって予

言をする。そしてそれを封筒に収めて封をして、試験が終わるまで銀行に預ける。そして試験が終わったあとで開いて、どれぐらい当たっているか確認する、というのだった。

いわば当然のことながら、かなりたんまりな賄賂《わいろ》の申し出が、かなりたんまりな数の学生からあった。自動書記で書いた予言を試験前に見せてほしいというわけだ。しかし、彼はそんな申し出に大いに憤慨した。それでは詐欺になるというのだ……

「わが身内によみがえらせることができたなら、
あの乙女の演奏と歌を
そしてあの深い歓喜の念を呼び覚ますことができたなら、
高らかに響いてやまぬ音楽の力で
わたしはあの宮を空中に築くこともできるだろう
あの陽光輝く宮を！　あの氷の洞窟を！」

その後まもなく、暗い沈痛な面持ちで街を歩きまわるダークの姿が目撃されるようになった。なにを悩んでいるのかと尋ねられると、最初のうちはなんでもないと退けていたが、しまいにぽろりと漏らしたところでは、母親がひじょうに高額の歯科治療を受けなくてはならないという。また、理由は説明しようとしなかったが、その治療は私立の歯科医院でおこなわれることになっていて、ただその金がないというのだった（英国では、公立の病院は基本的に治療費は無料）。

母親のいわゆる治療費へのカンパを受け取る代わりに、試験問題の予言をちらっと見せるという堕落へ至る下り坂は、じゅうぶんに傾斜が急で、しかもたっぷり油が塗られてつるつるしていたようで、彼はろくにじたばたするまもなくそこを滑《すべ》り落ちていった。

それからまもなく、その謎の歯科治療のできる唯一の歯科医は東欧の外科医で、いまはマリブ（ロサンゼルス西方の海浜地で高級住宅地）に住んでいることがわかり、そのためやむをえずカンパの基準額は急激に吊りあげられた。

言うまでもなく、彼はあいかわらず、自分の能力は人が褒めそやすほど大したものではないと言い、それどころかそんな能力などまったくないとさえ言っていた。そして、なにもかもでたらめだと証明するためでなかったら、こんなことを始めたりはしなかったのだと言い張っていた。そしてまた、ほかのみんなが自己責任で、彼自身は信じていない彼の能力を信じているのだから、彼としてはありがたく、聖女のような母親の手術費を捻出するためにそれに甘えさせてもらうのだと。

この調子で行けば、彼はうまく乗り切ることもできただろう。

というか、彼はそのつもりでいたのだ。

「そして耳にした者はみなそれをそこに見て

そしてみんなして叫ぶだろう、用心せよ！　用心せよ！
あの男の鋭く光る目、あの波うつ髪！」

じつのところ、催眠状態のダークが自動書記によって生み出した試験問題は、学生がみんな試験前にやるような最低限の調査をして、それをまとめあげたものにすぎなかった。つまり過去の試験問題を調べ、もしあればパターンを見つけて、次はどんな問題が来るか知的に推測しただけだ。その命中率に（たぶんだれでもそうだろうが）彼は自信をもっていた。お人好しを満足させる程度には高く、この実験がなんの罪もないお遊びに見える程度には低いというわけだ。

それは実際、なんの罪もないお遊びだったのだから。

彼が完全にノックアウトされたのは、そして大騒ぎが起こって、しまいに四人護送車の後部座席に乗せられ、ケンブリッジから追い出される破目になったのは、彼が売った試験問題がすべて、実際に出された問題そのままだったからである。

まったく同じだった。一字一句たがわず、句読点に至るまで。

「彼のまわりに三重に円を描け
そして聖なる恐怖におののいて目を閉じよ
彼は神々の甘露《かんろ》を糧《かて》とし

楽園の乳を飲んできた者だから……」

そんなわけで、センセーショナルな新聞記事で彼は詐欺師として書き立てられ、それから本物だと吹聴《ふいちょう》され、そのせいでやっぱり詐欺師だったとふたたび書き立てられ、それからまた本物だと吹聴され、しまいに飽きられて、代わりに目立つスヌーカー（ビリヤードゲームの一種）・プレイヤーが槍玉《やりだま》にあげられることになるのだが、つまりはそんなわけだったのだ。

それ以後の数年間、リチャードはときどきダークに出くわすことがあったが、身構えるような半笑いに迎えられるのがつねだった。それは、金を返せと言われるのではないかと警戒したのち、いくらか貸してもらえるかもという希望に大きくほころぶという、その手の笑いだった。ダークがしょっちゅう名前を変えていることからして、こういう対応をされているのは自分だけではないだろうとリチャードはにらんでいた。

胸を刺す悲しみを覚えた。大学という狭い共同体のなかでは生き生きと輝いていた人物が、ふつうの日の光が当たったとたんあれほど色あせて見えるとは。それにしても、レジに彼のことを訊かれたのは驚きだった。それもとつぜん藪《やぶ》から棒に、ふと思いついたことを訊くようなさりげない口調で。

リチャードはまた周囲に目をやった。隣席のレジはかすかにいびきをかいている。サラは黙ってわれを忘れたように聞き入っている。広間の遠い奥のほうはちらつく暗い光に包まれている。暗い高みにかかった昔の首相や詩人たちの肖像画は、ろうそくの光が反射して歯だけが奇妙に光って見える。英文学の指導教官は起立して、詩の朗読用の声で朗読している。その手に捧げ持っているのは「クーブラ・カーン」の本だ。そして最後に、リチャードはこっそり腕時計を見た。そしてまた椅子の背もたれに背中を預けた。朗読は続いた。詩の第二部、さらに謎めいた部分に入っていく……

7

その夜はゴードン・ウェイの生涯最後の夜だったが、彼は週末雨がやむだろうかと気にしていた。天気予報では変わりやすい天気だと言っていた――今夜は霧雨で、金曜日と土曜日は晴れて寒い日になるが、日曜日の夕方ごろ、お出かけからみなさんがお帰りのころにはにわか雨に注意してください、と。

みなさん、と言ってもゴードン・ウェイはべつだ。

天気予報ではもちろんそんなことは言っていなかった。それは天気予報の役目ではないからだが、それを言うなら星占いも言っていないのは同じだった。彼の星座で異常な惑星の動きがあると星占いは言い、欲しいと思うものとほんとうに必要なものとを区別することがぜひとも必要であると述べ、感情的な問題や仕事上の問題に断固として真摯に取り組むことを勧めていたが、どういうわけか今日じゅうに彼が死ぬことは言っていなかった。

ケンブリッジの近くで高速道路をおり、ガソリンを入れようと小さなガソリンスタンドで停まった。その後もしばらく座ったまま、自動車電話での通話をしめくくりにかかっていた。

「オーケイ、明日電話するよ」彼は言った。「それか今夜またあとで。そっちから電話してきてくれてもいい。あと三十分ほどで別荘《コテージ》に着くから。ああわかってるよ、このプロジェクトがきみにとって重要だってことは。いや悪かった、わかってるとも、ぼくにとっても重要なんだ。きみだけじゃなく、ぼくだってやりたい。もちろんだ。だれも打ち切るなんて言ってないじゃないか。ただ金がかかりすぎるって言ってるだけだよ。頭から見直してみようじゃないか、断固として真摯にさ。なあ、きみもコテージに来てくれないか。徹底的に話し合おう。オーケイ、ああ、わかってるよ。うん。ケイト、とにかく考えといて。また電話するよ。じゃあ」

彼は電話を切り、しばらくそのまま車のなかに座っていた。

それは大きな車だった。大きなシルバーグレイのメルセデスだった。広告——それもメルセデスの広告だけではない——に使われるたぐいの。ゴードン・ウェイ、スーザンの兄にしてリチャード・マクダフの雇用主は金持ちであり、〈ウェイフォワード・テクノロジーズⅡ〉の創業社長だった。Ⅱのつかない〈ウェイフォワード・テクノロジーズ〉はもちろんよくある理由で倒産し、彼が最初に築いた富は水の泡になった。

しかし幸運にも、またべつの会社を興すことに成功したのだ。

「よくある理由」というのは、彼がコンピュータ・ハードウェア事業に進出したころ、国じゅうの十二歳児がピーと音のする箱にいっせいに飽きてしまったことだ。そんなわけで、彼の第二の富はソフトウェアの分野で築かれた。ふたつの主要なソフトウェア製品（うちひとつは〈賛歌《アンサム》〉だが、もうひとつのもっと儲かるほうは日の光のもとに登場することはない）のおかげで、〈ウェイフォワード・テクノロジーズⅡ〉は〈マイクロソフト〉や〈ロータス〉などのアメリカの大企業と同じ文章に名前のあがる、英国唯一の企業になったのである。その文章はおそらく、「〈ウェイフォワード・テクノロジーズ〉は、〈マイクロソフト〉や〈ロータス〉などのアメリカの大企業とはちがって……」という趣旨の文章だろうが、これは手始めだ。〈ウェイフォワード〉の名はそこにある。そして彼はその社長だ。

カセットテープをステレオのスロットに押し込んだ。きちんとはまったしるしに品よくカチリとかすかな音がして、ややあってラヴェルの「ボレロ」が流れだした。

スピーカーは八台、完璧にバランスがとれていて、目の細かいグリルはマットブラックだ。すべるような音響、広々とした空間の感覚、まるでスケートリンクのようだ。詰め物をされたハンドルを指で軽くたたきながら、ダッシュボードを眺めた。上品に照らされた数字と小さな美しいランプが柔らかく見返してくる。ややあってはたと気がついた。ここはセルフサービスだ。車をおりて自分でガソリンを入れた。

それに一、二分かかった。給油ノズルを持って立ちながら、冷たい夜気に足踏みをし、それから小さな薄汚れた店舗に歩いていってガソリン代を払い、忘れずに地元の地図を二冊買い、それから数分間レジ係に向かって熱弁をふるった。翌年コンピュータ業界が向かいそうな方向について話し、真に直感的な生産性向上ソフトウェアの鍵を握るのは並行処理にちがいないと言い、しかし人工知能研究そのものは、とくにプロログに基づく人工知能研究は、予測可能な将来に商業的に成り立つまともな製品を生み出せるかどうかあやしい、少なくともオフィスのデスクトップ環境に関するかぎりは、と強い疑念を表明したが、レジ係にはまったく興味のない話題だった。

「ほんとにおしゃべりな人でね」レジ係はのちに警察にそう言うことになる。「おれがトイレに立っても、十分後に戻ってきたらレジに向かってしゃべってただろうと思うよ。十分が十五分だったら、レジも嫌気がさしてどっかへ逃げ出してたね。ええ、まちがいなくこの人ですよ」と、差し出されたゴードン・ウェイの写真を見て付け加えた。「最初はちょっとわかんなかったけど。だって、この写真じゃ口を閉じてるから」

「それで、あやしい点はなかったというのはまちがいありませんか」警官はしつこく尋ねた。「ほんとに、少しも変なところはなかったですか」

「さっきも言ったけど、ふつうのお客さんでしたよ。いつもとおんなじ晩で、なんも変なことなんかなかった」

警官は無表情でレジ係を見て、「念のためうかがいますが」と続けた。「もしわたしが急にこんなことを……」――寄り目になり、口の端から舌を突き出し、両耳に指を突っ込んでまわしながら踊りを踊って――「……始めたらどう思います？」

「そ、そうだね」レジ係はびびってあとじさった。「おまわりさんが完全に頭がおかしくなったと思うだろうな」

「ならけっこうです」警官は言ってメモ帳をしまった。「ときどき、なにを『変』だと思うかがふつうとちがう人がいますからね。昨夜がいつもと同じふつうの夜だったとしたら、わたしはクイーンズベリー侯爵のおばさんの尻にできたニキビですよ。あとで供述をとらせてもらうことになると思います。ありがとうございました」

しかし、これはまだ先の話だ。

話を今夜に戻すと、ゴードンは地図をポケットに突っ込み、自分の車に戻りはじめた。霧に包まれて照明の下に駐まっているそれは、細かい水滴がびっしりついて一面艶消《つや》し状態になっていて、まるで――そう、まるで目玉の飛び出そうに高価なメルセデス・ベンツのように見えた。ゴードンは、ほんの数分の一秒ほど、あんな車が持てればなあと思いそうになったが、そういう思考の流れをかわすのにいまではかなり上達していた。その先まで考えていっても、堂々巡りで気が滅入って混乱するだけだ。

所有者然として車をぽんとたたき、向こう側にまわっていこうとして、トランクがちゃんと閉まっていないことに気づき、押して閉じた。気持ちよくバタンと音がして閉まった。ほら、やっぱりそれだけの価値があるじゃないか。こういう気持ちのいいバタンが肝心なのだ。品質と熟練の昔ながらの価値。スーザンに話すことを十ほども考えながら、また車に乗り込んだ。車がするすると道路に向かって走りだすのと同時に、電話の短縮ダイヤルの番号を押していた。

「……メッセージを残してくだされば、できるだけ早くこちらからご連絡します。たぶんね」

ピー。

「ああスーザン、ゴードンだけど」彼は言って、電話をぎこちなく肩で支えた。「いまコテージに向かってるとこ。ええと、今日は木曜日で、いまは夜の……八時四十七分だ。ちょっと霧が出てる。あのさ、今週末はアメリカから客が来ることになっててさ、〈アンサム・バージョン2・00〉の配布のことで話し合わなきゃならないんだ。販促の処理とかそういうあれのことで。でさ、こういうことをおまえに頼むのはどうかっておれが思ってるのはわかってるよな、だけどどっちみちいつも頼んでるのもわかってるだろ、それでまあ頼みがあるわけなんだよ。

リチャードがまじめにこの仕事をやってるか確かめなくちゃならないんだ。つまりほんとにまじめにやってるのかってことだよ。おれが訊くと、あいつはいつも、もちろんちゃんと進んでるよって言うんだけどさ、だけど二回に一回ぐらいは——くそ、あのトラックなんであんなにライトをあげてるんだ。まったく、ああいうトラック運転手には、まともにライトを下げられるやつがひとりもいないんだからな。おれがどぶにはまって死んでないのが不思議だよ。でもそうなったらちょっとすごいよな、生涯最後の言葉を留守番電話に残して死ぬなんてさ。ああいうトラックに、光駆動でライトを下げる自動スイッチをつけたらどうかな。あのさ、これメモにしてスーザンに——もちろんおまえじゃなくて、会社の秘書のほう、あっちのスーザンに渡しといてくれないか、おれの名前で環境相に手紙を書いて、そういう法律を作ってくれるなら技術は提供できるって伝えてくれって。公共の利益だし、環境相には貸しがあるし、それにCBE（大英帝国勲位の五階級のうち上から三番目の勲位）を持ってるかいがないじゃないか、ちったあ仕切れなかったらさあ。ほらわかるだろ、今週ずっとアメリカ人としゃべってたんだよ。

それで思い出した、ショットガンを忘れずに梱包しとかないと。アメリカ人はどうして、うちのウサギをいつも撃ちたがるんだろうな。それで地図を何枚か買ったんだよ、健康にいいって言ってハイキングに引っぱり出して、ウサギ撃ちのことは忘れさせようと思ってさ。ウサギがふびんでしょうがない。アメリカ人が来るときは、うちの庭に看板を立てとこうかと思ってるんだ、ほら、ビヴァリーヒルズの屋敷に立ってるみたいな、『武装対応（非常の場合はすぐに武装警官が駆けつけるという意味）』って書いてあるやつ。

スーザンあてのメモを書いといてくれるかな、『武装対応』の看板を用意することって。先のとがった杭がついてるやつ、ウサギが読みやすい高さに立てられるぐらいの。もちろん秘書のスーザンにだよ、おまえじゃなくて。

どこまで話したっけ。

ああそうだ、リチャードと〈アンサム2・00〉だ。スーザン、二週間後にはベータテストにかけなくちゃならないんだよ。リチャードは大丈夫だって言うけど、コンピュータ画面ではいつ見てもソファを回転させてるんだ。これは重要なコンセプトなんだってあいつは言うんだけど、どう見てもソファなんだよな。会社の会計に歌を歌わせたいって客が、回転ソファなんか欲しがるわけないじゃないか。それに、ヒマラヤ山脈の浸食パターンをフルート五重奏に変換してる場合でもないと思う、いまは。

それにケイトのやってることだけどさ、スーザン、あのさ、事実だからこのさい言うけど、あれに注ぎ込まれてる人件費とコンピュータ使用時間がそろそろやばそうな気がするんだ。長期的な研究開発はたしかに重要かもしれないけどさ、これは可能性として、たんなる可能性として言うんだが、でもやっぱり可能性は可能性としてきっちり評価検討する義務があると思うんだ、つまりその、あれは完全なクズなんじゃないかと。おかしいな、トランクから変な音がする。さっきちゃんと閉めたはずなんだが。

ともかく、いちばんの問題はリチャードなんだ。それでここが肝心なんだが、あいつが重要な仕事をちゃんとやってるのか、それとものらくらしてるだけなのか、そこをほんとうに突き止められる人間はひとりしかいなくて、そしてその人間ていうのが、悪いけど、スーザンだと思うんだ。

これはもちろんおまえのことだよ、会社の秘書のスーザンじゃなくて。

だからさ、こういうことを頼むのはほんとにいやなんだが、悪いんだけど、リチャードに説教してやってくれないかな。これがどれだけ重要なことかわからせてやってほしいんだ。〈ウェイフォワード・テクノロジーズ〉は企業として成長しなくちゃならない、コンピュータオタクの実験的お遊びの場じゃないんだって、あいつちゃんとわかってないんじゃないかな。オタクが困るのはそこなんだ――ひとつすごいアイデアを思いついて、それがほんとにうまく行くだろ、そしたらそのあとは何年でもいくらでも金が入ってきて、自分のへその三次元構造をのんびり分析しててもかまわないと思い込むんだ。ごめん、ちょっと中断してトランクをちゃんと閉めてくるよ。すぐ戻ってくるから」

電話を座席に置き、道路わきの茂みに寄せて停め、車を降りた。後部にまわっていくと、トランクが開き、ひとりの人物がそこから出てきて、二連式のショットガンで彼の胸を撃ち抜き、さっさとその場を立ち去った。

いきなり射殺されてゴードン・ウェイはたいへん驚いたが、その後に起こったことにくらべたら射殺されるぐらい大したことではなかったのである。

8

「さあ、入って入って」

レジの住んでいるカレッジの部屋に通じるドアは、第二中庭のすみの曲がりくねった木の階段を昇ったところにあって、照明が不足していた――というか、照明が仕事をしていればちゃんと足りていたのだろうが、照明が仕事をしていなかったので照明が不足していて、おまけにドアには鍵がかかっていた。レジはいくつもあるうちから目当ての鍵を見つけられずに苦労していたが、絶好調のニンジャに投げさせたら、その鍵で木の幹を貫通させられそうに見えた。

カレッジの旧館では、部屋の入口は二重ドアになっていてエアロックのようだが、開閉が厄介なのもエアロック並みだった。外側のドアは頑丈なオークの一枚板で、灰色に塗られていてなんの装飾もなく、ただ郵便物を入れるひじょうに細い切り込みと、イェール錠がついているだけだった。そしてだしぬけに、レジはそのイェール錠の鍵を見つけ出した。

それで錠をあけてドアを開くと、その向こうにあったのはふつうの白い鏡板張りのドアで、ふつうの真鍮のノブがついていた。

「さあ、入って入って」レジはまた言って、このドアもあけて照明のスイッチを探した。そのせつな、室内の明かりは石造りの火格子の消えかけた熾火《おきび》だけで、それがあちこちに亡霊めいた赤い影を踊らせていたが、すぐに電灯の光があふれて魔法は消え去った。レジは入口でしばしためらった。みょうに緊張している。入る前になにかを確認したいと思っているかのようだったが、やがていそいそとなかに入っていった。少なくとも見かけは上機嫌に。

そこは広い鏡板張りの部屋で、穏やかに古ぼけた家具がいかにも居心地よさそうに収まっていた。奥の壁際には、傷だらけの古いマホガニーの大きなテーブルが、太い醜い脚に支えられて立っており、そのうえには本やファイルやホルダーが積まれ書類の山が崩れそうになっている。おかしかったのは、そのテーブルの一角に、なんと傷だらけの古いそろばんがでんと載っていたことだった。

その近くには、摂政時代（ジョージ三世の治世中、皇太子が摂政を務めた期間（一八一一～二〇））の小さな書き物机が置かれていたが、これほど傷だらけでなかったらかなりの値打ちものではないだろうか。ほかには優美なジョージ王朝ふうの椅子が二脚、大仰なヴィクトリア朝ふうの書棚などなど。要するに教授の部屋だった。壁には教授の額入りの地図や版画、床に敷いてあるのはすり切れて色あせた教授のじゅうたんで、もう何十年もほとんど変わっていないように見えた。たぶんそのとおりなのだろう、ずっと教授が住んでいるのだから。

奥の壁の両側にはそれぞれドアがあって、リチャードは以前ここへ来たことがあるので知っているのだが、いっぽうは書斎に通じている。書斎はこの部屋を小さくして密度をあげたような部屋だった——本の山はより大きく、書類の山はさらに高く、崩壊の危機はさらに差し迫っていて、家具は古くて貴重なものなのに、熱いお茶やコーヒーのカップの残した輪のあとが何重にもついていて、その多くにはおそらく、それをつけたカップがまだそのまま載っているのだ。

もういっぽうのドアの向こうには、ほぼ最低限の設備しかない小さなキッチンと、螺《ら》旋《せん》の内階段があって、その階段を昇ると教授の寝室と浴室がある。「よかったらそのソファに座って」レジが勧めた。もてなそうとあせりながら、「ただ、くつろげるかどうかわからないが。そのソファには、キャベツの葉とフォークとナイフでも詰まってるんじゃないかと前々から思っているんだよ」と言って、真剣な眼差しをリチャードに向けてきた。「きみはいいソファを持っているかね」

「ええ、持ってます」リチャードは笑った。こんなことを大まじめに訊かれてなんだかおかしかったのだ。

「うらやましい」レジが真顔で言った。「それはぜひとも、どこで買ったのか教えてもらわなくては。わたしはソファには果てしなく苦労しているんだよ、まったく果てしがない。これまで生きてきて、一度として座り心地のいいソファが手に入ったためしがない。どうやって見つけたんだね」小さな銀のトレーを見つけて、レジはいささか驚いた顔をしていた。ポートワインのデカンターと三つのグラスが載ったままになっている。

「不思議ですね、ここでそんなことを訊かれるなんて」リチャードは言った。「まだ一度も座ってないんですよ、そのソファには」

「それは賢明だ」レジはあいかわらず真顔で言った。「じつに賢明なことだ」先ほどと同じくコートと帽子を脱ごうとしてじたばたしている。

「座りたくないってわけじゃないんです」とリチャード。「ただ、ぼくの部屋に通じる長い階段の途中で引っかかっちゃってるんですよ。ぼくにわかるかぎりでは、配達員たちが階段の途中まで運んで、そこで引っかかって、なんとか向きは変えたんだけど、それ以上動かせなかったらしいんです。それで不思議なことに、今度はそのまま下にもおろせなくなっちゃったみたいなんですよね。でも、そんなはずないでしょう」

「それはみょうだね」レジは言った。「ソファに関する不可逆数学の話は聞いたことがない。新しい分野になるかもしれんよ。空間幾何学の専門家の意見は聞いてみたかね」

「もっといい手を打ちましたよ。隣の家の子を呼んだんです。なにしろ十七秒でルービックキューブを完成させたやつですからね。階段に座って一時間以上もにらんでましたけど、しまいにこれはどうしようもないって断言するんです。たしかにルービックキューブのころよりいくつか年とって色気づいちゃってますけどね、でもそれでわけがわからなくなって」

「じつに興味深い話だ、ぜひその先を続けてもらいたいが、その前になにか飲まないかね。ポートワインはどうかな。それともブランディのほうがいいかね。ポートワインのね。

ほうがいいと思うよ、一九三四年にカレッジで貯蔵しておいたやつで、最高のヴィンテージのひとつだ。それに、じつを言うとブランディはないんだよ。それともコーヒーか、またワインのほうがいいかね。じつは極上のマルゴーがあって、あける口実をずっと探しているんだ。ただもちろん、一時間か二時間は先にあけておいたほうがいいんだが、だからと言って無理というわけでは……いや」と急いで言った。「たぶん、今夜はマルゴーはやめておいたほうがよさそうだ」

「お茶をいただけますか」リチャードは言った。「ご面倒でなければ」

レジは眉をあげた。「お茶でいいのかね」

「運転して帰らなくちゃならないんで」

「なるほど。それじゃ、ちょっと失礼して用意してくるよ。どうぞ話は続けて、キッチンからでも聞こえるから。きみのソファの話がもっと聞きたいね。よかったら、そのあいだわたしのに座って話して。階段に引っかかってもうずいぶん経つのかね」

「いえ、まだ三週間ぐらいなんです」リチャードは言って腰をおろした。「ノコギリでばらばらにして捨てちゃってもいいんですが、筋の通った解がないっていうのが信じられないんですよ。それと、ひとつ考えたんですが――家具を買う前に、それがほんとに階段をあげられるか、かどを曲がれるかわかったら、すごく役に立つんじゃないかと思うんです。それで、この問題をコンピュータで三次元モデルにしてみたんですけど、これまでのところ無理って言うばっかりで」

「なんと言うばかりだって?」やかんに水を入れる音に負けじと、レジが声をはりあげた。

「できないって言うんですよ。ソファをおろすのに必要な動きを計算しろって命令したら、そんな動きはないって言うんです。『なんだって?』と訊き返したら『ないものはない』って。それで、ここからがほんとにわけのわからないとこなんですが、ソファがいまの場所に引っかかるために必要な動きを計算するように言ったら、そもそもそこまで運べたはずがないって言うんですよ。壁の構造の根本的な変化でもないかぎり。つまり、うちの壁の物質的な構造に根本的な問題があるか、あるいは」とため息をついた。

「プログラムに問題があるかどっちかなんです。どっちだと思います?」

「それで、きみは結婚してるのかね」レジが声をあげる。

「えっ?　ああ、おっしゃる意味はわかります。階段にソファが一か月も引っかかってるんですからね。いえ、まだちゃんとは結婚してないんですが、でも特定の結婚してない相手はいます」

「どんな女性だね。仕事は?」

「プロのチェリストなんです。白状すると、ソファがちょっと議論の種になってまして。というか彼女、自分のフラットに戻っちゃって、ソファをなんとかするまで帰ってこないっていうんです。それでその……」

リチャードは急に悲しくなった。立ちあがり、漫然と室内を歩きまわるうちに、消えかけた火の前で立ち止まった。ちょっと火搔き棒でつつき、薪を二本ほど投げ込んで、室内の冷え込みを一掃しようとした。

「彼女、じつはゴードンの妹なんです」とややあって付け加えた。「でもぜんぜん似てないんですよ。コンピュータもほんとはあんまり好きじゃないんじゃないかな。それに、お兄さんの金銭感覚にはついていけないと思ってるみたいです。じつを言うと、それもある程度はしかたがないと思いますね。しかも、彼女は裏の事情を知らないんですから」

「どんな裏の事情を知らないんだね」

リチャードはため息をついた。

「それがその、うちの会社がソフトウェア会社として生まれ変わってから、最初に利益が出たプロジェクトのことなんです。〈理由《リーズン》〉って商品だったんですが、これもそれなりに驚きのプログラムで」

「どんなプログラムなんだね」

「その、裏返しのプログラムっていうのかな。面白いですよね、すごく斬新なアイデアって、たんに古いアイデアを裏返しにしただけのことが多いでしょう。意思決定支援プログラムは、もうすでに何本か書かれて出てるじゃないですか。関連するあらゆる事実を適切に整理分析して、すると自然に正しい選択肢が選ばれるみたいな。ただ、ああいうプログラムの欠点は、あらゆる事実を適切に整理分析して選ばれる選択肢が、かならずしもこっちの望んでる選択肢じゃないってことなんですよ」

「そうだねえ……」レジの声がキッチンから返ってくる。

「それで、ゴードンはすごいアイデアを思いついたんです。あらかじめどんな結論を望んでいるかを指定して、それからあらゆる事実を教え込むっていうプログラムを設計したんです。このプログラムの仕事は、それをこいつはあざやかにやってのけるんですが、いかにも筋の通って聞こえるステップをもっともらしく連ねて、前提と結論を結びつけるっていう、それだけなんですよ。

　言わせてもらえば、その仕事ぶりはみごとなもんでしたよ。ゴードンなんか、おかげですぐにポルシェが買えたぐらいです。まったくの一文なしで、おまけに運転もまるでなってなかったのに。銀行にも、彼の論理に欠陥を見つけられなかったんです。三週間後に回収不能で帳簿から抹消したときにもですよ」

「すごいな。そのプログラムはよく売れたんだろうね」

「いいえ、一本も売らなかったんです」

「信じられん。大傑作に思えるがね」

「大傑作だったんですよ」リチャードはためらいがちに言った。「それで、プロジェクトは丸ごと買い上げられたんです。いっさいがっさい、米国防総省《ペンタゴン》に。この契約のおかげで、〈ウェイフォワード〉はすごく健全な財政基盤にのったわけです。ただその倫理的な基盤はっていうと、ぼくとしては自分の体重を預ける気にもなりませんね。最近、アメリカの『スターウォーズ計画（一九八七年に実戦配備計画が発表された戦略防衛構想（ＳＤＩ）の別称）』が必要だっていう議論をずいぶん分析してるんですけど、どこを見ればいいかわかってれば、あのアルゴリズムのパターンがはっきりくっきり見えるんです。

　じつを言うと、この二、三年ほどペンタゴンの政策を見てて思ったんですけど、アメリカの海軍はバージョン２・００を使ってるのに、なぜか空軍はベータテスト版のバージョン１・５を使ってるのはたぶんまちがいないんですよね。どうしてかわかりませんけど」

「コピーはあるのかね」

「とんでもない」リチャードは言った。「ぼくはかかりあいになりたくありませんから。それにいずれにしても、ペンタゴンがいっさいがっさい買い上げると言ったら、ほんとにいっさいがっさいなんですよ。コードの断片から、ディスクもメモも、なにひとつ残ってません。厄介払いできてほっとしましたよ。というか、ほんとにできていればですけどね。ぼくは自分のプロジェクトで忙しいんで」

　また火をつつきながら、こんなところで自分はなにをしているのだろうといぶかしく思った。仕事は山ほどあるのだ。ゴードンは、〈マッキントッシュⅡ〉を利用できるように新たな〈アンサム〉のスーパーバージョンを作れとうるさいし（〈マックⅡ〉は本書の刊行された一九八七年の発売）、その開発はずいぶん遅れていた。また、ダウ・ジョーンズの株価情報をリアルタイムでＭＩＤＩデータに変換するモジュールを提案してみたら、彼としてはたんなるジョークのつもりだったのに、ゴードンはもちろんそのアイデアに有頂天になって、早く実装しろとせっついてくる。こちらもできあがっているはずなのに、まだできていない。そこではたと気がついた。まさしく、だから彼はここへ来ているのだ。

なぜ急にレジがぜひ会いたいと言ってきたのかはわからないが、ともあれ今夜は愉快な晩だった。テーブルから本を二冊ほどとりあげた。このテーブルはどうやら食卓もかねているらしい。本の山はもう何週間もそのままだったようなのに、その周囲には埃がなくて、つい最近動かされたのは明らかだった。

ケンブリッジのカレッジはいまだに閉鎖的なままだから、そんな共同体のなかで暮らしていると、たまにはちがうだれかと楽しくおしゃべりしたくなるのだろう。ほかのどんな欲求にも劣らぬ、切羽詰まった欲求になることもあるのかもしれない。レジは親しみのもてる人物だが、食事のときの反応からして明らかなように、彼の奇矯《ききょう》さはまたいつものあれだと同僚たちの多くにうんざりされている——同僚たち自身、奇矯さならどっさり抱えているのだからなおさらだ。ふとスーザンのことを考えて胸が騒いだが、毎度のことでもう慣れっこになっている。彼は手にとった二冊の本をぱらぱらとめくった。

そのうち古いほうは、英国最大の幽霊屋敷〈ボーリー牧師館〉の幽霊についての本だった。背表紙はぼろぼろになっており、口絵写真はすっかり色あせてぼやけ、ほとんど見分けもつかなくなりかけていた。一枚、とてもよく撮れている（あるいは捏造《ねつぞう》されている）亡霊の写真があると思って、キャプションを読んでみたら著者の写真だった。

もう一冊はもっと最近の本で、奇妙な偶然と言うべきか、ギリシアの島々のガイドブックだった。なんの気なしにめくってみたら、紙が一枚落ちてきた。

「アールグレイとラプサン・スーチョン（中国の高級紅茶）とどっちがいいかね」とレジが声をかけてきた。「それともダージリンか、ＰＧティップス（英国の紅茶）もあるよ。もっとも、どれもティーバッグだったんじゃないかな。それにちょっと古くなってるし」

「ダージリンをいただきます」リチャードは答え、かがんでその紙片を拾った。

「ミルクは？」

「その、お願いします」

「砂糖はひとつかね、ふたつかね」

「ひとつお願いします」

リチャードは紙片を本にまた戻したが、ふと見るとなにか走り書きがしてある。奇妙なことに、「これはただの銀の塩入れ、これはただの帽子」とあった。

「砂糖は？」

「えっ、はい？」リチャードは驚いて言った。本を急いでもとの場所に戻す。

「ただの冗談だよ」レジが愉快そうに言う。「ちゃんと聞いてるかどうか試してるんだ」にこにこしながらキッチンから出てきたかと思うと、カップがふたつ載った小さなトレーをいきなり床に放り出した。お茶がカーペットに飛び散り、カップのひとつは割れ、ひとつは跳ねてテーブルの下に転がった。レジはドアの枠に寄りかかっている。顔は真っ青で、目を見開いていた。

凍りついた一瞬が音もなく流れていく。リチャードは驚きのあまりぼうぜんと突っ立っていたが、やがてぎこちなく駆け寄って手を貸そうとした。しかし老教授はもう気をとりなおし、詫びを並べてまた淹《い》れなおしてこようと言っていた。リチャードの手を借りてソファに腰をおろす。

「大丈夫ですか」リチャードはおろおろと尋ねた。「医者を呼んできましょうか」

レジは手をふって断わり、「なんでもないんだ」と言い張った。「ほんとにどこもなんともない。ただ、音が聞こえたような気がして驚いただけだよ。でもなんでもないんだ。ただお茶の湯気にあたっただけだと思う。ちょっと息切れがするだけだから。ええと、ポートワインを少し飲めばきっと落ち着くと思うんだが。いや申し訳ない、きみをおどかすつもりはなかったんだがね」と、だいたいポートワインのデカンターの方向を手で指し示した。リチャードは急いで小さなグラスに注いで手渡した。

「どんな音ですか」彼は尋ねた。いったいなににそんなに驚いたのだろう。

とそのとき、上階でなにかが動く音がして、ちょっとふつうとは思えない大きな呼吸音が聞こえた。

「あれだよ……」レジが押し殺した声で言う。ポートワインのグラスが落ちて、彼の足もとで砕けた。上階で、だれかが足踏みをしているようだ。「聞こえたかね」

「聞こえました」

それを聞いて老教授はほっとしたような顔をした。

リチャードはそわそわと天井を見あげた。「上にだれかいるんですか」間抜けな質問だとは思ったが、それでも尋ねないわけにはいかない。

「いや」レジが低い声で言う。その声にこもる恐怖にリチャードはぎょっとした。「だれもいない。いるはずがないんだ」

「それじゃ……」

レジはふらつく足で苦労して立とうとしている。しかしいまでは、その表情に固い決意が感じられた。

「上に行ってくるよ」静かに言った。「行くしかない。ここで待っていてくれるね」

「これはどういうことです?」リチャードは、レジと出口のあいだに立ちはだかって尋ねた。「なんなんです、泥棒ですか。ぼくが行って見てきます。きっとなんでもありませんよ、ただの風かなんかでしょう」なぜこんなことを言っているのか自分でもわからなかった。あれが風のはずがない。風のようななにかですらありえない。風が大きく息をつくような音を立てることはあっても不思議はないが、あんなふうに足踏みをすることはまずめったにないからだ。

「いや」老教授は言って、丁重に、しかし断固としてリチャードを押しのけた。「これはわたしの役目だから」

リチャードはおろおろと教授のあとについてドアを抜け、短い廊下に出た。その向こうに小さなキッチンがある。暗い木の階段が廊下から上階に続いていた。階段はこすれて傷だらけになっているようだ。

レジは電灯のスイッチを入れた。階段のてっぺんに、薄暗い裸電球が下がっている。それを見あげる目にはただならぬ恐怖が浮かんでいた。

「ここで待っていなさい」と言って、階段を二段のぼった。そこでふり向き、リチャードに顔を向けた。恐ろしいほど真顔だった。

「すまないね」彼は言った。「きみをこんな……厄介な事態に巻き込んでしまって。しかし、まことに遺憾ながら巻き込んでしまった以上、ひとつきみに頼みがある。上になにが待っているかわからない。正確なことはわたしにもわからないんだ。愚かにも、自分の……自分の趣味のせいで、わたし自身が招き寄せた事態なのかもしれないし、あるいはなんの罪もないのにたまたま災難に出くわしてしまうのかもしれない。もし前者なら身から出たさびだ。禁煙のできない医者みたいなものだね。いやもっと悪い、自動車を捨てられない環境保護論者みたいなものかもしれない。しかし後者だったら、その災難はきみには降りかからないのではないかと思う。

それで頼みというのはだね、わたしがこの階段をおりてきたとき、いずれにしてももちろんおりてくると思うから、そのときわたしの言動がちょっとでもおかしかったら、つまり正気を失っているように見えたら、飛びかかって床に押さえつけてもらいたいんだ。いいね、わかったね。わたしがなにをしようとしても、それを止めなくてはいけないよ」

「でも、ぼくにどうしてわかります？」リチャードは不信感丸出しの口調で尋ねた。

「すみません、こんな訊きかたをして。でもぼくにはなにがなんだか……」

「そのときが来ればわかるよ」レジは言った。「さあ、居間に戻って待っていてくれたまえ。ドアは閉じてね」

困惑して首をふりながら、リチャードは引き下がって言われたとおりにした。大きな散らかった部屋のなかで、教授の足音が一段ずつ階段をのぼっていくのを聞いていた。慎重にのぼっていく重い足音は、ゆっくりと時を刻む大時計のようだ。てっぺんの踊り場にたどり着いた。そこでじっと立ち止まっている。一秒、二秒と過ぎていく。五秒、ひょっとしたら十秒、いや二十秒ぐらい経ったかもしれない。やがてふたたび、重いものの動く音、そして息をするような音がした。教授が最初に取り乱したときと同じだ。

リチャードはとっさにドアに向かったが、あけはしなかった。冷え込むこの部屋にいると気が滅入り、しだいに不安になってきた。首をふって、そんな気分を振り払おうとしたが、そのときはっと息を呑んだ。足音がまた始まったのだ。ゆっくりと二メートルほどの踊り場を横切り、そこでまた立ち止まる。

ほんの数秒後、今度はゆっくりと長くドアのきしむ音がした。少しずつ、少しずつ開いていく。そろそろいっぱいに開ききったころではないだろうか。

それ以上なにも聞こえてこなかった。長い、長いあいだ。

やがて、ついにまたドアが閉じた。ゆっくりと。

足音が踊り場を横切り、また止まる。リチャードはドアからほんの数歩あとじさり、じっとドアをにらんでいた。足音が階段をおりはじめた。今度もゆっくりと、慎重に、静かに。ついにいちばん下までおりきった。それから数秒ほどして、ドアノブがまわりはじめた。ドアが開いて、レジが落ち着いて入ってきた。

「大丈夫、ただ浴室に馬がいただけだった」と穏やかに言った。

リチャードは飛びかかり、レジを床に押さえ込んだ。

「ちがう」レジがあえいだ。「ちがう、やめなさい、放しなさい。わたしはどこもおかしくないから、まったくもう。ただの馬だよ、ごくふつうの馬だ」彼は大した苦労もなくリチャードを押しのけ、上体を起こした。肩で息をしながら、残り少ない髪を両手でなでつける。リチャードはそれを見おろしつつ用心深く立ちはだかっていたが、もともと小さくなかったきまり悪さがいよいよ募ってきた。そろそろとあとじさると、レジは立ちあがって椅子に腰をおろした。

「ただの馬だよ」レジは言った。「しかしその、お礼を言うよ、わたしの頼みをちゃんと聞いてくれたんだから」服の埃を払った。

「馬ですか」リチャードは訊き返した。

「そうだよ」とレジ。

リチャードはドアの外へ出て、階段のうえを見あげ、また戻ってきた。

「馬ですって」また言った。

「うん、馬だよ」教授は言った。

「待ちなさい――」と手をあげて制止した。リチャードが、調べに行こうとまた外へ出ていきかけていたのだ。「放っておきなさい《レット・イット・ビー》。すぐいなくなるから《イット・ウォント・ビー・ロング》」

リチャードはあきれて目を丸くした。「浴室に馬がいるっておっしゃいましたよね。なのになんにもしないんですか。ただビートルズの曲名を並べるだけで」

教授はぽかんとしてリチャードを見返した。

「いいかね」と口を開いて、「申し訳なかったね、さっきはその……おどかしてしまって。ただのちょっとした事件なんだよ。こういうことはままあることだから、そのたびにうろたえていたら身がもたないよ。まったくね、昔はこれぐらいのこと珍しくもなんともなかったよ。何度も、もっとずっと突拍子もないことがあったものさ。あれはただの馬だからね、まったく大したことはない。あとで外へ出しておくから、きみは心配しなくていい。それより、ポートワインでも飲んでひと息つこうじゃないか」

「でも……どうやって入ったんですか」

「そりゃ、浴室の窓はあいていたからね。あそこから入ってきたんだと思うよ」

リチャードのレジを見る目は、これが最初ではなく、もちろん最後でもないだろうが、猜疑心いっぱいに細められていた。

「わざとやってらっしゃるんでしょう」彼は言った。

「わざととは？」

「浴室に馬がいるなんて信じられません」リチャードはだしぬけに言った。「なにがいるのかわからないし、なにをしようとしてらっしゃるのかもわかりません。そもそも今夜のことはなにからなにまでよくわからない。でも、とにかく浴室に馬がいるなんて信じません」さらに止めようとするレジをかわして、彼は階段をのぼっていった。

広い浴室ではなかった。

壁の羽目板は古いオーク製で、リンネルひだ彫りが施されていた。その古さとこの建物の性質からして、おそらく値のつけようもなく貴重なものだろうが、それを除けば設備は実用一点張りで飾りけもなかった。

床には古くてすり切れた白黒チェックのリノリウムが敷かれ、なんの特徴もない小さな浴槽があった。きれいに掃除されているが、ひじょうに古いしみが浮き、エナメルはあちこち欠けていた。また、なんの特徴もない小さな洗面台があって、水栓の横には歯ブラシと歯磨き粉を立てた〈デュラレックス〉の広口コップが置かれている。洗面台のうえの壁には、おそらく値のつけようもない鏡板に、前面鏡張りのブリキの棚がネジ留めしてあった。棚は何度も塗りなおしをされたように見えるし、水垢で鏡の四隅は丸く曇《くも》っていた。トイレには、チェーンを引っ張るタイプの古めかしい鋳鉄のタンクがついていた。すみにはクリーム色に塗られた古い木の戸棚があって、その横にはこれまた古い茶色の曲げ木の椅子が置かれ、その上にはすり切れた小さなタオルが何枚か、きちんと畳《たた》んで積んであった。そしてまた大きな馬が一頭いて、部屋はあらかたふさがっていた。

リチャードは馬を見つめ、馬はリチャードを値踏みするような目で見つめた。リチャードは少しふらついていた。馬はじっと立っていたが、しばらくすると目をそらして戸棚を眺めだした。満足はしていないまでも、少なくともここにいることに文句はなさそうだった。どこかよそへ連れていかれるまでは、ここでいいと思っているようだ。そしてまた……なんと言ったらいいのだろう。

馬は、窓から流れ込む月光を浴びていた。窓はあいていたが小さいし、それに二階にあるのだから、このルートで入ってきたというのは完全に非現実的だ。

その馬にはどこかふつうでないところがあったが、それがどこかはわからない。まったくふつうでないところがひとつあるのはたしかで、それはこの馬がカレッジの浴室に立っているということだ。たぶんただそれだけのことなのだろう。

おっかなびっくり手を伸ばし、首をぽんと軽く叩いてみた。手ざわりはごくふつうだった——しっかりしていて、つやつやで、健康状態は良好だ。月光に毛並みが輝いて少し目がちかちかするが、しかし月光の下ではなんでも少し奇妙に見えるものだ。手が触れたとき馬は少したてがみをゆすったが、それほどいやがっているようではなかった。

軽く叩いても大丈夫だったので、リチャードは馬を何度かなでて、あごの下をそっと掻いてやった。そのとき、このバスルームの奥にもうひとつドアがあるのに気がついた。用心しいしい馬をよけてそちらへ向かう。そのドアに背中を向けて、ためしに押してあけてみた。

ドアの向こうはただの教授の寝室だった。狭い部屋で、小さなシングルベッドが一台置かれ、本や靴が散乱していた。この部屋にもうひとつドアがあったが、その向こうはまたさっきの踊り場だった。

踊り場の床を見ると、階段にあったのと同じ、こすったような引っかいたような新しい傷がついていた。あの馬が階段を押しあげられてきたと考えれば、この傷とも矛盾しない。彼自身はそんなことをしたいとは思わないだろうし、彼が馬だったとしたらそんなことをされたいとはますます思わないだろうが、しかし可能性として考えられないことはない。

しかしなぜそんなことを？　最後にもういちど馬を見やり、最後にもういちど馬に見られてから、彼は階段をおりていった。

「おっしゃるとおりでした」彼は言った。「浴室に馬がいますね。それと、ぼくもやっぱりポートワインをいただきます」

自分でポートワインをつぎ、それからレジのグラスにもついだ。黙って暖炉《だんろ》の火を見つめる様子からして、お代わりが要りそうだったからだ。

「いま思うと、グラスを三つ出しておいてよかった」レジが打ち解けた口調で言った。「さっきはどうしてだったかなと思っていたが、理由を思い出したよ。友だちも連れてきていいかときみに訊かれたからだったんだ。しかし連れてこられなかったみたいだね。さっきのソファの話からして無理もない。気にすることはない、よくある話だ。おっと、そんなに入れたらこぼしてしまうよ」

たちどころに、リチャードの頭から馬に関する疑問はすべて消え失せた。

「そんなこと訊きましたっけ」彼は言った。

「もちろんだよ。そうそう、思い出した。たしかきみが電話をかけてきて、かまわないかと訊いてくれたんだ。それでわたしは喜んでと答えて、すっかりそのつもりでいたのだよ。わたしだったら、そんなものはノコギリで切り刻んでしまうね。ソファのせいで幸福を犠牲にしたくはないだろう。それとも彼女は、きみの昔の教師なんかと会うのはとんでもなく退屈だと思って、髪を洗うというもっと刺激的な娯楽を選んだのかもしれないね。いやはや、その気持ちはよくわかるよ。わたしが近ごろ人づきあいで神経をすり減らしているのは、ひとえに髪が薄くなったせいなんだ」

今度はリチャードが真っ青になって目を見開く番だった。

そうだった、スーザンは来たがらないだろうと思っていたのだ。

そうだった、ものすごく退屈だろうと彼は言ったのだが、彼女がどうしてもいっしょに行きたいと言ったのだ。ほんの数分でも、コンピュータ画面の光に染まっていない彼の顔を見るには、それ以外に方法がなさそうだからと言って。それで彼も折れて、彼女を連れてくる手はずを整えた。

ただ、それをすっかり忘れていて、迎えに行かなかったのだ。

彼は言った。「すみませんが、電話をお借りできますか」

9

ゴードン・ウェイは地面に横たわり、どうしていいかわからずにいた。

彼は死んだ。それはまずまちがいないと思われる。胸には恐ろしい穴があいているが、そこから噴き出していた血の勢いは弱まり、いまではちょろちょろ流れているだけだ。それ以外には、彼の胸にはなんの動きもない。というより、身体のどの部分についてもそれは同じだった。

上を見、左右を見た。そしてだんだんわかってきた。いま動いているのが身体のどの部分であるにしても、それは彼の身体のどの部分でもない。

霧がゆっくりと彼のうえを流れていくが、なんの説明もしてくれない。一、二メートル先の草地では、彼のショットガンから静かに煙があがっていた。

彼はずっと横たわりつづけている。午前四時に目が覚めてしまい、頭が冴えて眠れず、しかしその頭でなにをしていいかわからない人のようだ。自分がショック状態かなにかなのだと気がついた。ものがはっきり考えられない理由はそれで説明がつくかもしれないが、そもそもこうしてものを考えていられる理由は説明がつかない。

死んだあとになにかが起こるとしてなにが起こるのか、天国や地獄や煉獄《れんごく》へ行くのか、それとも消滅してしまうのか、何世紀も激しい大論争が続いてきたが、ひとつだけだれも信じて疑わなかったことがある。少なくとも死んだら答えがわかるということだ。

ゴードン・ウェイは死んだが、自分がどうすることになっているのかさっぱり見当もつかなかった。なにしろ死ぬのは初めての経験なのだ。

彼は上体を起こした。起こした身体は彼にとっては実体に思えた。いまも横たわっている肉体と同じように——しかしその肉体のほうはゆっくりと冷えていきつつあった。流れる血液の熱で蒸気がゆらゆらと立ちのぼり、それが冷たい夜霧に呑み込まれていく。

もう少し試してみることにして、立ちあがってみた。ゆっくりと、不思議さに打たれつつ、ぐらぐらしながら。地面は支えになるようで、体重を受け止めてくれた。しかしよく考えてみると、受け止められるべき体重は当然のことながらもうなさそうだった。かがんで地面に触れてみたが、なにも感じなかった。ただ、かすかにゴムの抵抗のようなものがあっただけだ。腕の感覚がなくなっているときに、なにかを持ちあげようとして受ける感覚に似ていた。彼の腕は感覚をなくしている。というか死んでいる。それは脚も、もういっぽうの腕も、胴体も頭も同じだ。

彼の肉体は死んでしまった。なぜ精神は死んでいないのかわからない。

恐怖に凍りついて眠れない、というより凍りついて眠れない恐怖に立ちすくんでいると、霧が渦巻きながらゆっくり彼を通り抜けていった。

ふり返って自分の遺体を見た。不気味な、驚愕の表情を浮かべたやつが、地面にじっと横たわって無惨な姿をさらしている。鳥肌が立ちそうだった。というか、肌があったら鳥肌が立っていただろう。鳥肌の立つ肌が欲しい。身体が欲しい。しかしもうない。だしぬけに恐怖の悲鳴が口から噴き出してきたが、なにも聞こえず、なんの変化もなかった。身震いしたが、なにも感じなかった。

彼の車から音楽が漏れ、また光が漏れて光溜まりを作っている。そちらに向かって歩いていった。しっかり歩こうとしたが、ふわふわの力ない歩きかたしかできない。あやふやというか、つまりその、実体がないというか。足の下で地面が頼りなく感じる。

車のドアは、運転席側がまだあけっぱなしになっていた。トランクのふたを閉めようと飛び出したときのままだ。あのときは二秒もすれば戻ってくるつもりだったのだ。しかし、もうすでに二分も経ってしまった。あのときはまだ生きていた。あのときはまだ人間だった。あのときは、すぐにまた戻ってきて運転していくつもりだった。二分前にして一生ぶん前だ。

こんなばかなはずがあるか、とふいに思った。

車のまわりを歩いていき、かがんでサイドミラーをのぞき込んだ。

いつもどおりの顔が映っていた。ひどく恐ろしい目にあったあとのいつもどおりだが、それは予想できたことで、しかしまちがいなく彼の顔であり、どこにも異常はない。これはきっと妄想かなにかなのだ。恐ろしい白昼夢を見ているのだ。急に思いついて、サイドミラーに息を吐きかけてみようとした。

なにも起こらなかった。細かい水滴のひとつぶも浮かなかった。医者も満足するだろう。テレビではいつもそうやっている——鏡が曇らなければ、息をしていないということだ。たぶん、このサイドミラーにはヒーターがついているのだ、きっとそのせいだと不安な自分に言い聞かせた。この車のサイドミラーには、たしかヒーターがついていたのではなかっただろうか。セールスマンは際限なく、これにはヒーターがとか、電動でとか、サーボ制御がどうとか言っていたではないか。たぶんこれはデジタル式のサイドミラーなのだ。それだ。デジタル式の、ヒーターつきの、サーボ制御の、コンピュータ式の、耐呼吸加工のサイドミラーで……

まったくばかげたことを考えている、と気がついた。ゆっくりとふり向いて、自分の死体をまた見つめてぞっとした。背後の地面に横たわり、胸を半分吹っ飛ばされている。あれならもちろん医者も満足するだろう。他人の死体でもじゅうぶん怖気をふるうところなのに、それが自分の死体だったら……

彼は死んだのだ。死んだ……死んでしまった……その言葉を心のなかで劇的に鳴り響かせようとしたが、うまく行かなかった。彼は映画のサウンドトラックではない。ただ死んでいるだけなのだ。

ぞっとしながらも目が離せず、自分の死体をじっと見つめていたら、その顔に浮かぶ表情にだんだん嫌気がさしてきた。間の抜けたばかみたいな表情だ。

もちろん、まったく無理もない話ではある。それはまさしく、自分の車のトランクに隠れていただれかに自分のショットガンで撃たれている最中の人が浮かべていそうな表情だった。しかしそうは言っても、自分のあんな顔を他人に見られるかと思うといい気分ではない。

そのわきにひざをついた。顔をいじって、もう少し威厳めいたものというか、せめて最低限の知性を感じさせる表情に変えられないものだろうか。

やってみたら、不可能に近いほどむずかしかった。その皮膚——胸が悪くなるほどおなじみの皮膚をもんでみようとしたが、なぜか皮膚を、というかほかのなんでも同じだが、まともにつかむことができないようなのだ。腕がしびれているときに、紙粘土でものを作ろうとしているようだった。ただちがうのは、手が粘土からすべり落ちるのでなく、すべって突き抜けてしまうことだ。この場合で言うと、手がすべって突き抜けるのは彼の顔なわけだが。

このまったくの、文字どおり手も足も出ない無能力さに、恐怖と怒りがこみあげてきて胸がむかむかした。しかし次の瞬間にははっとわれに返って驚愕した。自分でも気がつかないうちに、怒りに任せた怪力で自分の死体の首を絞めて揺さぶっていのだ。驚きと衝撃でよろよろとあとじさった。それでできたことと言えば、遺体の間の抜けたびっくり顔によじれた口とすが目を付け加えただけだった。おまけに、まるで花が咲くように首にはあざが広がってきている。

彼はすすり泣きはじめた。今度は声が出たようだった。なにになったのかわからないが、そのなにかの奥底から奇妙な吼《ほ》えるような声がわきあがってくる。両手で顔を覆って、よろよろとあとじさり、車に引き返すと、身を投げ出すようにして座席に座った。座席は、ゆるくよそよそしく彼を迎え入れた。この十五年間の甥《おい》の生きかたを苦々しく思っていて、最低限のシェリーだけ出してあとは目も合わせようとしないおばさんのようだ。

医者に診てもらうことはできるだろうか。

その思いつきのばかばかしさを直視したくなくて、ハンドルを力いっぱいつかもうとしたが、手はすべってハンドルを突き抜けてしまった。オートマチックトランスミッションのシフトと格闘しようとし、しまいに逆上してぶん殴ったが、ちゃんとつかむことも押して動かすこともできなかった。

ステレオはいまも明るい管弦楽を演奏していて、それが電話に流れ込んでいる。電話は助手席に転がっていて、すべてをずっと辛抱強く聞いていたのだ。それを見つめるうちに、はたと気づいて興奮の熱がいや増してきた。彼はまだスーザンの留守番電話とつながっている。こちらが切るまでずっと録音しつづけるタイプの機械だから。彼はまだこの世界とつながっていたのだ。

必死で受話器を拾いあげようとし、しくじって取り落とし、しまいにあきらめて、身をかがめて送話口に顔を近寄せた。「スーザン！」と送話口に向かって叫ぶ声はしわがれて、風に乗って聞こえる遠い嘆きの声のようだ。「スーザン、助けてくれ！　頼む、助けてくれ。スーザン、ぼくは死んでしまった……死んで……死んでしまって……どうしていいかわからない……」また耐えられなくなって、絶望のあまり泣きはじめた。赤ん坊が慰めを求めて毛布にしがみつくように、受話器にしがみつこうとした。

「助けてくれ、スーザン……」また叫んだ。

「ピー」電話が言った。

抱きしめていた受話器に目をやった。どうやらなにかを押すことができたらしい。どうやら押すことができたそのボタンで、電話を切ってしまった。あわててまた受話器をつかもうとしたが、どうやっても指をすり抜けるばかりで、しまいに座席に転がったまま動かせなくなった。さわることができない。ボタンを押すことができない。逆上して、ひっつかんでフロントガラスに投げつけた。今度はうまく行った。受話器はフロントガラスにぶつかり、跳ね返って彼を通り抜け、座席でバウンドして、トランスミッショントンネルのうえで止まった。その後はどうしても触れることができなかった。

数分間、彼はじっと座ってゆっくり首を上下に揺らしていた。恐怖がしだいに薄れ、それに代わって恐ろしい孤独感が募ってくる。

車が二、三台通り過ぎていったが、とくに不審とは思わなかっただろう——道路脇に車が一台駐まっているだけだ。夜だし、さっと通り過ぎていくだけだし、車の陰の草地に死体が転がっているのがヘッドライトに浮かびあがることもなかっただろう。そしてもちろん、その車のなかで幽霊がひとり泣いていることにも気づかなかったにちがいない。

どれぐらいそうして座っていたのかわからない。時間が過ぎていくのはほとんど感じられなかった。ただ、やけに進みかたが遅い気がする。時間の経過を示す外的な刺激がほとんど感じられないからだ。寒さも感じない。それどころか、寒いというのがどういう意味なのか、どんな感じなのかもほとんど忘れかけていた。ただ、いまごろはそんな感じがするはずだとわかっているだけだった。

そうこうするうちに、こうしてなすすべもなく縮こまってはいられないと思った。なんとかしなくてはならない。ただ、どうしていいかわからなかった。とりあえずコテージまで行ってみようか。コテージへ行ってなにをするあてがあるわけではないが、ともかくなにか目標が必要だ。今夜をなんとか乗り切らなくてはならない。

気をとりなおして車からおりた。足もひざも、ドアの枠をやすやすとすり抜ける。また自分の死体を見に行ったが、なくなっていた。

今夜は驚愕の連続だったというのに、まだ足りなかったとでもいうのか。ぼうぜんとして、草地に残る湿ったへこみを見つめた。

彼の死体はなくなっていた。

リチャードは、ぎりぎり無礼にならない程度に急いで別れの挨拶をした。どうもありがとうございました、たいへん楽しい一夜でした、先生がロンドンにいらっしゃるときは彼に（つまりリチャードに）ご連絡ください、馬のことではなにかお手伝いできることはありませんか、ありませんかそうですか、ほんとにいいんですか、それじゃほんとにありがとうございました。

10

とうとうドアが閉まったあと、彼はそこに立ってしばらくあれこれ考えた。

その短いあいだに、レジの部屋からあふれ出る光で、大階段の踊り場が照らされていることに気づいた。しかし、床板にはなんの傷もついていない。おかしい。馬の蹄《ひづめ》が、レジの室内の床板だけに傷をつけるなどということがあるだろうか。

今夜はなにもかもおかしなことだらけなのだ、それぐらい大したことはない。とは言うものの、ここにもまた奇妙な事実がひとつあって、おかしなことの山はいよいよ高くなるいっぽうだ。今夜は仕事を忘れてリラックスして過ごすはずだったのに。

ふと思いついて、レジの向かいの部屋のドアをノックした。いくら待っても返事がないので、あきらめて立ち去ろうとしかけたとき、ついにドアがきしんで開くのが聞こえた。

リチャードはいささかたじろいだ。小さい疑り深い鳥のように鋭い目でこちらを見あげていたのは、レーシングヨットのキールそっくりの鼻をした教授だったのだ。

「あの、すみませんが」リチャードは挨拶もなしに言った。「その、今夜、馬が階段をのぼってくるのを見るか聞くかなさいませんでしたか」

教授はしつこく指を動かすのをやめた。首をかすかに傾《かし》げた。自分のなかで長い捜索の旅に出なければ声が見つからないようだったが、ついに探しあてた声は消え入りそうに細く小さかった。

彼は言った。「だれかに話しかけられたのは、十七年三か月と二日と五時間十九分二十秒ぶりだよ。ずっと数えていたんだ」

彼はまたそっとドアを閉じた。

リチャードはほとんど走るようにして第二中庭を通り抜けた。

第一中庭にたどり着いたとき、気を鎮めてペースを落とし、ふつうの足どりで歩きだした。

冷たい夜気で肺がひりひりするし、いまさら走っても意味がない。スーザンと話すことはできなかった。レジの電話が通じなかったのだ。そしてこのときも、レジはみょうに隠し立てをするふうだった。しかし、少なくともこれはとくに理屈に合わないということはない。たぶん電話料金を払っていなかったのだろう。

リチャードは通りへ出るまぎわにふと気を変えて、守衛詰所にちょっと寄ってみることにした。詰所はカレッジに通じる大きなアーチ門の内側にちんまり引っ込んでいる。小さな小屋のような建物で、鍵と郵便物と電気ストーブがひとつでいっぱいだった。奥のほうでラジオがぶつぶつひとりごとを言っている。

「すみません」と、黒いスーツの大男に話しかけた。カウンターの向こうに腕組みをして立っている。「あの……」

「はい、ミスター・マクダフ、ご用件は?」

いまの精神状態では、自分で自分の名前を思い出すのにも苦労しそうだったから、リチャードは一瞬ぽかんとした。しかし、カレッジの守衛の飛び抜けた記憶力は語り種《ぐさ》だし、またことあるごとにその能力をひけらかしたがるのもやはり語り種になっている。

「その」リチャードは言った。「このカレッジには馬がいるかな――その、いるかどうか知らないかな。つまりその、このカレッジに馬がいればわかるよね」

守衛は眉ひとつ動かさなかった。

「最初のご質問の答えはノーで、次のはイエスです。ほかにご用はありますか、ミスター・マクダフ」

「ええと、いや」リチャードは言って、カウンターを指で二、三度軽く叩いた。「いや、どうもありがとう。手間をとらせて悪かったね。また会えてよかったよ、ええと……ボブ」と当てずっぽで言ってみた。「それじゃ、お休み」

彼はその場をあとにした。

守衛は腕組みをしたまま身じろぎもしなかったが、ごくごく小さく首をふった。

「コーヒーが入ったぜ、ビル」もうひとりの守衛が言いながら、湯気の立つカップを持って奥の休憩所から出てきた。こちらは小柄で筋ばった身体つきだ。「今夜はちっと冷えてきたな」

「そうだな、フレッド、すまんね」と、ビルはカップを受け取った。

ひと口飲んで、「人間の面白いことってな。まったく、変てこでなくなるってことがない。さっきここに来た男なんか、このカレッジに馬がいるかなんて訊くんだぜ」

「ほんとかい」フレッドは自分のコーヒーを飲んだ。湯気が目にしみる。「そういや、今日は変な男が来たな。みょうな外国の司祭かなんかで、最初のうちはなに言ってるのかさっぱりだった。それなのに、ただ火のそばに立ってラジオのニュースをずっと聞いてるんだ」

「まったく外国人ってやつはな」

「しまいに出てって《シュート・オフ》くれって言ったんだ。火の前にずっと立ってられちゃ困るしな。そしたらいきなり、それは本気で言ってるのかって訊くじゃないか。それで、ボガートになりきって『信じたほうが身のためだぜ』って言ってやったよ」

「ほんとか。ジミー・キャグニーのまねじゃないのか、それ」

「いや、これはボガートのまねなんだよ。ジミー・キャグニーはこうだ――『信じたほうが身のためだぜ』」

ビルは眉をひそめた。「それがジミー・キャグニー？　おれはずっと、それはケネス・マッケラー（スコットランド出身の歌手）のまねだと思ってたよ」

「ビル、おまえちゃんと聞いてないな。耳が悪いんじゃないのか。ケネス・マッケラーはこうだよ。『おお、きみは街道を行き、わたしは細い道を行く……（スコットランドの有名な歌「ローモンド湖」の一節）』」

「ああそうか。スコットランド人のケネス・マッケラーと勘違いしてたよ。それでフレッド、その司祭だかなんだかはなんて言ったんだ？」

「それだよ。おれの目をこうまっすぐ見てな、なんかこういうおかしな……」

「物まねはいいから、フレッド、そいつがなんて言ったか教えろよ、オチがあるんならな」

「ごもっともです《アイ・ビリーヴ・ユー》だってさ」

「なんだ。大して面白い話でもないじゃないか」

「うん、まあな。なんでこの話を始めたかっていうと、そのあとそいつがな、馬を浴室に置いてきたから、面倒見てやってくれって言ってたからさ」

11

ゴードン・ウェイは暗い道をみじめな気持ちで漂っていた——というより、漂おうとしていた。

幽霊になったからには（自分は幽霊になったのだと認めざるをえなかった）、浮遊できるはずだと思った。幽霊のことはほとんど知らないが、幽霊になったのなら、荷厄介な肉体を失った埋め合わせがあるはずだし、そのひとつは楽々と浮遊する能力にちがいないと思ったのだ。ところが残念ながら、どうも足を交互に前に出して歩いていくしかなさそうだった。

目的はコテージにたどり着くことだ。着いてからどうするあてがあるわけではないが、幽霊であってもどこかで夜を過ごさなくてはならないし、勝手のわかった場所にいたほうがなにかとやりやすいだろう。なにがやりやすいのかはわからないが。少なくとも当面の目標はできたとはいえ、着いたらまたべつの目標を考えなくてはなるまい。

暗い気持ちでとぼとぼと街灯から街灯へ歩いた。街灯の下に来るたびに、自分の姿を確かめてみる。

明らかに、少しずつ幽霊っぽくなってきている。

すっかり薄れてほとんど消えかけているときもある。そんなときは、霧のなかで影が揺らめいているだけのように見え、いまにも蒸発して消えてしまうはかないまぼろしのようだ。そうかと思えば、実体を備えたふつうの人間とほとんど変わりなく見えるときもある。一、二度、街灯の柱に寄りかかってみようとしたが、気をつけていないと柱を突き抜けてひっくり返りそうだった。

とうとう、さんざん渋ったあげくに、なにが起こったのかとまともに考えはじめた。渋々なのがわれながら不思議だった。できるなら考えたくないと本気で思った。心理学者に言わせると、トラウマ的な事件の記憶を精神はしばしば抑圧しようとするそうだ。たぶんそのせいだろうと彼は思った。なにしろ、自分の車のトランクから見も知らぬ人間が飛び出してきて、そいつに射殺されたのだ。これがトラウマ的でなかったらなにがトラウマ的なのか訊いてみたいものだ。

うんざりしてとぼとぼ歩きつづけた。

問題の人物の姿を心の目に描こうとしたが、まるで痛む歯をつつくようだった。そこでべつのことを考えはじめた。たとえば、遺言書は新しく書きなおしておいただろうかとか。思い出せなかったので、明日忘れずに弁護士に電話すること、と自分に言い聞かせてから、そういう言い聞かせは忘れずにもうやめること、と新たに自分に言い聞かせた。彼がいなくても会社はやっていけるだろうか。考えられる答えはどちらもあまり気に入らなかった。

どんな死亡記事が出るだろう。そう思ったら骨の髄《ずい》までぞっとした。骨がいったいどこへ行ったかはともかく。原稿のコピーを入手できるだろうか。なにが書かれるだろう。あんちくしょうども、ちゃんと褒めなかったらただじゃおかないぞ。おれのやったことを見ろ。英国のソフトウェア産業を独力で救済したんだ。莫大な輸出、慈善事業への寄付、研究奨学金、太陽光発電の潜水艦で大西洋横断（失敗したが、悪くない挑戦だった）――その他もろもろ。またペンタゴンの一件をほじくりかえしやがったら、うちの弁護士の出番だからな。明日になったら忘れずに電話を……

やめろって。

とにかく、死人が名誉毀損で裁判を起こせるものだろうか。弁護士に訊かなくてはわからないが、明日になっても電話はできない。そこに気づいて鳥肌が立つような恐怖を覚えた――この世に残してきたもののうち、彼がなにより惜しむのは電話にちがいない。そこまで考えたところで腹をくくって、いやがる頭を無理やり行きたくない場所へ追い立てた。

あの人物だ。

あの人物は、ほとんど死神そのひとの姿をしていたような気がする。それともこれは、彼の想像力のいたずらだろうか。頭巾をかぶった人物だったというのは夢だったのか。頭巾をかぶっていようがごくふつうの格好をしていようが、ともかくどんな人物にしても、彼の車のトランクでいったいなにをしていたのか。

とそのとき、一台の車がわきの道路を走り過ぎていった。その車とともに、光のオアシスが夜闇の奥へ消えていく。暖かくて、ふかふかの革張りで、空調のきいた快適な自分の車のことを思い出す。背後の道路に捨ててきたのが残念でならない。と、ふいにとんでもないことを思いついた。

ヒッチハイクができないだろうか。彼の姿はほかの人にも見えるだろうか。もし見えたらどんな反応を示すだろう。むろん、その答えを知る方法はひとつしかない。

背後遠くからまた車が近づいてくる音が聞こえてきて、彼はふり向いた。かすんだ光溜まりがふたつ、霧の向こうから近づいてくる。ゴードンは亡霊の歯を食いしばって、その光に向かって親指を立てた。

しかし、車はそのまま走り過ぎていった。

まるで成果なし。

かっとなって、遠ざかっていく赤いテールランプに向かってぼやけたVサインを送ったが（手の甲を相手に向けたVサインは侮辱のしるし）、あげた腕から向こうが透けて見えて、いまの自分はあまりはっきり見えていないことに気がついた。ひょっとしたら、見えるようになりたいと思えば、意志力によってそれをかなえることもできるのではないだろうか。精神を統一しようと目をぎゅっとつぶり、しかし効果を判定するには目をあけていなくてはならないことに気がついた。もう一度やってみた。精神力をふりしぼったが、結果はあまりかんばしくなかった。

たしかにいささか未発達ながら、ぱっと光を発する効果はあるようだったが、それを維持することができない。どんなに精神的な圧力をあげていっても、あっというまに薄れてしまう。自分の存在を感じさせるというか、少なくとも姿を人に見せるためには、タイミングを慎重に計るしかなさそうだった。

　後ろからまた車が近づいてきた。ずいぶん飛ばしている。彼はまたふり向き、親指を突き出すと、適当な瞬間が来るまで待って精神力をふりしぼった。

　車は少し進路を変えかけたが、そのまま走り過ぎていった。ほんの少しスピードが落ちている。ふむ、多少は効果があった。ほかにできることはないだろうか。まずは街灯の下に行き、そこで練習することだ。次の車こそ停めてみせよう。

「……メッセージを残してくだされば、できるだけ早くこちらからご連絡します。たぶんね」

ピー。

12

「くそ。ちくしょう。ちょっと待って。この。つまり……その……」

カチャッ。

リチャードは受話器を架台《かだい》に戻し、力任せにリバースに入れて二十メートルほどバックさせ、霧のなかでついさっき通り過ぎた交差点脇の道路標識を見に戻った。ケンブリッジの一方通行道路から、彼はいつものやりかたで脱出した。つまりぐるぐるまわりつづけて速度をあげていき、いわば脱出速度に達したところで、適当な接線方向に飛び出すのである。そしていま、その方向がどっちだったか確認して修正しようとしているわけだ。

交差点まで戻ったところで、標識の情報と地図の情報を突き合わせようとした。しかしうまく行かなかった。まったく厭味《いやみ》にも、問題の交差点はちょうど地図のページの分かれ目に位置していたうえに、風にあおられた標識はざまあ見ろとばかりにくるくるまわっている。直感はまちがった方向に進んでいると言っていたが、もと来た道を引き返すのは気が進まなかった。ケンブリッジの道路網という重力の渦にまた吸い込まれてしまいそうな気がする。

そこで、こっちのほうが幸運に微笑《ほほえ》んでもらえそうだと思って左折したが、しばらくしたら不安になってきて推論的に右折し、思いきって試験的にまた左折し、そういう操作をさらに何度か続けるうちに完全に迷ってしまった。

自分で自分を罵《ののし》りながら車の暖房をあげた。運転しながら電話をしようとしたのがいけなかったのだ、と胸のうちでつぶやいた。どこを走っているかだけに集中していたら、いまごろは少なくとも、ここがどこかぐらいはわかっていたはずだ。ほんとうは車に電話などつけたくなかった。うるさいし邪魔になるだけだ。しかし、ゴードンがどうしてもと言うし、その費用まで出されては断われなかった。

いらいらしてため息をつき、黒の〈サーブ〉をバックさせてまた方向転換した。そのとき、危うくだれかを轢《ひ》きそうになった。そのだれかは死体を引きずって野原に向かっていた。少なくとも、極度にぴりぴりした彼の脳みそには、その一瞬そんなふうに見えたのだ。しかし実際には、たぶん地元の農民がなにか栄養満点なものを袋に入れて引きずっていただけだろう。もっともこんな夜に、それでなにをしようとしているのかは見当もつかないが。ヘッドライトの向きが変わるさいに、また一瞬その人影が浮かびあがったが、このときは袋を担いでのろのろと野原の向こうへ行こうとしていた。

「ひとのことより自分の心配をしろよ」リチャードはうんざりしてそう思い、車をスタートさせた。

数分後、ちょっと幹線道路っぽい通りとの交差点に出て、右に折れかけたが、そこで気を変えて左折した。道路標識はどこにもない。

また電話のボタンを押した。

「……メッセージを残してくだされば、できるだけ早くこちらからご連絡します。たぶんね」

ピー。

「スーザン、リチャードだけど。どこから話を始めたらいいんだろう。もう滅茶苦茶だな。ごめん、ほんとにごめん、悪かった。すっかり台無しにして、なにもかもぼくの責任だ。だからさ、埋め合わせになるならなんでもするよ、ほんとになんでもする、約束するから……」

留守番電話相手にこういう口調はおかしくないかという気がしないではなかったが、かまわず続けた。

「嘘じゃない、そうだ、いっしょにどこかへ行こう、一週間休みをとるんだ。きみの都合がつかないなら今週末だけでも。ほんとだよ、今週の週末だ。どこか太陽の明るいところへ行こう。ゴードンにどれだけプレッシャーかけられたってかまわない。きみも知ってるだろ、ゴードンのプレッシャーはすごいんだ。そりゃ知ってるよな、きみの兄さんだもんな。ただちょっと……その、そうだな、来週の週末のほうがいいかも。ああくそ、ちくしょう。ただちょっと、約束しちゃったもんだから、その、いや、いいんだ、どうでもいい。とにかく休みをとろう。〈アンサム〉が〈コムデックス（アメリカ最大のコンピュータ展示会）〉に間に合わなくたってどうでもいい。それで世界が終わるわけじゃなし、とにかく行こう。ゴードンがかんかんになって飛びかかってきたって——ぎゃあああ！」

リチャードは力いっぱいハンドルを切り、ゴードン・ウェイの亡霊をよけた。いきなりヘッドライトに浮かびあがって、こちらに向かって飛びかかってきたのだ。

思いきりブレーキを踏み込むと、車が横滑りしはじめた。横滑りのときはどうすればいいのだったか思い出そうとした。ずっと前に見たテレビ番組でやっていたのだ。なんという番組だったっけ。くそ、番組のタイトルも思い出せないんじゃ、まして——ああそうだ、ブレーキを踏み込んじゃいけないって言ってたんだ。もう遅い。ゆっくりと、ぞっとするような力で、周囲で世界が回転して胸が悪くなる。車は道路を斜めに滑り、スピンし、草のはえた路肩にぶつかり、その路肩に沿ってずって進み、がくがく揺れてやっと止まった。進行方向とは反対向きに。

彼はあえぎながら、ハンドルにぐったりもたれかかった。

さっき取り落とした電話を拾いあげた。

「スーザン」あえぎながら、「またあとで電話するよ」と言って切った。

目をあげた。

そこに、車のまぶしいヘッドライトをまともに浴びて立っていたのは、ゴードン・ウェイの亡霊めいたまぼろしだった。フロントガラス越しにまっすぐこちらを見つめる目には、背筋の冷えるような恐怖が浮かんでいる。まぼろしはゆっくりと片手をあげ、彼に指を突きつけてきた。

どれぐらいじっと座っていたのかわからない。まぼろしは数秒後には溶けるように消えていったが、リチャードは身動きができなかった。震えながら座っていたのはせいぜい一分ほどだと思うが、そのとき甲高いブレーキの悲鳴とまぶしいライトではっとわれに返った。

首をふった。気がついてみたら、道路の進行方向とは反対向きに駐まっている。そしてこっちへ走ってきた車が急ブレーキをかけて、バンパーが触れ合わんばかりに間近に停止したところで、その向こうの車はパトカーだった。リチャードはふたつ三つ深呼吸をし、ぎくしゃくと震えながら車を降り、警官に顔を向けて立ちあがった。ゆっくりとこちらに歩いてくる警官の影が、パトカーのヘッドライトに浮かびあがる。

警官は、彼をじろじろ眺めまわした。

「あの、どうもすみません」リチャードは、もっか品薄の平静さをかき集められるかぎりかき集めて言った。「ちょっと、その、滑っちゃって。路面が滑りやすくて、それで……滑ったんです。それでスピンしちゃって、それでその、反対向きになっちゃってるんです」これこのとおりと自分の車を指さした。

「なぜ滑ったのか、くわしい理由を説明してもらえますか」まっすぐこちらの目を見ながら、警官はメモ帳を取り出した。

「その、さっきも言いましたけど」とリチャードは説明した。「この霧で道路が滑りやすくなってて、それでその、ほんとうのことを言うと」はたと気がついたら、言葉が口をついて出て、いくら止めようとしても止まらなかった。「ただ運転してたら、急にその、うちの社長が車の前に飛び出してきたような気がしたんです」

警官は眉ひとつ動かさずに彼を見つめている。

「罪悪感ですね」と付け加えて、リチャードは引きつった笑みを浮かべた。「つまりその、この週末に休暇をとろうかと思ってたので」

警官はためらっているようだった。共感と疑惑を分ける刃のうえで揺れている。目を少し細めたが、視線は揺らがない。

「今夜はアルコールを飲まれましたか」

「ええ」リチャードはふっとため息をついた。「でもほんの少しですよ。せいぜいワインを二杯です。いや……それと小さなグラスでポートワインを一杯。ほんとにそれで全部です。ちょっと集中が切れちゃっただけなんですよ。もう大丈夫です」

「お名前は」

リチャードが住所氏名を言うと、警官はそれをメモ帳にきちんと正確に書き留め、車のナンバーを見てそれも書き留めた。

「それで、社長とおっしゃるのは?」

「ウェイです。ゴードン・ウェイ」

「ああ」と、警官は眉をあげた。「コンピュータの」

「ええと、まあ、そうです。ぼくはソフトウェアの設計をしてるんです。あの〈ウェイフォワード・テクノロジーズⅡ〉っていう会社で」

「おたくのコンピュータ、署にも何台かありますがね」警官が言った。「まったく、ろくすっぽ動きゃしない」

「それはどうも」リチャードはうんざりして言った。「どのモデルですか」

「たしか〈クォークⅡ〉だったと思うけど」

「ああ、それじゃしょうがない」リチャードはほっとして言った。「あれは動かないんですよ。動いたためしがなくてね、あれはがらくたですから」

「面白いな、わたしもいつもそう言ってるんですよ」警官が言った。「そんなことないって言うやつもいますがね」

「いや、それはあなたの言うとおりですよ、おまわりさん。あれはどうしようもないがらくたなんです。それが一番の原因で、最初の会社はつぶれちゃったんですから。大きな文鎮にでもしたらどうですか」

「いや、そういうわけにはいかないんですよ」警官は納得しなかった。「ドアが開きっぱなしになっちまうから」

「どういうことですか」リチャードは尋ねた。

「あれをドア押さえに使ってるんですよ。いまごろの季節は、うちの署じゃすきま風がひどくてね。夏にはもちろん、あれで容疑者の頭をぶちのめしてるし」

警官はメモ帳を勢いよく閉じて、ポケットに突っ込んだ。

「悪いことは言いませんから、ゆっくり運転して帰るんですね。それで車は完全にロックしといて、この週末は酔いつぶれるまで大酒をくらうことです。ほかに治療法はないでしょう。それじゃ、お気をつけて」

警官はパトカーに戻り、窓をおろして、リチャードが車を反転させて夜の闇に消えていくのを見送ってから、自分も車をスタートさせた。

リチャードは深呼吸をして、落ち着いてロンドンまで運転して帰り、落ち着いてフラットに入り、落ち着いてソファを乗り越えて、腰をおろし、強いブランディをついで、それから本格的にがたがた震えはじめた。

震える原因は三つあった。

ひとつは単純に、事故を起こしかけたことによる身体的なショック症状だ。想像以上に、こういう経験は人を動揺させるものである。それで大量のアドレナリンがあふれ出し、それが体内に残っていて悪さをするのだ。

もうひとつは、あの横滑りの原因——驚くまいことか、ゴードンの亡霊があのとき車の前に飛び出してきたことだ。まったくなんてことだ。リチャードはブランディを口に含んで飲みくだし、グラスを置いた。

ゴードンが罪悪感の源泉として世界最大級だということも、毎朝その採れたてのやつを配達するような男であることもよく知られている。しかし、まさかこんな黒魔術的な域にまで達していようとは思わなかった。

またグラスをとりあげ、上階にあがって、仕事場のドアを押して開いた。『バイト』誌の山が崩れてドアに寄りかかっていたため、いっしょに動かさなくてはならなかったが、それを足で押しのけると、広い仕事場の端まで歩いていった。こちらの端にはどっさりガラスがはめ込んであり、北ロンドンのかなりの部分を見渡すことができる。霧はもうだいぶ晴れてきていた。暗い遠景にセントポール大聖堂が輝いている。しばらく眺めていたが、とくに変わったことを始める気配はなかった。今夜あんなことやこんなことがあったあとだけに、それがありがたくも意外に感じる。

部屋のいっぽうの壁際には長テーブルが二脚あって、〈マッキントッシュ〉のコンピュータがぎっしり並んでいる（最後に数えたときは六台あった）。まんなかの〈マックII〉では、彼のソファの赤いワイヤフレーム・モデルが、マンションの狭い階段の青いワイヤフレーム・モデルのなかで物憂げに回転していた。階段は手すりや暖房機やヒューズボックスなどの細部までモデル化されていて、もちろん中間点の厄介な折り返しも描かれている。

ソファは一方向にスピンしはじめ、障害物にぶつかり、回転軸を変えてまわりだし、べつの障害物にぶつかり、また回転軸を変えてスピンするうちにまた止まり、今度は順序を変えてまた同じことをくりかえす。ちょっと見ていれば、同じパターンが短い周期でくりかえされているのがわかるはずだ。

ソファはどう見ても動かしようがなかった。

ほかには三台の〈マック〉が、からまりあう長いケーブルを介して、ごちゃごちゃに寄せ集めたシンセサイザーに接続されている――サンプラー〈エミュレータⅡ＋ＨＤ〉、ＴＸモジュールのラック、〈プロフェットＶＳ〉、〈ローランドＪＸ－10〉、〈コルグＤＷ－８０００〉、〈オクタパッド〉、左きき用の〈シンタックス〉ギター型ＭＩＤＩコントローラ、それに古いドラムマシンまで片隅に積みあげられて埃をかぶっていた――大変な量だ。小型カセットテープレコーダーも一台あるが、これはめったに使っていない。曲はすべて、テープではなくコンピュータ上のシーケンサーのファイルに保存しているからだ。

一台の〈マック〉に近づいていき、椅子にどさりと腰をおろして、なにかやっているかとのぞいてみた。「無題」の〈エクセル〉のスプレッドシートが表示されていたが、それがなんなのか思い出せなかった。

保存してから、自分で自分にメモを残していないか調べてみたらすぐにわかった。このスプレッドシートのデータは、『ワールド・レポーター』と『ナレッジ』のオンライン・データベースを検索して、ツバメについて調べたときにダウンロードしたものだ。

これで、ツバメの渡りの習性、翼の形状、空気力学的な断面と渦の特性を具体的に示す数値と、群れて飛ぶさいのパターンに関する基礎的な数値らしきものが手に入ったわけだ。しかし、そのすべてをどう合成するかについては、まだなんの案も浮かばなかった。

ひどく疲れていて、今夜はとくべつ建設的にものを考える気分ではなかったから、スプレッドシートの数値から無作為にひとかたまりの数字をざっくり選んでコピーし、自分で書いた変換プログラムに貼り付けると、これまた自分で書いた実験的なアルゴリズムに従ってその数値がスケーリングされ、フィルタリングされ、操作されて、こうして変換されたファイルが〈パフォーマー〉という強力なシーケンサー・プログラムにロードされ、ランダムなＭＩＤＩチャンネルを通じて、そのときつながっていたシンセサイザーにその演奏が出力される。

その結果、聞くもおぞましい不協和音が噴き出してきた。彼はそれを止めた。

また変換プログラムを走らせ、今回は音高の値を強制的にト短調にマッピングするよう指定した。このユーティリティは、いずれは厄介払いしようと決めている。こういうやりかたはインチキだと思うからだ。最も快い音楽のリズムやハーモニーは、自然に発生する現象のリズムとハーモニーのうちにある、あるいは少なくともそこから抽出されるものだと彼は固く信じている。その信念に根拠があるとすれば、様式や調音についても、やはり自然に発生するもののほうが、強制されたそれより快いものであるはずだ。

しかしいまのところは強制することにした。

その結果、ト短調の聞くもおぞましい不協和音が噴き出してきた。

適当に選んで楽をしようとしても無理ということだ。

最初の作業は比較的単純で、ツバメが飛ぶときの翼の先端が描く波形をプロットして、その波形を合成することだ。それによって最終的に得られるのは単一の音だが、それはよい出発点になるはずだし、この週末いっぱいでじゅうぶんそこまでこぎ着けられるだろう。

ただもちろん、この週末にそんなことをしているわけにはいかない。〈アンサム〉のバージョン2を仕上げなくてはならないのだ、なんとか来年中には――ゴードンは「年」でなく「月」だと言っているが。

リチャードはそこで、自分が震えている原因その三に否も応もなく思い当たった。

絶対に無理だ。今週だろうと来週だろうと、週末に時間などとれないし、スーザンの留守番電話にした約束を果たすことはできない。とすれば、今夜の大失敗ですでに終わっていなかったにしても、これでほんとうにほんとうのおしまいだ。

しかしどうしようもない。やってしまったことはやってしまったことだ。人の留守番電話にメッセージを残したら、もうそれに対して打つ手はない。あとは成行に任せるだけだ。もうすんだことだ。取り返しがつかないのだ。

そのとき、ふいに奇妙なことを思いついた。

思いついたときは肝をつぶしたが、考えてみてもそれのどこに問題があるのかよくわからなかった。

13

双眼鏡が夜のロンドンの輪郭をなぞっていく。漫然と、興味本位にのぞきまわっている。こちらをちょっと眺め、あちらをちょっと見、なにが起こっているのか、なにか面白いことは、なにか役に立ちそうなことはないかと。

双眼鏡は、一軒の住宅の裏で止まった。なにかがちらと動いたのだ。よくあるヴィクトリア朝後期の大きな屋敷で、たぶんいまは集合住宅《フラット》に改造されているのだろう。黒い鉄の排水管がずらりと。緑のゴム製のごみバケツ。しかし暗い。なにも変わった様子はない。

双眼鏡がちょうどよそへ移動しようとしたとき、また月光を浴びてなにかがかすかに動いた。双眼鏡はほんの少し焦点をずらした。細かいところ、くっきりした輪郭、闇のなかのかすかな濃淡を見分けようとした。いまは霧は晴れ、闇は光沢を帯びている。またごくごくわずかに焦点をずらす。

あれだ。まちがいなくなにか動いた。ただ今度はさっきより少し高い位置、たぶん三十センチかそこら、あるいは一メートルほど高いかもしれない。双眼鏡はそこで止まって緊張をゆるめた——そのまま輪郭を見定め、細かく観察しようとする。これだ。双眼鏡はまた止まった——獲物を発見したのだ。片足を窓棚に、片足を排水管にかけている。黒っぽい人影、壁に大の字に張りついている。下を見て次の足場を探し、上を見て窓枠を探す。双眼鏡はそれを熱心に見つめている。

それは長身のやせた男の影だった。こういう商売にふさわしく、服装は黒っぽいズボンに黒っぽいセーターだが、身のこなしは不器用でぎくしゃくしている。落ち着きがない。これは面白い。双眼鏡は待って考え、考えて判断を下した。

どう見てもずぶのしろうとだ。

ぎこちなく探るあの手つき、あのばかさ加減。排水管にかけた足がすべり、手は窓棚に届かず、危うく転落しかけた。いったん休んで息を整える。しばしあきらめて降りようとしかけたが、そっちのほうが危険だと思ったようだ。

勢いをつけてまた窓棚に手を伸ばし、今度はつかまえた。バランスをとろうと片足を突き出し、あやうく排水管を踏み外しかけた。あれはやばかった。とんでもなくやばいことになるところだった。

しかしそのあとは楽になり、順調に登っていった。次の排水管に移り、三階の窓棚に到達した。短時間だったが死神と火遊びをしつつ、苦労して窓棚によじ登り、そこで重大な過ちを犯して下を見た。一瞬ぐらついたものの、あわてて壁際にあとじさった。手で目の上にひさしを作って窓のなかをのぞき込み、部屋が暗いのを確かめ、窓をあけにかかった。

しろうととプロの差はこういうところに表われる。しろうとはことここに至って初めて、窓をこじあける道具を持ってくればよかったと思うのだ。ただこのしろうとにとっては幸いなことに、この部屋の主もやはりしろうとだったので、サッシの窓はしぶしぶながら開いた。登ってきた男は、ほっとしてなかにもぐり込んだ。

身の安全のために窓に鍵をかければいいのに、と双眼鏡は思った。手が電話に伸びていく。窓に顔が現われて外を眺め、その顔がせつな月光に照らされたかと思うと、ここに来た用をすまそうとなかに引っ込んだ。

手はもうしばらく電話のうえでためらっていた。双眼鏡は待って考え、考えて判断を下した。手は電話を離れて、ロンドンのアルファベット順街路地図に伸びていった。

長い調査の間があり、もう少し双眼鏡がじっくり仕事をしたあと、また手が電話に伸び、受話器をとりあげて番号をダイヤルした。

14

スーザンの部屋は、狭いが広々としている。リチャードは明かりをつけたとき緊張してそう思った。これは女にしかできないわざなのだろう。

もちろん、そう思ったせいで緊張したわけではない。同じことをこれまで何度も思っている——というより、ここに来るたびに思っているのだ。毎度そう感じるのは、たいてい自分のフラットからまっすぐここに来るからだ。彼のフラットのほうが四倍も広いのに狭苦しい。今度も彼は自分のフラットからまっすぐここへ来たが、かなり突拍子もないルートをとってきた。だから、いつもと同じことを思っているのにいつもとちがって緊張しているのである。

冷える夜だったが、彼は汗をかいていた。

ふり向いて窓の外に目をやり、また向きなおって、つま先立ちで部屋を横切り、電話と留守番電話が載っている専用の小さな台に向かった。

つま先立ちをしても意味はない、と自分に言い聞かせた。スーザンは留守なのだから。じつを言えば、彼女がいまどこにいるのか知りたくてたまらなかった——たぶん夕方ごろには、彼がいまどこにいるのか彼女も知りたくてたまらなかったにちがいない、とまた自分に言い聞かせる。

気がついたらまだつま先立ちで歩いていた。脚を叩いてやめさせようとしたが、結局そのまま続けていた。

それにしても、外の壁をよじ登ってきたのは恐ろしかった。

セーター――いちばん古くて汚いセーターだ――の袖でひたいをぬぐった。ぞっとしたあの一瞬、目の前にこれまでの人生がひらめいたが、落ちそうだということで頭がいっぱいで、いいところはすべて見逃してしまった。いいところにはたいていスーザンが出てきていた。スーザンかコンピュータが。スーザンとコンピュータが出てくることはない――それはおおむね悪いところだ。だからここに来ているのだ、と彼は自分に言い聞かせた。説得力が足りない気がしたので、もういっかい言い聞かせた。

腕時計を見る。十一時四十五分。

そこではっと気がついた。なにかにさわる前に、この汗まみれの汚れた手を洗ってこなくてはならない。心配なのは警察ではなく、スーザンの恐るべき掃除婦だ。ぜったいばれる。

浴室に行き、照明のスイッチを入れ、そのスイッチを拭き、水道の水で両手を洗いながら、明るいネオンランプつきの鏡を見つめた。自分のびっくりした顔が映っている。コールリッジ記念晩餐会の、揺れる暖かいろうそくの火を思い出した。忘れかけていた遠い過去からひょっこりよみがえった映像のようだ、今日の晩のことなのに。あのときは、人生は楽でなんの心配もないような気がしていた。ワインとおしゃべりと、他愛《たあい》のない手品。驚きに目をみはるサラの丸くて白い顔が目に浮かぶ。彼は顔を洗った。

そこで思い出した。


「……用心せよ！　用心せよ！

あの男の鋭く光る目、あの波うつ髪！」


自分の髪にブラシをかけた。頭上の暗い高みにかかっていた肖像画のことも思い出した。歯を磨いた。ネオンランプの低いうなりにはっと現在に引き戻され、とつぜん思い出してぞっとした。いまの自分は泥棒としてここに来ているのだ。

なぜかそうせずにいられず、鏡に映る自分の顔をまっすぐ見つめた。やがてそのみょうな気分を払おうと頭をふった。

スーザンはいつ戻ってくるだろうか。言うまでもなく、それはいまなにをしているかによる。急いで手を拭き、留守番電話のそばへ戻った。ボタンをつつくと、良心がつつき返してきた。テープの巻き戻しはいつまで経っても終わらないかのようで、それで気がついてぎょっとした。これはたぶん、ゴードンが本格的に言葉の洪水を起こしているからにちがいない。

もちろんすっかり忘れていた——テープにはほかの人のメッセージも残っているだろ

う。他人の電話メッセージを聞くのは、郵便物を勝手にあけるのも同然だ。

　彼はもういちど自分に説明した。取り返しのつかないことになる前に、自分のしでかした失敗を帳消しにしようとしているだけだ。自分の声が聞こえるまで、ちょっとずつ再生すればいい。そう悪いことでもない。なんと言っているのか聞きとることもできないだろう。

　内心うめき声をあげつつ、歯を食いしばって再生ボタンを押したが、勢いあまってべつのボタンを押してしまい、カセットが飛び出してきた。もとに戻し、今度はもっと慎重に再生ボタンを押した。

　ピー。

「ああスーザン、ゴードンだけど」留守番電話が言った。「いまコテージに向かってるとこ。ええと……」二秒ほど早送りした。「……チャードがまじめにこの仕事をやってるか確かめなくちゃならないんだ。つまりほんとにまじめに……」リチャードは口をぎゅっと結び、早送りのボタンをまた押した。ゴードンは、スーザンを通じてプレッシャーをかけようとしている。それを思うと腹が立ってしかたがない。そんなことはしていないと、いつもきっぱり言い切っていたくせに。こういうことが前からあったのだとしたら、彼の仕事のことでときおりスーザンがいらいらしていたのも当然だ。

　カチッ。

「……対応』って書いてあるやつ。スーザンあてのメモを書いといてくれるかな、『武装対応』の看板を用意することって。先のとがった杭がついてるやつ、ウサギが読みやすい高さに立てられるぐらいの」

「なんだこれ」リチャードはひとりつぶやいた。早送りボタンのうえで指がしばしためらった。ゴードンはハワード・ヒューズ（二十世紀を代表する大富豪。とくに晩年は奇行で知られた）になりたくてたまらないのかもしれない。金持ちという点では遠く及ばないにしても、少なくとも奇行でしのぐことならできる。わざとらしいポーズだ。まったくもって見え見えのポーズだ。

「もちろん秘書のスーザンにだよ、おまえじゃなくて」留守番電話からゴードンの声が言っていた。「どこまで話したっけ。ああそうだ、リチャードと〈アンサム2・00〉だ。スーザン、二週間後にはベータテストに……」リチャードは唇をへの字にして早送りボタンを押した。

「……肝心なんだが、あいつが重要な仕事をちゃんとやってるのか、それとものらくらしてるだけなのか、そこをほんとうに突き止められる人間はひとりしかいなくて、そしてその人間ていうのが……」彼はまたむかむかしてボタンを押した。ひとことも聞くまいと決めたはずなのに、こうして聞いてそれに腹を立てている。こんなことはもうやめたほうがいい。わかった、それじゃあと一回だけ。

次に再生したときは音楽が聞こえた。おかしい。また早送りしてみたが、やはり音楽だ。どうして留守番電話相手に音楽をかけたりするのだろう。

電話が鳴った。テープを止めて受話器をとり、そこで自分がなにをしたか気がついて、電気ウナギでもつかんだように取り落としそうになった。ほとんど息もできずに、受話器を耳に持っていった。

「空き巣ねらいの心得その一」声が言った。「仕事のさいちゅうに電話がかかってきてもとってはいけない。いったいだれだと思われると思ってるんだ」

リチャードは凍りついた。声をどこに置き忘れたか思いつくまでしばらくかかった。

「だれだ」やっとささやくような声で尋ねた。

「心得その二」声が続けた。「用意が大事。それなりの道具と手袋を持ってこい。夜の夜中に窓棚からぶら下がる前に、なにをするつもりかちょっとは考えてこなきゃ。

心得その三。心得その二をぜったいに忘れるな」

「だれだ」リチャードは今度は叫んだ。

声はまったく動じなかった。「地域防犯隊《ネイバーフッド・ウオッチ》だ」と言って、「窓に戻って外を見ればわかるけど……」

電話線を引きずりながら、リチャードは急いで窓に向かった。外を見たとたんにぎょっとした。遠くでフラッシュが光ったのだ。

「心得その四。写真を撮られる恐れのある場所に立ってはいけない。

心得その五……聞いてるか、マクダフ？」

「えっ？　ああ……」リチャードは驚いて言った。「なんでぼくの名前を知ってるんだ」

「心得その五。自分の名前を認めるな」

リチャードはそこに突っ立って、荒い息をついていた。

「ちょっとした講習会をやってるから」声は言った。「興味があれば……」

リチャードは黙っていた。

「わかってきたね」声は続けた。「時間はかかったけど、だんだんわかってきたわけだ。もっとわかりが早ければ、いまごろはもちろん電話を切ってるだろう。でも、好奇心が強いから——ついでに無能だから——切らずにいる。ちなみに、おれがやってるのは新米空き巣の講習じゃないぞ。面白そうだとは思うけどな。きっと補助金も出ると思うし。どうせ空き巣がなくならないんなら、ちゃんと訓練したっていいだろう。

ともかく、そういう講習をやってたら無料で受講させてるとこだ、おれも好奇心が強いんでね。ミスター・リチャード・マクダフが——聞くところじゃいまでは若いながらも金持ちで、コンピュータ業界じゃ大物と言われてるそうじゃないか。そんな人物が、なんだって急に空き巣ねらいなんて手段に訴えなきゃならなくなったのか」

「だれ——?」

「それでちょっと調べてみたのさ。電話番号案内に電話して、彼の押し入ったフラットの住人がミス・S・ウェイだと教えてもらった。ところでミスター・リチャード・マクダフの雇い主は、あの有名なミスター・G・ウェイだ。それで、なにか関係があるのかなと思ったわけだよ」

「だれ——?」

「だれかと言えば、スヴラドだよ。『ダーク』・チェッリのほうが通りがいいかな。いまはジェントリーの名で商売してる。その理由はいま説明してもしかたがなかろう。ともあれ久しぶりだな。くわしい話が聞きたかったら、十分後にアッパー通りの〈ピザ・エクスプレス〉で待ってるよ。少し金を持ってきてくれよな」

「ダーク？」リチャードは叫んだ。「おまえ……おれを強請《ゆす》る気なのか」

「ばか、ピザ代だよ」かちゃりと音がして、ダーク・ジェントリーからの電話は切れた。

リチャードはぼうぜんとしてしばらく突っ立っていた。またひたいの汗をぬぐい、受話器をそっともとに戻した。けがをしたハムスターでも扱うような手つきで。脳みそが低くブーンとうなりながら、ぼんやり親指をしゃぶっている。大脳皮質の奥深くで、おぜいの小さなシナプスが手をつないで、童謡を歌いながらくるくるとダンスを踊りはじめた。頭をふってそれをやめさせようとし、急いでまた留守番電話の前に腰をおろした。

また再生ボタンを押すべきかどうか葛藤していたが、決心がつく前に押してしまっていた。肩の凝らない管弦楽曲がなだめるように漏れ出してきたが、四秒としないうちに外廊下で鍵穴に鍵のこすれる音がした。

リチャードはあわを食ってとっさに取り出しボタンを押し、飛び出してきたカセットをジーンズのポケットに突っ込み、留守番電話のそばに積んである新しいカセットの山からひとつ取って入れ替えた。彼の自宅の留守番電話のそばにも、同じようにカセットが山と積まれている。オフィスのスーザンから支給されるのだ——気の毒にも苦労の絶えないオフィスのスーザン。明日の朝には忘れずにいたわりの言葉をかけなくてはならない。彼にそれだけの時間があって、また上の空でなかったらだが。

急に気が変わった。自分でもなにをやっているか気がつかないうちに、さっき取り替えたカセットをすばやく留守番電話からまた取り出し、盗んだカセットを入れなおして、巻き戻しボタンを押した。ソファに突進すると、ドアが開くまでの二秒間に、のんきそうな感じのいい体勢をとろうとした。とっさに左手を背中にまわした。あとで役に立つかもしれない。

顔の配置をいじって、悔悛《かいしゅん》の情と快活さと性的魅力を同量ずつ組み合わせた表情を作ろうとしているとき、ドアが開いた。入ってきたのはマイクル・ウェントン゠ウィークスだった。

すべてが凍りついた。

戸外では風がやんだ。ふくろうが飛んでいる途中で止まった。いやその、止まったかもしれないし止まっていないかもしれないが、とりあえずまちがいないのは、その瞬間を選んでセントラルヒーティングが止まったということだ。おそらく、とつぜん部屋を襲った超自然的な冷気のせいで調子が狂ったのだろう。

「ここでなにをしてるんだ、水曜日《ウェンズディ》」リチャードは尋ねながら、ソファから飛びあがった。怒りの勢いで浮揚したかのようだった。

マイクル・ウェントン＝ウィークスは陰気な顔をした大男で、一部ではマイクル・ウエンズデイ＝ウィークと呼ばれている。たいてい水曜日までにやると約束するからだ。身に着けたスーツはすばらしく仕立てのよいスーツだった――彼の父親の故マグナ卿が四十年前に買ったときには。

マイクル・ウェントン＝ウィークスは、リチャードの選ぶ大嫌いな人間のリスト（短いながら選り抜きの）において一位二位を争う男だった。

なぜ嫌いかと言えば、特権階級に属しているだけならともかく、特権階級には下々にはわからない問題があるのだと言って自己憐憫《れんびん》に浸っている人間というのが、まったくもって鼻持ちならないと思うからである。いっぽうマイクルがリチャードを嫌う理由はかなり単純で、リチャードが彼を嫌っていてそれを隠そうともしないからだった。

マイクルが暗い顔つきでのろのろとふり向いたとき、スーザンが廊下を歩いてきた。リチャードを見ると立ち止まった。ハンドバッグをおろし、巻いていたスカーフをほどき、コートのボタンをはずして脱ぎ、それをマイクルに渡し、歩いて近づいてきてリチャードの顔を引っぱたいた。

「今夜ひと晩じゅうためといたのよ」憤然として言った。「言っときますけどね、背中に隠してるその手に持ってるのは、持ってくるのを忘れた花束だなんて言うんじゃないわよ。そのジョークは前にも聞いたわ」背を向けて足音も荒く出ていった。

「今日持ってくるのを忘れたのはチョコレートの箱だよ」リチャードはしゅんとして、

離れていく彼女の背中にからっぽの手のひらをあげてみせた。「外の壁をやっと登ってきたのに、忘れてたんだ。入ってきたときはばかじゃないかと思ったよ」

「あんまり面白くないわ」スーザンは風のようにキッチンに入っていき、素手でコーヒー豆を挽いているような音を立てた。いつもきちんとしていて感じがよくて上品なわりに、かなりの癇癪持ちなのだ。

「ほんとなんだよ」リチャードはマイクルには目もくれずに言った。「もう少しで死ぬところだった」

「その手には乗らないわよ」スーザンがキッチンから声をあげた。「こっちへ来てジョークを言ってみたらどう、大きくてとがったものを投げつけてあげるから」

「いまさら悪かったなんて言ってもしかたがないよね」リチャードは声を高めた。

「あたりまえでしょ」スーザンは言って、またキッチンから風のように戻ってきた。目をぎらぎらさせて彼をにらみつけ、ほんとうに地団駄を踏んだ。

「リチャード、このさいはっきり言っときますけどね」彼女は言った。「どうせまた忘れたって言うんでしょう。よくもそんな厚かましく、腕が二本に脚が二本に頭がひとつなんて、人間みたいな格好をしていられるわね。あなたのやってることって、アメーバ赤痢《せきり》も真っ青じゃないの。最底辺の赤痢アメーバだって、たまにはガールフレンドを誘って腸の内壁をちょっと走り回るぐらいすると思うわ。今夜さんざんな目にあってればいい気味よ」

「あったよ」リチャードは言った。「楽しいとは言えなかったと思うな。浴室に馬がいたんだ。ああいうのきみはいやがるじゃないか」

「まあ、マイクルったら」スーザンはそっけなく言った。「そんな、しぼんだプディングみたいな顔して突っ立っていないで。今夜は夕食とコンサートをほんとにありがとう。とっても親切にしてもらったし、ひと晩じゅうあなたの悩みを聞いていて楽しかったわ、そのあいだは自分の悩みを忘れていられたもの。でも、いまは本を見つけてすぐ帰ってもらうのが一番だと思うの。これから本格的に飛んだりはねたり怒鳴ったりしなくちゃならないし、あなたの繊細な感受性を傷つけたくないわ」

預けていたコートをまた受け取って片づけた。それを持っているあいだ、マイクルはその役目に完全に没頭していて、ほかのことはすべて忘れ去っているようだった。その役目をなくしたいまは、少し途方にくれたような頼りなげな顔をしている。強《し》いて気を取り直そうとして、大きな眠たそうな目をまたリチャードに向けてきた。

「リチャード」と口を開く。「あの、きみの文章読んだよ、あの……『尋《ファゾム》』の。音楽と、えーと……」

「フラクタル地形だよ」リチャードはそっけなく言った。マイクルとは話したくないし、とくにマイクルの不幸な雑誌の話に引き込まれるのはご免だった。正確にはもとマイクルの雑誌と言うべきだろうが。

その正確な部分こそ、リチャードが引き込まれたくないと思う話題のかなめだった。

「ああ、それだ。とても面白かったよ、もちろん」マイクルは、なめらかな豊かすぎる声で言った。「山や樹木や、そういうものの形状の話。再生藻類《リサイクルド・アルジー》の」

「再帰的《リカーシヴ》アルゴリズムだよ」

「そう、それそれ。とても面白かった。けど、あれはおかしい。完全におかしい。つまり、あの雑誌には合わないって意味だよ。なんたってあれは美術評論誌なんだからね。ぼくだったら当然、ああいう記事は載せない。ロスのせいですっかり台無しになってしまった。すっかり台無しだ。辞めさせなきゃいけない。どうしても。まったく感性がないし、あいつは泥棒だ」

「泥棒じゃないだろ、ウェンズデイ。ばかなこと言うもんじゃない」リチャードはぴしゃりと言った。さっきの決心はどこへやら、たちまち話に引き込まれてしまった。「なんの関係もないじゃないか。馘首《くび》になったにしてもなんにしても、それはおまえ自身が無能だからで……」

鋭く息を呑む音がした。

「リチャード」マイクルは、このうえなく柔らかくもの静かな声で言った――彼と議論するのは、シルクのパラシュートにからみつかれるのに似ている。「わかってないな、これがどれだけ重要な……」

「マイクル」スーザンがドアを開いたまま、穏やかに、しかしきっぱりと言った。マイクル・ウェントン゠ウィークスは、しゅんとしたように小さくうなずいた。

「あなたの本よ」スーザンは付け加え、小さな古めかしい本を差し出した。ケント州の教会建築に関する本だった。彼はそれを受け取り、ぼそぼそと礼を言い、そこで急におかしなことに気がついたようにちょっとあたりを見まわした。それから気を取りなおし、別れの挨拶に軽く頭を下げて出ていった。

リチャードは、自分がどれほどぴりぴりしていたか気がついていなかったが、マイクルが出ていったとたんに肩の力が抜けた。以前から、スーザンがマイクルに甘い顔をするのにいらだっていたのだ。彼女はそれをごまかそうとして、しじゅうマイクルに対して恐ろしく無礼な仕打ちをしていたが、たぶんそれすらも癪《しゃく》の種になっている気がする。

「スーザン、なんて言ったらいいか……」彼はぎこちなく切り出した。

「とりあえず『あいた』ぐらい言ってもいいと思うわ。せっかくぶってやったんだから、痛そうにしなくちゃつまらないでしょ。ずいぶん力いっぱいぶったつもりだったのに。いやだ、ここどうしてこんなに寒いのかしら。まあ、窓があけっぱなしじゃないの」

彼女は窓を閉めに行った。

「言ったじゃないか、そこから入ってきたんだよ」リチャードは言った。

その声には満足そうな響きがあった。彼女を驚かせてふり向かせるのが、そもそもの目的だったかのように。

「ほんとなんだよ」彼は言った。「チョコレートのコマーシャル（〈ミルク・トレイ〉というチョコレートのテレビCMのこと。さまざまな障害を乗り越えて女性にチョコレートの箱を届けるミルク・トレイ・マンが登場）みたいに。ただ、チョコレートの箱を持ってくるのを忘れちゃったんだけど……」ばつが悪くなって肩をすくめた。

スーザンは目を丸くしてこちらを見つめている。

「なにに取り憑かれてそんなことしたの」彼女は言い、窓から顔を出して下を眺めた。

「ひとつまちがったら死ぬところよ」とまたこちらをふり向く。

「いや、その、そうなんだけど……」彼は言った。「ほかに方法がなさそうだったから……つまりその」勇気をふるって言った。「ほら、きみに言われて鍵を返したじゃない」

「そうだったわね。だって、買物するのが面倒だって言っては、うちの買い置きをあさりに来るんだもの。リチャード、ほんとにこの壁を登ってきたの？」

「その、きみが帰ってきたときここにいたかったから」

スーザンはあきれたように首をふった。「わたしが出かける前にここにいたらずっとよかったのに。それでそんな汚い古い服を着てきたわけ？」

「うん。まさかこの格好でセント・チェッズに行ったとは思わないだろ？」

「そりゃそうだけど、あなただったらもうなにをしでかしても不思議じゃない気がするわ」ため息をついて、小さな引出しをかき回した。「ほら、これでもうちの窓の下で死なずにすむでしょ」と、鍵が二本ついたキーホルダーを渡してよこす。「くたくたで、もう怒る気にもなれないわ。マイクルにひと晩じゅうロビー活動されてまいっちゃった」

「だいたい、どうしてあんなやつを我慢できるのかわからないね」リチャードはコーヒーをとりに行った。

「あなたがマイクルを嫌ってるのはわかってるけど、すごく親切だし、湿っぽいなりに魅力的ではあるのよ。自分のことで頭がいっぱいの人って、いっしょにいてすごく気が楽じゃない。こっちになんにも尋ねてこないから。だけどいまは、あの雑誌のことでわたしになんとかする力があるって、マイクルは思い込んでるの。でもそんな力がわたしにあるわけないでしょう。世の中そうは行かないものよ。とてもかわいそうだとは思うけど」

「ぼくはそうは思わないな。あいつはこれまでずっと、なんの苦労もせずに生きてきたんだ。いまだってなんの苦労もしてやしない。たんにおもちゃを取りあげられただけじゃないか。べつに不当な仕打ちを受けたわけでもなんでもない」

「不当かどうかの問題じゃないのよ。本人が悲しんでるからかわいそうなの」

「ふん、そりゃあ悲しいだろうさ。アル・ロスのおかげで『ファゾム』はほんとに冴えた知的な雑誌に生まれ変わって、いまじゃみんなが読みたがるようになったんだから。以前はまったく意味のないクズだった。ちょっとなにか書いてもらえるかもしれないって口実で、マイクルが自分の気に入っただれかとランチをとって、ごまをするのに役に立ってただけなんだ。一号だってまともに出せたためしがなかったんだぜ。なにもかも見かけ倒しのインチキで、たんにあいつの自己満足の手段だった。そういうのは魅力的とも愛嬌があるとも言えないと思うね。ごめん、長々とこんな話をして、そんなつもりはなかったんだけど」

　スーザンは居心地悪そうに肩をすくめた。

「そこまで言わなくてもいいんじゃないかしら」彼女は言った。「ただ、わたしにはどうしようもないことをしつこくせがまれるようなら、これからはなるべく会わないようにしなくちゃならないと思うけど。あれにはうんざりだもの。それはそうと、さんざんな夜だったみたいでいい気味だわ。それで今度の週末のことなんだけど」

「ああ」リチャードは言った。「それが……」

「そうだ、その前に留守電をチェックしなくちゃ」

　彼の横をすり抜けて、留守番電話機のほうへ歩いていき、ゴードンのメッセージの冒頭の数秒を再生し、と思ったら急にカセットを取り出した。

「聞く気になれないわ」と、リチャードに差し出してきた。「これ、明日オフィスのスーザンに直接渡してくれる？　わざわざ来てもらうこともないし。大事な用件があったら彼女が教えてくれるでしょ」

　リチャードは目をぱちくりさせて、「えっ、ああ」とカセットをポケットに入れた。とりあえず目前の危地を脱して、その意外さに背筋がぞくぞくした。

「それはともかく、週末のことだけど――」スーザンはソファに腰をおろしながら言った。

　リチャードはひたいを手で拭きながら、「スーザン、あの……」

「わたし、ちょっと忙しくなりそうなのよ。ニコラが具合が悪くて、来週金曜日の〈ウイグモア（ロンドンのコンサートホール）〉にはわたしが代わりに出ることになっちゃったの。ヴィヴァルディとモーツァルトのよく知らない曲をやるから、今週末はよけいに練習しなくちゃならないのよ。ごめんなさい」

「いや、じつを言うと」リチャードは言った。「ぼくも仕事なんだ」

「だろうと思ったわ。ゴードンがしょっちゅう、あなたをせっつけって言ってくるんだもの。あれ、やめてくれないかしら。わたしには関係のない話だし、あなたに憎まれることになるし。もうプレッシャーかけられるのはうんざりだわ。リチャード、少なくともあなたはそんなことしないものね」

　彼女はコーヒーをひと口飲んだ。

「でもね、しょっちゅういやいや言われるのと、完全に忘れられるののあいだには一種のグレーゾーンがあると思うのよ。わたしとしてはそこをぜひ探検してみたいわ。ハグして」

　彼女を抱きしめながら、こんなに幸運でよいのだろうかとリチャードは思った。それから一時間後に行ってみたら、〈ピザ・エクスプレス〉はもう閉まっていた。

　いっぽう、マイクル・ウェントン＝ウィークスはチェルシー（ロンドン中部の高級住宅地）のわが家に向かっていた。タクシーのバックシートに座ってぼんやり通りを眺めながら、指で窓を軽く叩いてリズムをとっていた。ゆっくりと、なにか考えているふうに。

こつこつこつ、こつこつ、こつ、こつ。

彼は危険な人間だったが、欲しいものが手に入るかぎりにおいては柔らかくてふにゃふにゃしていておとなしかった。これまでいつも欲しいものは手に入ってきて、それであっさり満足しているようだったから、彼に柔らかくてふにゃふにゃしていておとなしい以外の一面があるとはだれも夢にも思わなかった。柔らかくてふにゃふにゃした部分を大量にかき分けていかなければ、押してもへこまない部分にはたどり着けないだろう。柔らかくてふにゃふにゃの部分はすべて、その部分を守るためにそこにあるのだ。

マイクル・ウェントン゠ウィークスは、マグナ卿の末息子だった。マグナ卿は出版社と新聞社の社主であり、大甘の父親でもあった。その庇護を受けて、マイクルは小さな雑誌を発行して巨大な損を出して喜んでいた。マグナ卿の采配のもと、卿の父・初代マグナ卿の設立した出版王国は、ゆるやかながら堂々と、そして大いに尊敬されながら縮小しつつあった。

マイクルは、指関節でガラスを軽くたたきつづけた。

こつこつ、こつ、こつ。

思い出すのは、あの背筋も凍る恐ろしい日のことだ。あの日、父はプラグを交換しようとして感電死し、そして彼の母が——彼の母が事業を引き継いだ。引き継いだだけでなく、まったく思いがけない気力と胆力をもって経営しはじめた。会社の経営《ランニング》——彼女に言わせればウォーキング――状況を厳しくチェックし、しまいにはマイクルの雑誌の収支報告書にまで調査の手を伸ばしてきた。

こつ、こつ、こつ。

いまではマイクルも多少は事業のことがわかってきて、数字がどうなっているべきかぐらいは知っている。だから、たしかにそうなっているといつも父親には請け合っていた。

「遊び半分でやっててていい仕事じゃないんだからな、わかってるな。利益を出さなかったらどう見えると思う。どうなると思う」父はいつもそう言い、マイクルはまじめな顔でうなずいて、来月の数字をでっちあげにかかるのだった。来月か、あるいは次に雑誌を刊行できる月の数字を。

しかし、母はそれほど甘くなかった。それほどどころか、その甘さには大型トラック一台ぶんほども開きがあった。

マイクルはいつも母のことを戦斧《せんぷ》のようだと言っていたが、もし戦斧にたとえるとするならば、それは極上の工芸品で、一分の狂いもない精妙な戦斧でなくてはならない。繊細な彫刻が上品にも控えめに入っていて、それが途切れた先は鋭く輝く氷の刃になっている。ひと振りを食らってもすぐにはそれと気づかず、しばらくして腕時計を見ようとして初めて腕が切り落とされていたと気づくような、そんな武器だ。

彼女はずっと辛抱強く――少なくとも見かけは辛抱強く――舞台の袖で出番を待って

いた。献身的な妻、愛情深いが厳しい母として。それがいま（ここで比喩を変えさせてもらえば）鞘《さや》から抜き放たれて、だれもが隠れ処を求めて逃げ出しているところなのだ。マイクルも例外ではなかった。

彼女はひそかにマイクルを溺愛していたが、彼が最大限かつ最悪の意味で甘やかされてきたと固く信じており、いまごろになってそれをやめることにしたのである。

彼女はものの数分で見抜いてしまった。マイクルはただ毎月数字をでっちあげていただけであり、彼の雑誌は大赤字を出している。なにしろ彼は雑誌をおもちゃにしていて、ランチ代やタクシー代や人件費——面白半分に、架空の税金対策として計上していたもの——として多額の金をずっと使い込んでいた。そのすべてが、〈マグナ・ハウス〉の巨大な損益のどこかにあっさり紛れ込んでいたのだ。

そこで彼女はマイクルを呼んだ。

こつこつ、こつ、こつん。

「どういう身分で話がしたい？」彼女は言った。「息子としてか、それともわたしの雑誌の編集長としてか。わたしはどちらでもかまいませんよ」

「母さんの雑誌って……いやその、ぼくは母さんの息子だけど、でもなんの話か……」

「けっこう。マイクル、この数字を見てちょうだい」と事務的に言って、コンピュータのプリントアウトを差し出した。「左側の数字が『ファゾム』の実際の収支で、右側のがあなたが出してきた数字よ。それを見てどう思う？」

「母さん、それはちゃんと説明するから。つまり――」

「あらそう」レディ・マグナは機嫌よく言った。「それはよかったわ」

渡した書類を取り返すと、「それで、なにか計画はあるの。これからあの雑誌をどういうふうにやっていくか」

「もちろんだよ。練りに練った計画があるんだ。ぼくは――」

「あらそう」レディ・マグナは晴れやかな笑みを浮かべた。「だったらなんにも問題はないわね」

「聞きたくないの、どういう――？」

「いいえ、それはいいのよ。この問題をどう解決するつもりか、あなたがちゃんと考えてるってわかったから。『ファゾム』の新しいオーナーが喜んで聞いてくれるでしょう」

「それどういう意味」マイクルはぼうぜんとして言った。「まさか『ファゾム』を売るっていうんじゃないよね」

「いいえ、もう売ったという意味よ。残念だけどあまり高くは売れなかったわ。一ポンドと、これから三号出すまではあなたを編集長に残すって約束をとりつけただけ。そのあとは、新しいオーナーの胸ひとつね」

目を飛び出さんばかりにして、マイクルはまじまじと母を見つめていた。

「ほら、そんな顔しないで」母は理性的な声で言った。「いまのやりかたをずっと続けられるわけがないでしょう。あなただって、遊び半分でやっていい仕事じゃないってお父さまに言われて、いつもそのとおりだって言ってたじゃないの。あなたの話を信じるにしても疑うにしても、どちらにしてもわたしでは対応に苦しむと思うから、あなたともっと客観的につきあえる相手に任せたほうがいいと思ったのよ。それじゃマイクル、わたしは次の約束があるから」

「だけど……だれに売ったの」マイクルはつっかえながら尋ねた。

「ゴードン・ウェイよ」

「ゴードン・ウェイだって！　だけど、そんなばかな、母さん、あの男は——」

「あの人、芸術の保護者と思われたくてしかたがないのよ。保護者というのはわたし、文字どおりの意味で言ってるつもりよ。それじゃ、悪いけど——」

マイクルは動こうとしなかった。

「こんなべらぼうな話は聞いたこともない！　ぼくは——」

「あらまあ、ミスター・ウェイも同じことをおっしゃったわよ。この数字をお見せして、次の三号まであなたを編集長に残すように頼んだら」

マイクルははあはあと肩で息をし、赤くなり、指をふってみせたが、もうなにも言うことを思いつけなかった。ただかろうじてこう言った。「どこがどうちがったんだよ、最初に雑誌の編集長として話がしたいって言ってたら」

「ああ、そのこと」レディ・マグナはこのうえなくやさしい笑みを浮かべて、「そのときはもちろん、ミスター・ウェントン゠ウィークスと呼んでたでしょうね。それと、ネクタイが曲がってるわよっていま言ったりもしなかったわ」と付け加えながら、自分のあごの下で小さくネクタイを直すしぐさをした。

　こつこつこつこつこつこつ。

「十七番でしたっけ」

「えっ……いまなんて？」マイクルは首をふりながら言った。

「十七番て言ったよね」と運転手。「着いたんだけど」

「ああ。ああそうか、ありがとう」マイクルは言い、タクシーから降りながらポケットに手を入れて財布を捜した。

「こつ、こつ、かい？」

「えっ？」マイクルは料金を渡しながら尋ねた。

「こつこつこつって、ここまでずっとやってただろ。なんか悩みごとでもあんのかい」

「よけいなお世話だ」マイクルはかっとして言い捨てた。

「そらそうだ。ただ、ちょっと頭がいかれかけてんじゃないかと思ってさ」運転手は言って走り去った。

　マイクルは家に入り、冷え冷えとした廊下を抜けて食堂に向かった。天井の照明をつけ、デカンターからブランディをつぐ。脱いだコートを大きなマホガニーの食卓に放り投げ、椅子を窓際に引っ張っていき、酒と恨みを抱えて腰をおろした。

　こつこつこつ、と窓を叩く。

彼は不機嫌に編集長を続けたが、最初の条件どおり三号出したところで、ろくすっぽ挨拶もなく放り出された。新たに見つけてこられた編集長は、Ａ・Ｋ・ロスとかいう男だった。若くてやる気と野心に満ちていて、あっというまに雑誌を大成功に導いた。いっぽうマイクルは頼るものもなく途方に暮れていた。あの雑誌以外、彼はなにも持っていなかったのだ。

窓をまたこつこつやりながら、いつものように窓際の小さなテーブルランプを眺めていた。どちらかと言えば不細工な、ありきたりの小さなランプだ。それなのに彼の目を惹きつけてやまない理由はただひとつ、父が感電死したのはこのランプのせいだったからだ。そしてそのとき、父はやはりここに座っていたのである。

父は技術的なことはからっきしだめな人だった。まるで目に見えるようだ。半月眼鏡を通して一心にのぞき込み、口ひげをかみながら、十三アンペアのプラグの複雑怪奇な謎を解明しようとしていたのだろう。どうやら、プラグのカバーをもとどおりに閉じないまま、プラグを壁のコンセントにつなぎ、その状態でヒューズを交換しようとしたらしい（英国のプラグは内部にヒューズが取り付けられている）。それで感電して、もともとぽんこつだった心臓が止まってしまったのだ。

そんなつまらない、つまらないミスなのに、とマイクルは思った。だれでも、ほんとうにだれでもしでかしそうなミスなのに、それがもたらした影響は破滅的だった。完全に破滅的だ。父は亡くなり、彼は負け犬になり、あのいまいましいロスは出世して、雑誌は悲惨にも大成功し……

　こつこつこつ。

　窓に目をやり、そこに映った自分の顔を見、窓の向こうの暗い茂みの影を見た。またランプに目を向けた。まさにこれのせいで、まさにこの場所で、あんなつまらないミスが起こったのだ。つまらないミス、簡単に防げるミスが。

　あのつまらないミスの瞬間と彼とを隔てるのは、これまでに経過した数か月という見えない障壁のみだ。

　とつぜん奇妙な静けさが訪れてきた。彼の身内のなにかがふと決心を固めたかのように。

　こつこつこつ。

『ファゾム』は彼のものだ。儲けのためにあるのではない、あれは彼の生きがいなのだ。生きがいが奪われたのだから、それなりの行動を起こさなくてはならない。

　こつこつこつ、がちゃん。

　マイクルは驚いた。気がついたら、こぶしが窓を突き破って血まみれになっていた。

15

ゴードン・ウェイは、死者であることのあまりありがたくない側面にじわじわ気がつきはじめていた。自分の「田舎の小住宅《コテージ》」の前に立ったときのことだ。

それは実際には、ほかのだれの基準で見ても大きな家だったが、彼は昔から田舎にコテージを持ちたいと思っていたが、ついにそれが買えるときが来てみたら本気で持てると思っていた以上のお金を持っていることに気がついたため、大きな古い牧師館を買って、それをコテージと呼ぶことにしたのである。そんなわけで、コテージと言いながら寝室は七つもあるし、湿っぽいケンブリッジシャーの土地を四エーカーも占領していた。コテージしか持っていない人々から見れば、これはとうてい好感の持てる行動ではなかったが、人に好感を持たれるかどうかでゴードン・ウェイが自分の行動を縛るとしたら、彼はもうゴードン・ウェイではなくなってしまう。

言うまでもなく、彼はもうゴードン・ウェイではない。ゴードン・ウェイの幽霊だ。ポケットに入っているのは、ゴードン・ウェイの鍵の幽霊だ。

見えない足がしばし止まったのは、それに気がついたせいだった。壁を通り抜けると考えただけで吐き気がする。それはまさに、いままでずっと必死で避けようとしてきたことなのだ。手や身体に触れるものすべてにつかもう、寄りかかろうと苦労してきたのは、それに実体があることを感じたかったからであり、それによって自分にも実体があると感じたかったからだった。ここは彼の家、彼自身の家なのだ。所有者として玄関のドアをあけて堂々と入っていきたい。それ以外の手段で入るかと思うと、喪失感に吹っ飛ばされそうだった。

家を見つめながら、これほど極端に典型的なヴィクトリアン・ゴシック様式（十八世紀から十九世紀にかけて、中世のゴシック様式のよさが見直され、英国を中心に流行した建築様式）の建物でなければよかったのにと思い、細い破風窓やおどろおどろしい小塔に、月光があんなに冷たく躍っていなければいいのにと思った。この家を買ったとき、幽霊でも取り憑いていそうだとばかな冗談を言ったものだが、あのときはまさかそれがほんとうになるとは——まして、だれが取り憑くことになるのかなど——夢にも思わなかったのだ。

霊魂の底まで冷えきる思いで、音もなく玄関に通じる私道を歩いていった。道の両側にはイチイ（よく墓地に植えられる木）の並木が黒々とそびえている。牧師館じたいよりずっと昔からここに生えている木々だ。こんな道をこんな夜に歩く人がいたら、彼のようなものに会いはしないかとびくびくするだろうと思うと胸が痛んだ。

左手のイチイの木々に隠れて立つ大きな影は、朽ちかけた古い教会堂だ。いまでは近隣の村々の教会堂と順ぐりに使われるだけになっている。礼拝を司式する司祭はぜいぜい言いながら自転車でここまでやって来て、着いたときには待っている会衆の少なさにがっかりするのが常だった。

教会堂の尖塔の向こうには、冷たい目のような月が浮かんでいた。だしぬけにちらと動くものが目に入った。家の近くの茂みのなかでだれかが動いたように見えたのだ。しかし、ただの気のせいだと彼は自分に言い聞かせた。死んでしまったという慣れない経験で神経が高ぶっているせいだ。ここに、彼にとってこわいものなどなにがあるというのか。

そのまま歩いていき、牧師館の翼棟《よくとう》のかどをまわり、ツタの絡まる暗いポーチの奥にある正面玄関に向かった。そこでいきなりぎょっとした。家のなかから明かりが漏れてきている。電灯の光のほかに、ちらつくかすかな火明かりも見えた。

ややあって気がついた。今夜彼が来ることはとうぜんわかっていたはずだ。もっとも、こんな姿で来ることは予想外だっただろうが。年配の家政婦のミセス・ベネットが来て、ベッドの支度をし、暖炉に火を入れ、軽食を用意しておいてくれているはずだ。たぶんテレビもわざとつけてあるにちがいない。彼が入ってきたとき、いらいらしてすぐに消すことができるように。

玄関に近づくとき、砂利道を歩く彼の足はなんの音も立てなかった。ドアはあけられないとわかっていたが、それでもまずはその前に行って試してみずにはいられない。そしてやはりあけられないと確かめて初めて、ポーチの影にまぎれ、目を閉じて、恥ずかしさに耐えつつすり抜けて入ることになるのだろう。ドアに近づいていき、そこで立ち止まった。

あいている。

ほんの一、二センチだが、ドアはあいていた。恐怖と驚愕に霊魂が震えた。どうしてあいているのか。こういうことに関しては、ミセス・ベネットはいつもしっかりしているのに。しばらく突っ立って迷っていたが、それから苦労しいしいドアに力をかけていった。彼に可能なかぎりのささやかな圧力のもと、ドアはのろのろと不本意そうに開き、蝶番《ちょうつがい》が抗議のうめきをあげた。ドアを抜けて板石敷きの廊下をすべるように進んでいく。幅広の階段が暗がりに向かってのぼっているが、廊下に面するドアはすべて閉じていた。

いちばん手前のドアは居間に通じている。暖炉に火が燃えているのはこの部屋だ。ドアの向こうから、深夜映画のくぐもったカーチェイスの音が聞こえてくる。一、二分ほど、輝く真鍮のドアノブ相手に無益な格闘を続けたが、しまいに屈辱的な敗北を認めざるをえなくなった。急に腹が立ってきて、まっすぐドアに飛びかかり——そして突き抜けた。

ドアの向こうは、快適な家庭のぬくもりを絵に描いたような部屋だった。彼は派手によろめきながらそこへ飛び込んでいき、勢いを止めることができずに浮き上がったまま、分厚いサンドイッチと熱いコーヒーの保温ポットの載った小さな補助テーブルを通り抜け、大きな張りぐるみの肘掛け椅子も通り抜けて暖炉に飛び込み、熱せられた厚いレンガの壁を突き抜けて、その向こうの冷えきった暗い食堂に飛び込んだ。

食堂と居間とをつなぐドアはやはり閉まっていた。触れてみたがなにも感じない。抵抗しようもない現実を受け入れることにし、腹をくって、そのドアを通り抜けた。静かに、そっと、板を構成する豊かな粒子を初めて感じながら。

居間の居心地のよさは、ゴードンにとっては耐えがたいほどだった。じっとしていられず、あてもなく室内をさまよっていると、暖かく生き生きとした火明かりが楽しげに彼を素通りしていく。火には彼を暖めることはできない。

幽霊はひと晩じゅう、なにをすることになっているのだろうか。

おっかなびっくり腰をおろし、テレビを見た。しかし、まもなくカーチェイスは予定通りドリフトして終わり、あとには砂嵐とホワイトノイズが残るだけになった。彼にはそれを消すことができない。

気がついたら椅子に深く沈み込んで、どこまで自分でどこまで椅子の一部かわからなくなり、彼は押したり引いたりして立ちあがった。面白がってテーブルのまんなかに立ってみたりしたが、それで気分が上向くはずもなく、意気消沈からさらに下へ、気分はどうしようもなくすべり落ちていく。

ひょっとして眠れるだろうか。

ひょっとしたら。

疲れも眠気も感じなかったが、ただ死ぬほど眠ってなにもかも忘れたかった。また閉じたドアを通り抜けて暗い廊下に戻る。幅広のどっしりした階段が、上階の大きな暗い寝室に通じている。うつろな胸を抱いてその階段をのぼっていった。

無意味なのはわかっていた。寝室のドアをあけられないとすれば、ベッドに入って眠ることもできないだろう。ドアを通り抜け、身体をもちあげてベッドに乗った。冷たいはずだとわかってはいたが、なにも感じなかった。月は彼を放っておけないらしく、その光をまともに浴びて横たわった。目を大きく見開いて、からっぽな気分で。眠りとはなんだったか、どうすれば眠れるのか、もう思い出すことができない。

空虚さに対する恐怖がのしかかってきた。それは、不断の努力で横になっていて、いつまで経っても眠れずにいる午前四時の恐怖だ。

どこにも行くところがないし、そこへ行ってすることもない。訪ねていって起こしたら、彼を見て心底震えあがらない者はいないだろう。

最悪だったのは、通りでリチャードに会った瞬間だ。フロントガラスの向こうで凍りついていたリチャードの真っ青な顔。あの顔がまた目に浮かんだ。そしてその隣に薄く映っていた人物の顔も。

そのせいで、心の奥に消え残っていた温もりの切れ端が振るい落とされた。その切れ端は、これはたんに一時的な問題だと言っていた。夜のうちは恐ろしく見えるが、朝になればうまく行く、みんなに会って解決できると。あの瞬間の記憶を心のうちでまさぐった。忘れることができない。

彼はリチャードを見、そしてリチャードは、まちがいなく彼を見た。
うまく行くわけがない。

夜中にこんな暗い気分になったときは、いつも階下におりて冷蔵庫をのぞいたものだ。だから今夜もそうすることにした。この月光に照らされた寝室にいるから気が滅入ってくるのだ。今夜はキッチンに取り憑いて過ごすことにしよう。

階段の手すりをすべりおり――ときどきは突き抜け――て、なにも考えずにキッチンのドアをふわりと通り抜けた。集中力とエネルギーのありったけを五分間ほど注ぎ込んだ結果、とうとう電灯のスイッチを入れることに成功した。

ほんものの偉業を達成した気がして、お祝いにビールを飲もうと思った。一、二分ほど〈フォスターズ（オーストラリアのラガービールのブランド）〉の缶をいじりまわしては落としているうちに、ついに彼はあきらめた。どうしたらプルタブをあけられるものか見当もつかなかったし、それにもう中身はすっかり泡だらけになっているだろう。だいたい、たとえあけられてもその中身をどうしようというのか。

飲んだ中身を入れておく身体がないではないか。向こうに放り出すと、缶は戸棚の下にそそくさと逃げていった。

自分自身についてわかってきたことがある。ものをつかむ能力は、ゆるやかなリズムで強くなったり弱くなったりしているらしい。姿がはっきり見えるかどうかについてもそれは同じだ。

ただ、そのリズムにはあまり規則性がないようだった。というより、リズムの影響がはっきりわかるときとそうでないときがあるだけかもしれない。それもまた、よりゆっくりしたリズムに従って変化しているようだ。そしていまはちょうど、能力の高まりつつある時期にあたっているような気がした。

急にやる気が出てきて、キッチンにあるもののうちどれをどれぐらい移動させたり使ったりスイッチを入れたりできるか試してみることにした。

戸棚をあけ、引出しを引っぱり出し、ナイフやフォークを床にぶちまけた。フードプロセッサーを一瞬うならせ、電動コーヒーミルは動かせなかったのでぶっ倒し、ガスレンジの栓をひねったものの火はつけられず、肉切りナイフでパンを切り刻んだ。パンを口に押し込もうとしたが、口を通り抜けてそのまま床に落ちてしまった。ネズミが一匹出てきたが、恐怖に毛を逆立ててたちまち逃げていった。

しまいに飽きて、キッチンのテーブルの前に腰をおろした。精神的には疲れていたが、肉体的にはなにも感じなかった。

彼が死んだことを人はどう思うだろう。

彼が亡くなったと知って、いちばん惜しんでくれるのはだれだろうか。

しばらくは茫然自失、それが悲しみに変わり、やがてそれに慣れて、彼のことは遠い思い出に変わっていく。だれもが彼のいない人生をそれぞれに歩んでいくのだ。どこだかわからないがみんなが行くところに彼も行ってしまったと思って。そこまで考えて、彼はかつてない恐怖に身が凍った。

彼はどこにも行っていない。まだここにいるのだ。

座った彼の正面に、さっきあけられなかった戸棚があった。把手がひどく固くて動かなかったのだ。それを見ているといらいらしてきた。不器用にトマトの缶詰をつかみ、その大きな戸棚にまた近づいていって、缶詰を把手に叩きつけた。扉がさっと開いて、消え失せていた彼の血まみれの死体がおぞましくも倒れかかってきた。

ゴードンはこのときまで、幽霊にも気絶ができるとは知らなかった。

それにいま気づいて、彼は気絶した。

数時間後に意識が戻った。ガスレンジの爆発する音のおかげで。

16

翌朝、リチャードは二度目を覚ました。

一度めは、これはまちがいだと思って寝返りを打ち、さらに数分うつらうつらした。二度めはがばとはね起きた。前夜のできごとが生々しくよみがえってきたからだ。

階下におりて、不機嫌にもうろうとして朝食をとったが、なにひとつうまく行かなかった。トーストはこがし、コーヒーはこぼし、気がついてみたら昨日マーマレードを買うつもりだったのに忘れていた。自分で用意した情けない食事を改めて見直して、せめて今夜はすばらしい食事にスーザンを誘い、昨夜の埋め合わせをする時間ぐらいはとれるのではないかと思った。

彼女が来てくれればの話だが。

そう言えば、あるレストランのことをゴードンが長々と絶賛し、ぜひ試してみろと勧めたことがあった。ゴードンはレストランにはけっこうくわしい――どうやらそれだけの時間をレストランで過ごしているらしい。リチャードは二、三分、鉛筆で歯をこつこつやっていたが、立ちあがって仕事部屋に行き、コンピュータ雑誌の山の下から電話帳を引っぱり出した。

〈あと知恵《レスプリ・デスカリエ》〉。

そのレストランに電話をしてテーブルを予約しようとしたが、いつの話か伝えると、どうやら向こうはいささか面白がっているようだった。

「申し訳ございません、ムッシュ」ボーイ長は言った。「あいにくではございますが、そのご予約はお受けいたしかねます。いまの時期ですと、少なくとも三週間前にご予約いただきませんと。申し訳ございません」

リチャードは驚いた。自分が三週間後になにをしたいか、ほんとうにわかっている人なんかいるのだろうか。ボーイ長に礼を言って電話を切った。それじゃ、またピザにするかと思い、それで昨夜守りそこねた約束のことを思い出した。しばらく考えたが、好奇心に負けてふたたび電話帳に手をのばした。

ジェントルマン（Gentleman）……

ジェントルズ（Gentles）……

ジェントリー（Gentry）。

ジェントリー（Gently）は一件もなかった。ただの一件も。べつの電話帳も見つけたが、ただS～Zだけは見つからなかった。理由はいまだに突き止められないのだが、通いの掃除婦がいつも捨ててしまうからだ。

チェッリはまちがいなく一件もなかったし、似たような名前もない。念のためJently、Dgently、Djently、Dzentlyも調べたが見つからず、ちょっと似ているという程度の名前もなかった。Tjentlyとか TsentliとかTzentliはどうだろうかと思い、試しに電話番号案内にかけてみたがつながらなかった。腰をおろし、また鉛筆で歯をこつこつやりながら、コンピュータ画面でソファがゆっくり回転するのを眺めた。

それにしても、なんと奇妙なことだろう。あれは、レジがあんなに熱心にダークについて尋ねてから、ほんの数時間後のことだった。

本気で人を捜したいときは、どこから手をつけたらいいのだろう。なにをすればいいのだろうか。

警察に電話をしてみたが、やはりつながらなかった。しかたがない。現時点でできることはすべてやった。まだやっていないのは私立探偵を雇うことぐらいだが、そこまでするほど時間も金もありあまってはいない。これまでも数年に一度はぐうぜん会っていたのだから、いずれまた出くわすこともあるだろう。

考えてみると、私立探偵などという人種がほんとうにいるとはちょっと信じられなかった。

いったいどんな人間なのだろう。どんな顔をしていて、どこで働いているのか。私立探偵はどんなネクタイをしめるのだろうか。たぶん、私立探偵がしめるとは人が絶対に思わないような、まさにそういうネクタイをしめなくてはならないのだろう。朝起きてすぐに、そんな難問に取り組むとは大変だ。

第一の理由は好奇心だが、腰をすえて〈アンサム〉のコードを書く以外にはほかに選択肢がないという状況も手伝って、気がついたら『職業別電話帳』をぱらぱらやっていた。

私立探偵（Private Detectives）――探偵事務所（Detective Agencies）を見よ。

こんな日常的というか事務的な文脈で見ると、その言葉はほとんど場違いに見えた。前のほうに戻ってまたぱらぱらめくる。クリーニング店（Dry Cleaners）、犬のブリーダー（Dog Breeders）、歯科技工士（Dental Technicians）、探偵事務所……

そのとき電話が鳴りだし、いささかぶっきらぼうに出た。邪魔が入るのは好きではない。

「どうかしたの、リチャード」

「ああ、いやケイト、ごめん、そうじゃないんだ。ただ……ちょっとべつのことを考えてたから」

ケイト・アンセルムは、〈ウェイフォワード・テクノロジーズ〉のもうひとりの花形プログラマーで、長期的な人工知能プロジェクトに取り組んでいる。人工知能というと途方もない夢物語に聞こえるが、それは彼女の話を聞いたことがないからだ。ゴードンはかなり頻繁に彼女の話を聞かずにいられないが、ひとつにはそれにかかる予算が気になってしかたがないからであり、そしてもうひとつには、まあその、ゴードンはいずれにしてもケイトの話を聞くのが好きなのはまちがいなかった。

「邪魔はしたくなかったんだけど」彼女は言った。「ただ、ゴードンに連絡がつかないのよ。ロンドンからもコテージからも、自動車からもポケベルからも返事がないの。ゴードンみたいな電話魔にしては、ちょっと変だってだけなんだけど。聞いた？　アイソレーション・タンク（感覚遮断のための装置。リラックスや瞑想などの目的で用いられる）に電話をつけさせたって話。ほんとなのよ」

「ゴードンとは昨日話したきりだよ」リチャードは言った。ふいに、スーザンの留守番電話のテープを持ってきたのを思い出した。ゴードンのメッセージに、ウサギに関するたわごとよりも重要な話が入っていなければよいのだが。「コテージに行ってるはずだけど。その、いまどこにいるかはわからないな。ほかにいそうな場所というと――」リチャードにはほかの場所は思いつけなかった。「……ええと。げっ」

「どうかした？」

「信じられない……」

「リチャード、なにがあったの」

「なんでもないよ。ただその、いまとんでもないものを読んだもんだから」

「あらほんと、なに読んでるの」

「いや、それがじつは電話帳なんだけど……」

「ほんと？　わたしもすぐ買いに行かなくちゃ。もう映画化権はとられてるの？」

「ごめんケイト、あとでこっちから電話するよ。ゴードンがいまどこにいるかぼくは知らないし――」

「いいのよ、ページをめくるのももどかしいって気持ちはよくわかるわ。最後の最後までずっとじらされるのよね。犯人はきっとズビグニュー（Zbigniew）よ。それじゃ、いい週末をね」彼女は電話を切った。

リチャードも電話を切り、ぼうぜんと座ったまま、目の前のイエローページに堂々と掲載された囲み広告を見つめた。

ダーク・ジェントリー全体論的探偵事務所
犯罪の全体を解決します
行方不明者の全体を発見します
お悩みの全体を解決したければいますぐお電話を！
（迷子の猫捜し・面倒な離婚問題専門）
ロンドンN1　ペケンダー通り三三番a　（〇一）三五四－九一一二

ペケンダー通りはここから歩いて数分だ。リチャードはその住所を書き留め、コートを引っかけてそくさと階下におりていき、途中で立ち止まってまたざっとソファを眺めた。きっとなにか、自明も自明なことを見逃しているにちがいない。ソファは、細くて長い階段の、少し曲がったあたりに引っかかっている。ここで階段はいったん途切れて、二メートルほどの平らな踊り場になっており、それはリチャードのすぐ下のフラットの位置に当たる。しかし、改めて眺めてみてもなんの新しい発見もなかったため、しまいにソファを乗り越えて玄関から外へ出た。

イズリントンでレンガをひとつ投げれば、骨董品店三軒、不動産屋一軒、書店一軒に当たる。ほんとうに当たらなかったとしても、その店々の防犯ベルが鳴りだすのはまちがいない。そしていったん鳴りだしたら、週末が終わるまで鳴りやまないのだ。パトカーが一台、アッパー通りでいつものダッジム（囲いのなかでおもちゃの自動車をぶつけあう遊び）をやっていたが、それが彼を追い越したところで急ブレーキをかけて停まった。その後ろでリチャードは通りを渡った。

よく晴れた寒い日だった。彼はこういう日が好きだ。酔っぱらいがよく殴られるイズリントン緑地《グリーン》の端を横切って歩き、コリンズ・ミュージックホールの焼け跡を通り過ぎ、アメリカ人の観光客が身ぐるみはがれるカムデン小路《パッセージ》に入った。骨董品店を冷やかしているうちに、あるイヤリングに目が留まった。スーザンが好きそうだと思ったのだが、自信が持てない。そのうち自分でも好きかどうかわからなくなってきて、混乱してあきらめた。書店をのぞいたら、ちょうどそこにあったのでコールリッジの詩集を衝動買いした。

そこから曲がりくねった裏道を抜け、運河を渡り、運河をふちどる公営団地を横目に、どんどん小さくなっていく広場を抜けて、とうとうペケンダー通りにたどり着いた。思ったよりずっと遠かった。

不動産開発業者が週末に大きなジャガーを運転してまわって涎《よだれ》を垂らすような、そこはそういう街区だった。リース期間切れの店舗、ヴィクトリア朝の産業施設、ジョージ王朝時代後期の短い崩れかけたテラスハウスがぎっしり建ち並び、取り壊される時をじりじりしながら待っている。そしてそのあとには、若くて頑丈なコンクリートの箱がにょきにょき生えてくるのだろう。不動産業者が飢えた群れをなしてうろうろし、すぐにぶっ放せる銃のようにクリップボードを抱えて、互いに油断なくにらみあっている。

三十三番地がやっと見つかった。きれいに三十七番と四十五番にはさまれている。修理がやや追いついていないものの、周辺の建物のなかではましなほうだった。

一階は薄汚れた旅行代理店で、窓ガラスはひび割れていて、色あせた〈英国海外航空協会（〈英国航空〉の前身）〉のポスターが何枚か貼ってあるが、あれはいまではかなりの値がつくのではないだろうか。旅行代理店のわきのドアは真っ赤に塗られていた。きれいな仕事ではないが、少なくとも最近の仕事ではある。ドアのわきにはプッシュボタンがあり、きれいな鉛筆書きの文字で「ドミニク・フランス語教室《フレンチ・レッスン》、三階」と書かれていた。

しかしそのドアの最も目立つ特徴は、ど真ん中に取り付けられたどぎつくもぴかぴかの真鍮の表札だった。それに彫り込まれた文字は「ダーク・ジェントリー全体論的探偵事務所」。

それだけだった。表札は真新しく見えた――それを留めているねじさえまだぴかぴかしている。

押すとドアは開き、リチャードはなかをのぞき込んだ。

ドアの向こうは短くかびくさい廊下になっていて、のぼりの階段以外はほとんどなにもなかった。廊下の奥のドアには、ここ何年もあけられた形跡は見当たらず、古い金属の棚、金魚の水槽、自転車の死骸が立てかけられて山をなしていた。それ以外はすべて、壁も床も階段も、そして奥のドアも手が届く範囲については、安上がりに体裁を整えようと灰色に塗られている。しかし、いまではそれも全体にひどく磨耗して、天井近くの湿って汚れた部分からは小さなキノコの笠がのぞいていた。

複数の怒声が聞こえてきた。階段をのぼりはじめると、ごっちゃに聞こえていた怒声がほぐれて、上階のどこかで激しい口論がふたつ、完全にべつべつに続いているのがわかってきた。

ひとつはとつぜん終わった――というか少なくとも、その半分は終わった。太りすぎの男がかっかしながら、階段をがたがた言わせて降りてくる。降りながらレインコートの襟をまっすぐに直している。その口論の残り半分はまだ続いていて、激したフランス語の奔流がうえから降ってきていた。男はリチャードを押しのけて通りながら、「むだ遣いはやめときな、当て外れもいいとこだぜ（「フレンチ・レッスン」はオーラル・セックスの隠語）」と言って、朝の冷気のなかへ出ていった。

もういっぽうの口論はもっとくぐもっていた。リチャードが二階に着いたとき、どこかでドアがばたんと閉まって、そちらの口論も終わった。彼は手近の開いたドアのなかをのぞき込んだ。

なかは狭い受付だった。そこから奥のオフィスに通じる内側のドアはぴったり閉じている。まだ若い丸顔の女が、安物の青いコートを着て、デスクの引出しから口紅やティッシュの箱を引っぱり出して自分のバッグに突っ込んでいた。

「ここは探偵事務所ですか」リチャードはためらいがちに尋ねた。

女はうなずいた。唇をかみ、顔はうつむけたままだ。

「それで、ミスター・ジェントリーはいますか」

「いるかもね」女は顔を勢いよくあげて髪を後ろへ払ったが、細かく縮れているせいであまりうまく行かなかった。「でもいないかもよ。なんとも言えないわね。どこにいようがあたしの知ったことじゃないの。いまはもう、あの人がどこにいてもいなくても、ぜんぜんあたしには関係ないことだから」

彼女はマニキュアの最後の一本を取り出すと、引出しを思い切り閉めようとした。しかし分厚い本が引出しのなかに立っていて閉まらない。また閉めようとしたが、やはり閉まらなかった。彼女はその本を取り出し、ページをまとめてむしり取って引出しに戻した。今度は簡単に閉まった。

「あなたは秘書?」リチャードは尋ねた。

「もと秘書よ。これからもずっとそれで行くつもり」彼女はそう言って、力まかせにバッグを閉じた。「しょうもない真鍮の表札に大枚はたいて、あたしに給料を払うお金はないって言うんなら好きにすればいいのよ。でもあたしはそんなの我慢する気はないのよね、おあいにくさま。商売に役に立つですって、ばか言うんじゃないわよ。商売に役に立つのはちゃんとした電話応対でしょ。あの立派な真鍮の表札が電話に出てくれるかっていうのよ。すみませんけど、あたしかんかんになって飛び出すっていうのをやるつもりなんで、どいてくれません？」

リチャードがどくと、彼女はかんかんになって飛び出していった。

「いい厄介払いだ！」奥のオフィスから怒鳴る声がした。電話が鳴り、すぐにとられた。「はい」奥のオフィスから不機嫌に応じる声がする。さっきの女がスカーフを取りに戻ってきたが、もと雇い主に聞こえないように足音を忍ばせていた。やがて、これを最後に出ていった。

「はい、ダーク・ジェントリー全体論的探偵事務所です。どんなご用件でしょう」

上階からのフランス語の奔流はやんでいた。一種のはりつめた静けさが訪れる。

奥では声が言っていた。「そのとおりです、ミセス・サンダーランド、厄介な離婚問題は当事務所がとくに得意とするところでして」

間があった。

「ええ、申し訳ありません、ミセス・サンダーランド、そういう意味の厄介な問題ではないものでして」電話がまた切られた、と思ったらすぐにまた鳴りだした。

リチャードは陰気な狭い受付を見まわした。ろくにものがない。傷だらけの合板のデスク、古い灰色のファイリングキャビネット、暗緑色のブリキのゴミ入れがあるだけだ。壁には〈デュラン・デュラン〉のポスターが貼ってあったが、だれかが太い赤のマジックで「これをはがしてください」と書きなぐっていた。

その下には、べつの人の字で「いやです」

またその下に、最初の字で「はがせと言ったらはがせ」

その下に二番めの字で「いや！」

その下に――「はがさないならクビだ」

その下に――「クビでけっこう！」

どうやらそれで、この問題はけりがついたらしかった。

内側のドアをノックしてみたが、返事はなかった。代わりに声はこう続けていた。

「ミセス・ローリンスン、よくぞ訊いてくださいました。『全体論的』という言葉が意味しているのはですね、これはわたしの信念なのですが、万物は根本的に相互に関連しあっているから、そこに目を向けなくてはならないということなのです。当事務所では、指紋採取用のパウダーとか、ポケットの綿ぼこりの証拠とか、ばかげた足跡とか、そんなつまらないことにはこだわりません。わたしの考えでは、あらゆる問題の解答は、全体のパターンや網の目のうちに見てとれるものなのです。原因と結果の関連性は、じつに精妙にして複雑なものなのですよ、ミセス・ローリンスン。わたしたち人間には、この物質世界を大雑把かつ表面的にしか理解できませんから、その関連性になかなか気がつかないのです。

ひとつ例をあげましょうか。歯が痛いという人が来ると、鍼師《はりし》は太腿に鍼を打ちます。なぜだと思います？

いいえ、わたしにもわかりません。いずれは突き止めるつもりですが。お電話ありがとうございました、ミセス・ローリンスン。では」

切ると同時にまた電話が鳴りだした。

リチャードはそっとドアをあけてなかをのぞいた。

まちがいなくあのスヴラド、というかダーク・チェッリだった。腹まわりが少しでっぷりして、目と首のまわりは皮膚が少したるんで赤くなっていたが、基本的には同じ顔だ。記憶のなかにあって、いちばん鮮やかに思い出せるその顔には暗い笑みが浮かんでいる。あれを見たのは八年前、ケンブリッジシャー警察のパトカーの後部に、その顔の持主が乗り込もうとしているときのことだ。

身に着けた明るい茶色の分厚いスーツは古ぼけていて、古きよき時代にイバラの森開拓遠征に出て大幅にすり切れたかと思うようなありさまだった。その下の赤いチェックのシャツはスーツと調和することに完全に失敗しているし、緑のストライプのネクタイはそのどちらとも口もききたくないと言っていた。金属フレームの分厚い眼鏡もかけているから、服装のセンスの少なくとも一部は、これで説明がつくかもしれない。

「ああ、ミセス・ブラトール、お声を聞けて元気百倍ですよ」と彼は言っている。「ミス・ティドルズが亡くなられたと聞いてすっかり気落ちしておりましたので。まったく残念なことで。しかしそうは言っても……暗い絶望のあまりに、明るい光から目をそむけてよいものでしょうか。その明るい光のなかで、あなたの猫ちゃんは永遠に憩うことになるのですからね。

わたしはそうは思いません。ほら。ミス・ティドルズがにゃあにゃあ言っていますよ、聞こえませんか。あなたを呼んでいるんですよ、ミセス・ブラトール。いまは幸せで安らかだと言っています。あなたが請求書の支払いをすませたら、もっと安らかになれると言ってますよ。なにかピンと来ませんか、ミセス・ブラトール。考えてみると、わたしも三か月ほど前にお送りしたような気がします。まさかあれが、ミス・ティドルズの永遠の平安を乱しているのではないでしょうか」

ダークは盛んに手招きをしてリチャードをなかに呼び入れ、フランス煙草のつぶれた箱を身ぶりで示した。もうちょっとのところで手が届かないので渡してくれと言っているのだ。

「では日曜の夜に。日曜の夜八時半ですね。住所はおわかりですね。もちろん、ミス・ティドルズは来てくれますとも、あなたの小切手帳と同じぐらい確実に。ではミセス・ブラトール、そのときにまた」

ミセス・ブラトールを片づけたときには、べつの電話がもう鳴りはじめていた。彼は受話器をとり、それと同時につぶれた煙草に火をつけた。

「ああミセス・ソスキンド」と彼は電話に向かって言った。「わが事務所のいちばん古くからの、そしてこう言ってよければ、いちばん大切なお客さま。ごきげんよう、ミセス・ソスキンド、ごきげんよう。残念ながら、まだロドリックくんの足どりはつかめません。しかし調査はいっそう強化するつもりですし、最終段階に移行するのはまちがいありません。ええ、まったく悲観はしておりませんよ。本日よりわずか数日後には、かわいいいたずらっ子はついに奥さんの腕に戻り、かわいらしくにゃあにゃあ言っていることでしょう。ああ請求書、まだお手もとに届いていないのかと心配しておりました」

ダークのくわえたつぶれた煙草は、あまりにつぶれすぎていて吸うに吸えなかった。そこで受話器を肩に引っかけて、べつのを出そうと箱をつつきまわしたが、もう一本も残っていなかった。

デスクをあさって紙片とちびた鉛筆を見つけ、メモを書いてリチャードに渡してよこした。

「もちろんですとも、ミセス・ソスキンド」彼は電話に向かって請け合った。「全身を耳にして聞いていますよ」

そのメモには「秘書に煙草買って来いと伝えてくれ」と書かれていた。

「わかります」ダークはあいかわらず電話に向かってしゃべっている。「ですがミセス・ソスキンド、ご愛顧いただいたこの七年間に努めてご説明してきましたように、このご依頼については量子力学的な見かたをしたいと思っているのです。わたしの考えでは、あなたの猫は行方不明になったのではなく、波形が一時的に収縮しているので、それを回復しなくてはならないのです。シュレーディンガーやプランクなどが言っているとおりです」

リチャードはそのメモに「秘書はもういないよ」と書いて押しやった。

ダークはしばらく考えたが、その紙に「あんちくしょう」と書いてまたリチャードのほうへ押し戻してきた。

「おっしゃるとおり」とダークはのんきな口調で続ける。「十九歳というのは、言ってみれば、猫にとってはずば抜けた長寿ですが、ロドリックのような猫にそれが無理だと決めつけるのはいかがなものでしょうか。

それにこの晩年近くなってから彼を見捨てて、運命のなすがままに任せてよいものでしょうか。むしろいまこそ、調査を継続して支えてやることが必要なときではないでしょうか。いまこそ、これまで以上に努力を注ぐべきなんです。ミセス・ソスキンド、お許しがあれば、わたしとしてはぜひともそうしたいと思っています。こんな簡単なことをしてやらなかったら、どんな顔をしてロドリックに再会できるとお思いですか」

リチャードはそのメモをいじっていたが、ひとり肩をすくめて、「おれが買ってくる」と書いてまた押しやった。

ダークはたしなめるように首をふって、「そんなわけにはいかないが、気持ちはとてもありがたい」と書いた。リチャードがそれを読むと、すぐにダークはメモを取り返し、

「金は秘書からもらってくれ」と書き足した。

リチャードはそのメモを読んで考え、また鉛筆を取って、さっき「秘書はもういないよ」と書いた横にチェックを入れた。その紙をデスクの向こうに押しやると、ダークはそれをちらと見て、「そんなわけにはいかないが、気持ちはとてもありがたい」の横にチェックを入れた。

「そうですか、それでは」とダークはあいかわらずミセス・ソスキンドに話している。「請求書のどの部分が理解しにくいと思われるのか、ちょっとおっしゃってみてください。おおまかにでけっこうですから」

リチャードはオフィスの外へ出た。

階段を駆けおりる途中で、デニムのジャケットに坊主頭の若者とすれちがった。不安そうに階段のうえをうかがっている。

「よかったかい」彼はリチャードに尋ねた。

「すごい」リチャードはぼそぼそ答えた。「とにかくすごい」

近くの新聞雑誌販売所を見つけて、ダークのために〈ディスク・ブルー（フランスの煙草のブランド）〉を二箱取り、ついでに『パーソナル・コンピュータ・ワールド（英国のコンピュータ雑誌）』の最新号を手にとった。表紙にゴードン・ウェイの写真が載っていた。

「その人、気の毒にねえ」新聞屋が言った。

「えっ？　ああ、その……そうだね」リチャードは言った。自分でもよくそう思っていたのだが、その感想が世間で広く共有されているとは思わなかったのだ。『ガーディアン』も一部とって、料金を払って店を出た。

戻ってみると、ダークはあいかわらず電話でしゃべっていた。足をデスクにのせ、明らかに肩の力を抜いて気楽に交渉を進めている。

「ええ、バハマ諸島の経費は、まあ高《エクスペンシヴ》くなってますね、ミセス・ソスキンド、しかし経費というのはそういうものです。エクスペンスと言うぐらいですから」差し出された煙草の箱を受け取り、たった二箱なのにがっかりしたようだ。それでも、リチャードの親切に感謝するしるしにちょっと眉をあげてみせ、手をふって椅子を勧めた。

半分フランス語の口論の声が、上の階から漂いおりてくる。

「もちろん何度でもご説明しますよ。バハマ諸島にどうしても行かなくてはならなかった理由でしたら」ダーク・ジェントリーはなだめるように言った。「喜んでご説明しますとも。ミセス・ソスキンド、ご存じのように、万物は根本的に相互に関連しあっているとわたしは考えています。さらに、万物の相互関連性のベクトルを地図に記入して三角測量をおこなっているのですが、その示す方向をたどっていくと、バーミューダ島の海岸にたどり着くのです。ですから、調査中はおりにふれてそこを訪れることが必要なのですよ。わたしにとってこれは残念なことでして、というのも、あいにく日光にもラム・パンチにもアレルギーがあるものですからね。しかし、人はみなそれぞれ十字架を背負っているものです。そうお思いになりませんか、ミセス・ソスキンド」

受話器から、なにごとかまくしたてる声が噴き出してきたようだった。

「残念です、ミセス・ソスキンド。信じていただけなくて苦労も報われ、生き返ったような気分だと申し上げる気持ちになれればよいのですが、どんなにがんばってもそれはできません。ほとほと疲れました、疲れはてました。請求書にその趣旨の項目があると思います。ちょっと見てみましょう」

近くにあったぺらぺらのカーボンコピーをとりあげた。

「『万物の相互関連性のベクトルを検出・三角測量、百五十ポンド』。この件はご説明しましたね。『同ベクトルをバハマ諸島の海浜まで追跡、旅費宿泊費』、たったの千五百ポンド。もちろん宿泊施設は情けないほどお粗末でしたとも。ああ、これこれ。『依頼者の不信に直面したことによる疲労困憊《こんぱい》対策、飲酒――三百二十七ポンド五十ペンス』

このような請求をしないですめばどんなによいかと思います。このような事態がしょっちゅう起こらなければよいのですが。わたしの手法を信じていただけないと、仕事がやりにくくなりますし、そのせいで、まことに遺憾ながら、費用もさらにかさむことになるのですよ、ミセス・ソスキンド」

上階では、口論の声が刻一刻と激しくなってきていた。フランス語の声はヒステリーを起こす寸前のようだ。

「おっしゃるとおりです、ミセス・ソスキンド」ダークは続ける。「調査費は当初の見積もりからいささかかけ離れてきております。しかし、これはお認めいただけると思いますが、七年かかる仕事は、午後いっぱいでやり遂げられる仕事より明らかにずっとむずかしいはずであり、したがって料金も高くなるのはやむをえないのです。その仕事がどれぐらいむずかしいかは、それまでやってみてどれだけむずかしかったかに照らして、たえず評価しなおさなくてはならないのですよ」

受話器から噴き出す声は、いよいよかっかしてきている。

「ミセス・ソスキンド――いや、ジョイスとお呼びしてかまいませんか。そうですか、ではミセス・ソスキンド、ひとつ言わせてください。この請求書のことを気に病むのはおやめなさい。そのせいで不安を感じたり、困惑なさったりする必要はないんです。どうかお願いですから、これをご心配の種になさらないでください。ただ歯を食いしばってお支払いくだされぱいいんです」

足をおろし、上体をデスクに乗り出した。受話器をじりじりと、しかし断固として架台のほうへ戻していく。

「いつも言っておりますが、お話しできてまことに楽しゅうございました。ミセス・ソスキンド、ではまた」

とうとう受話器をおろした。すぐにまた取りあげて、とりあえずくずかごに放り込んだ。

「やあ、リチャード・マクダフ」と言って、デスクの下から大きくて平たい箱を取り出すと、リチャードに向かって押しやった。「おまえのピザだよ」

リチャードは仰天してあとじさった。

「いや、いいよ」彼は言った。「朝食はすませてきた。いいからおまえ食えよ」

ダークは肩をすくめた。「週末におまえが来て、代金は払うからって言ってきたんだが」彼は言った。「ところで、おれのオフィスにようこそ」

どこということもなく手をふって、みすぼらしい室内を示した。

「光はちゃんと働いてるし」と窓を示し、「重力もちゃんと働いてる」と鉛筆を床に落としてみせた。「それ以外はみんな、運まかせってことだな」

リチャードは咳払いをした。「これはどういうことなんだ」

「どういうこととは?」

「これだよ」リチャードは声を高めた。「どれもこれもだ。おまえは全体論的探偵事務所をやってるらしいが、それがなんなのかすらさっぱりだ」

「この世で唯一無二のサービスを提供してるんだ」ダークは言った。「『全体論的』という言葉が意味しているのは、これはおれの信念なんだが、万物は根本的に相互に関連しあっていて――」

「ああ、そこのとこはさっき聞いた」リチャードは言った。「言いたくないが、ただの口実みたいに聞こえたんだがね。人のいいおばあさんたちから、それで金をだましとってるんだろう」

「だましとってる?」ダークは言った。「そりゃそういうことになるだろうな、いっぺんでもだれかが金を払ってれば。だけどなリチャード、請け合ってもいいが、そういう危険はこれっぽっちもなさそうだぜ。おれは、いわゆる希望を食って生きてるんだ。面白くて金になる事件が来ればいいなといつも待ってるわけだ。それで、秘書は給料が払われればいいなと思ってるし、秘書の家主は秘書が賃貸料を稼いでくればいいなと思ってるし、電気局は家主が料金を払ってくれればいいなと思ってると、まあそういうことさ。これはすばらしく楽天的な生きかただと思うね。

そのいっぽうでおれは、大勢のかわいくておつむの軽いおばあさんたちに、腹を立てて喜ぶネタを提供してやって、それで事実上、猫たちの自由を保証してやってるんだぜ。おれが話の腰を折られるの嫌いだっておまえが知ってるのはわかってるから、先まわりして答えてやると、おれの知力が底なしだってことはもう言うまでもないと思うが、その底なしの知力のこれっぽっちでも必要とするような依頼が一件でもあるかっていうと、答えはノーだ。それでがっくり来てるか、幻滅してるかって言うと、答えはイエスだ。ただし」と付け加えて、「それも昨日までの話だけどな」

「そうか、そりゃよかった」リチャードは言った。「だけど、あの猫と量子力学のたわごとはいったいなんなんだ」

ダークはため息をついて、ピザの箱のふたを慣れた手つきで一発で開いた。冷えた丸いものをなにやら悲しげに観察していたが、やがてひと切れむしり取った。ペパローニとアンチョビの破片がデスクに飛び散る。

「リチャード、シュレーディンガーの猫の話は知ってるだろ」と言って、そのひと切れの半分以上を口に詰め込んだ。

「もちろん」リチャードは言った。「まあその、だいたいは」

「説明してみろよ」ダークは口いっぱいにピザをほおばったまま言った。

リチャードは椅子のうえでもぞもぞした。「あれは、量子力学の原理を説明するためのたとえだ」彼は言った。「つまり、量子のレベルではあらゆる事象が確率に支配されているっていう……」

「量子のレベルってことは、すべてのレベルってことだ」ダークが口をはさんだ。「もっとも原子より上のレベルになると、その確率が累積されていくから、通常の事象の連鎖においては厳然たる物理法則の影響にまぎれて識別できないけどな。先を続けろよ」

ダークはまた冷えたピザを口に詰め込んだ。

リチャードは考えた。ダークの口にはすでにじゅうぶん以上のものが入っている。しかもこれだけしゃべっているのだから、彼の口では入も出もほとんど間断なしにおこなわれている。そのいっぽうで彼の耳は、通常の会話においてはほぼ使用されていない。

それで思いついたのだが、もしラマルクが正しくて、数世代にわたってこの行動を通じた形質遺伝が起こったとすれば、頭蓋内部における劇的な配管変更がいつか起こる可能性がある。

リチャードは続けた。「量子レベルでは、事象は確率に支配されているだけじゃなくて、それが観測されるまでは、その確率が実際の事象として定まることすらない。あるいは、さっきおまえが変てこな文脈で使っていた文句を使えば、観測という行為が確率の波形を収縮させるんだ。その時点までは、たとえばある電子にとって、可能な行動のすべてが可能性として残っている。つまり確率の波形として共存しているんだ。なにも決まらない。観測されるまでは」

ダークはうなずいた。「そんなとこだ」彼は言って、またひと口ほおばった。「だけど、猫はどうなったんだ」

このままでは、ダークがピザをすべて食べ尽くすのをぼさっと見ていなくてはならない。それを回避する方法はひとつしかない、とリチャードは思った。それは自分で残りを食べることだ。彼はピザの残りを丸めて、ためしに端を少し噛み切ってみた。わりといける。もうひと口噛み切った。

ダークはそれを、目を丸くしつつ残念そうに眺めている。

「それで」とリチャードは口を開いた。「シュレーディンガーの猫のもとになったのは、量子レベルの確率的な現象の効果を、肉眼で見えるレベルで考察する方法はないかっていう発想だった。肉眼で見えるっていうか、日常的なレベルって言ってもいい」

「ああ、そのほうがいい」ダークは言って、ピザの残りを沈痛な面持ちで見やった。リチャードはまたひと口食べて、快活に先を続けた。

「それで、完全に密閉できる箱に猫を一匹入れるとしよう。その箱にはまた、放射性物質の小さな塊をひとつと、毒ガスの容器《バイアル》も入れておく。それで、ある一定の時間内に、その放射性物質の原子が崩壊して電子を放出する確率がちょうど二分の一になるようにしておくんだ。原子が崩壊したら、スイッチが入ってガスが放出されて、猫は死ぬ。崩壊しなければ猫は死なない。五分五分の確率だ。そしてそれは、ひとつの原子が崩壊するかしないかの五分五分の確率によって決まるわけだ。

おれの理解しているかぎりでは、ポイントはここだ。一個の原子の崩壊は量子レベルの事象だから、観測されるまではどちらとも定まらない。ところが観測がおこなわれるのは、箱をあけて猫が生きているかどうか確認されたときだ。そう考えていくと、すごくおかしな結論が導かれるんだ。

つまり、箱をあけるまでは、猫も不確実な状態で存在するってことだ。猫が生きている確率と死んでいる確率が、ふたつの異なる波形として箱のなかで互いに重なりあっているわけだよ。量子力学はばかげているとシュレーディンガーは思っていて、それを説明するためにこのたとえ話を持ち出したんだ」

ダークは立ちあがり、そそくさと窓際に歩いていった。目の前に古い倉庫（に、とあるオルタナティヴ・コメディアン（一九八〇年代に流行した、従来の型にとらわれない新しいタイプのコメディをオルタナティヴ・コメディと称した）がＣＭの莫大な出演料の大半を注ぎ込んで、改造して作った豪華マンション）が立ちはだかっていて大したものは見えないから、窓からの眺めを楽しむためというより、おそらくピザの最後の一片が消えていく眺めを楽しまずにすますためだったのだろう。

「そのとおり」ダークは言った。「さすが！」

「だけど、そういうあれがなんの関係があるんだ、この——この探偵事務所に」

「ああ、それか。つまりだな、以前ある研究者たちがそういう実験をやってたんだが、箱をあけてみたら猫は生きてても死んでもいなくて、完全に消え失せていたんだ。それでおれが調査のために呼ばれたわけだ。すぐに見当はついたよ。べつにものすごく劇的なことが起こったわけじゃない。猫はたんに、何度も箱に閉じ込められたり、ときどきは毒ガスを吸わされたりするのがいやになって、すきを見て窓から逃げ出しただけだったんだ。あっという間に解決さ。窓際にミルクの皿を置いて、『バーニス』って猫なで声で呼ぶだけで——ちなみにバーニスってのはその猫の名前な、わかると思うけど——」

「ちょっと待てよ——」リチャードは言った。

「——それで猫はすぐ戻ってきた。まったく単純な話だったんだが、一部にかなりの感銘を与えたらしくて、それがきっかけで、例によってすぐにいろいろあって、しまいにこのご覧の輝かしい仕事につながったってわけさ」

「ちょっと待て、待てったら待て」リチャードはしつこく言って、デスクを平手で叩いた。

「なんだ」ダークはすまして尋ねた。

「ダーク、おまえいったいなんの話をしてるんだ」

「おれの話になにか問題でもあるのか」

「なにかじゃない。問題だらけじゃないか」リチャードは断固として言った。「いいか、おまえ、その実験をどっかのだれかがやってたと言ったな。まずそこからおかしい。シュレーディンガーの猫ってのは実際の実験じゃないんだ。論点をはっきりさせるためのたとえ話にすぎないんだ。実際にやるようなもんじゃないんだよ」

ダークはみょうに熱心にこっちを観察している。

「ほんとか」彼はしまいに言った。「なぜだ」

「そりゃ、なにも調べられないからさ。観測する前になにが起こるか、それを考えることがこの話の唯一のポイントなんだ。箱をあけないことには、なかでなにが起こっているか知ることはできないし、あけた瞬間に波形は収縮してどちらかに決まってしまう。やっても意味がない。まるで無益だ」

「もちろん、おまえの言うことは百パーセント正しい。おまえの見かたからすればな」ダークは言って椅子に戻ってきた。箱から煙草を一本取り出し、デスクに何度か軽くぶつけた。それから身を乗り出し、フィルターのほうをリチャードに突きつけた。

「だがな、考えてみろよ」彼は続けた。「この実験に、超能力者を使ったらどうなると思う。千里眼というか、箱をあけなくても猫の健康状態を察知する能力をもった人間を使うんだ。猫と共感できる神秘能力をもった人間もいるかもしれない。そうしたらどうだ。量子力学の問題に、べつの面から光を当てられるかもしれないだろ」

「そんなことをやりたがるやつがいたっていうのか」

「そんなことをやったやつがいたんだよ」

「ダーク、そんな話はまったくのナンセンスだ」

ダークは承服しかねるというように眉をあげてみせた。

「いいだろう、わかったよ」リチャードは言って、両手をあげてみせた。「それじゃ、その線で話を進めてみようか。たとえ、千里眼になにか根拠があると認めたとしても――言っとくが、一瞬だって認めたわけじゃないからな。ともかくその場合だって、この実験の根本的な無意味さに変わりはない。さっきも言ったが、ここで重要なのは、観測される前に箱のなかでなにが起こってるかってことなんだ。どんな方法で観測されるかは問題じゃない。箱のなかを肉眼でのぞこうが、あるいは――つまりその、おまえの言う心の眼でのぞこうが差はないんだ。千里眼がほんとうに使えるなら、それは箱のなかをのぞくもうひとつの手段にすぎないし、使えないなら、そりゃ当然なんの意味もないわけだ」

「それは千里眼てものをどう考えるかによるだろ、言うまでもないが」

「ふうん、そうかね。それで、おまえは千里眼てものをどう考えてるんだ。ぜひとも聞かせてもらいたいね、おまえの昔の行状を考えると」

ダークは煙草をまたデスクに軽くぶつけ、目を細めてリチャードをにらんだ。

険悪な沈黙が長く続く。それを乱すのは、遠くのフランス語の叫び声だけだった。

「おれの考えは昔からおんなじだ」ダークがしまいに口を開いた。

「というと？」

「おれに千里眼はない」

「ほんとか」とリチャード。「それじゃ、あの試験問題はどうなんだ」

その話題を持ち出されて、ダーク・ジェントリーの目つきが険しくなった。

「偶然だ」と言う声は低くて怒気を含んでいる。「信じられない身も凍る偶然だったが、それでも偶然は偶然だ。付け加えるなら、その偶然のせいでおれは塀のなかでしばらく過ごす破目になった。偶然ってのは、場合によっちゃ恐ろしくて危険なしろものだな」

ダークはまた、値踏みするような目をリチャードに向けた。

「さっきからずっと観察してたんだが」彼は言った。「おまえ、こんな状況に置かれた人間にしてはぜんぜん緊張してないみたいだな」

みょうなことを言うとリチャードは思い、その意味をしばし考えた。それではたと答えを思いつき、思いついたことでむかっ腹を立てた。

「信じられない」彼は言った。「あいつ、おまえにまで手をまわしてるのか」

今度はダークが面食らう番だった。

「だれがおれに手をまわしてるって？」

「ゴードンだよ。いや、そんなはずはないな。ゴードン・ウェイ。あいつは、自分が重要だって思う仕事をおれに早くやらせるために、ほかの人間を使ってプレッシャーをかけさせようとする癖があるんだ。それで、一瞬おまえにもと——いや、いいんだ。しかし、それじゃどういう意味なんだ」

「ははあ。ゴードン・ウェイにはそんな癖があるのか」

「うん。うっとうしいんだよな。どうしてだ」

ダークはじっとリチャードを見つめながら、今度は鉛筆でデスクをこつこつやりはじめた。

やがて椅子の背もたれに寄りかかると、以下のように語った。「今日の夜明け前に、ゴードン・ウェイの遺体が発見された。撃たれて、首を絞められて、そのうえ自宅に放火されてる。警察はいまのところ、撃たれたのは自宅内ではないと見て捜査を進めてる。遺体の体内をべつにすれば、ショットガンの散弾がまったく発見されてないからな。ところが、ミスター・ウェイの〈メルセデス500SEC〉の近くでは散弾が発見されている。この車は、自宅から五キロほどのところに乗り捨てられていたんだ。このことから、遺体は殺害後に動かされたものと考えられる。さらに、検死をおこなった医師の意見では、ミスター・ウェイはじつは射殺されたあとに首を絞められたらしい。このことからして、殺人犯は精神的に一種の混乱状態にあったと考えられる。

驚くべき偶然で、警察は昨夜、ひじょうに混乱した様子の紳士に職務質問をしている。その紳士は、自分の雇用主をたったいま轢いてしまって罪の意識を感じていると語っていたそうだ。

その紳士はミスター・リチャード・マクダフという人物で、その雇用主というのが、殺されたミスター・ゴードン・ウェイだ。さらに、ミスター・リチャード・マクダフは、ミスター・ウェイの死で最も得をするふたりの人間のひとりではないかとも言われてる。というのも、〈ウェイフォワード・テクノロジーズ〉はまずまちがいなく、少なくとも一部は彼の手に渡ると思われるからだ。得をするもうひとりの人物は、いまも生きているただひとりの親族、ミス・スーザン・ウェイだ。ちなみにミスター・リチャード・マクダフは、昨夜彼女のフラットに侵入するところを目撃されている。警察はもちろんこのことは知らないし、おれたちが黙ってれば今後も知ることはないだろう。しかし、このふたりのあいだになにか関係があれば、それはとうぜん厳しく調べられることになるだろうな。ラジオのニュースでは、警察はミスター・マクダフを緊急に捜しているそうだ。捜査に大いに協力してもらえると思っていると言ってたが、あの口調ではこいつが犯人で決まりだと思ってるな。

おれの料金体系はこうだ。一日二百ポンド、経費はべつ。この経費については値引き交渉不可だからな。こういう問題がわかっていない人間には、あんまり関係ないと思う項目もまじってるだろうが、すべて必要な経費だし、いま言ったとおり値引き交渉には応じない。これで契約成立でいいか」

「すまないが」リチャードは小さく頭を下げた。「もういっかい最初から説明してくれ」

17

電動修道士は、もうなにを信じていいやらよくわからなかった。

この数時間、面食らうほど多くの信念系を経験してきたが、そのほとんどが長期的な魂の平安を与えてはくれなかった。魂の平安をつねに探し求めることこそ、彼の義務としてプログラミングされていることなのに。

正直な話、彼はうんざりしていた。それに疲れた。おまけに意気阻喪《そそう》していた。それだけではなく、自分でそれに気づいて驚いたのだが、彼は馬が恋しかった。頭の悪い卑しい生物なのはたしかだし、したがって気にかける価値などほとんどない。単純な馬の理解をはるかに超えた高次のものごとを、彼の精神はつねに追い求めるさだめなのだ。しかし、にもかかわらず彼は馬が恋しかった。

背に乗りたい。身体をなでたい。なにもわかっていないのを感じたい。

彼は木の枝から足を垂らして陰気に揺らした。この木のうえで一夜を過ごしたのだ。なにか突拍子もない夢を追って登ったまではいいが、そこで立ち往生して朝を待つしかなくなった。

しかし、朝が来たいまになっても、どうやって降りていいやらわからなかった。

すんでのことで、自分は飛べると信じるぎりぎりの瀬戸際まで行ったが、機転の利くエラー診断プロトコルが介入して、ばかなまねはよせと説教してきた。

しかし、問題は解決しないままだ。

燃え盛る信仰の炎に運ばれ、希望の翼に霊感を得て、夜という魔法の時間に彼は枝を伝って上をめざした。その信仰の炎がなんだったにせよ、そういう夜中に燃えあがる信仰の炎というのはえてしてそんなものだが、朝になるとそれは消え去って、そのときにどうやって降りたらいいのかという指示も残していってはくれなかった。

ところで燃え盛る炎と言えば――と言っても声に出して言うわけではもちろんないが、夜明け前の早い時刻に、ここから少し離れたところで大きな炎が燃え盛っていた。

それは、彼がもと来た方向で燃えているようだった。深い霊的な衝動にかられて、不都合に高く、しかしそれ以外は恥ずかしくなるほどなんの変哲もない、この木をめざしてやって来る前にいたあたりだ。彼はまたあそこへ戻って火を崇めたかった。その聖なる光にわが身を永遠に捧げると誓いたかった。しかし、枝を伝いおりる方法が見つからずにまごまごしているうちに、消防車が到着して聖なる輝きを消し去り、それと同時にまたひとつの信仰が消え去った。

太陽がのぼってもう数時間がたつ。そのあいだに雲を信じ、小枝を信じ、変わった形の空飛ぶ甲虫を信じてできるだけ有益に時間を費やしてきたが、いまではもうすっかりうんざりしたと信じており、それ以上に心から確信していたのは、だんだん腹が減ってきたということだった。

前夜訪ねたあの居住施設――彼はそこへ神聖な重荷を担いでいき、聖なる掃除道具入れに埋葬してきたのだ――から、念のために食料を調達してくればよかったと思った。しかしあのときは、燃え盛る情熱にとらわれて出てきてしまったのだ。食料のような卑近なものごとは大した問題ではない、あの木が与えてくれると信じて。

たしかに、木は与えてくれた。

小枝を与えてくれた。

修道士は小枝は食べない。

しかしいま考えてみると、昨夜信じたあれこれに関して、いささか落ち着かないものを感じないではなかった。またその結果として生じたあれやこれやには、いささか納得行かないものを感じてもいた。彼はきわめてはっきりと「撃て《シユート・オフ》」と命令され、それに従わなくてはならないという奇妙な衝動を覚えたが、あんなに性急に行動したのは失敗だったかもしれない。なにしろその命令された言語は、たった二分前に学んだばかりだったのだ。撃った相手の反応がいささか極端に思えたのはたしかだった。

彼のもといた世界では、人はあんなふうに撃たれても翌週には別の番組で生き返ってくるものだが、この人物は生き返ってきそうになかった。

突風が枝のすきまを吹き抜け、木が大きく揺れて目まいが起きそうになった。彼は少し降りていった。最初のうちは、枝がかなり密にはえているからさほどむずかしくない。

問題は最後の部分で、これが越えがたい障害に見える——なにもない空間を落ちていかなくてはならないのだ。へたをすれば内部機構に重大な損傷が起こったり、身体が破裂するかもしれないし、そうすると深刻なほど奇妙なことを信じはじめる恐れがある。

だしぬけに、野原の遠いすみのほうから声が聞こえてくるのに気づいた。見れば、道路わきにトラックが停まっている。しばらく注意して眺めていたが、とくに信じるべきものは見当たらない。そこでまた内省に戻った。

思い出してみると、昨夜は奇妙な関数呼出があった。それはかつて経験したことのないものだったが、いわゆる良心の呵責について聞いたことのある関数だったのかもしれない。彼に撃たれた人物は倒れたきり動かず、その姿にはなんとなく引っかかるものがあった。最初はそのまま立ち去ったのに、あとでまた様子を見に戻ったのはそのせいだ。その人物の表情は明らかに、なにかとんでもないことが起こったことを示しているようだった。こんなことがあるはずがないとでも言うような。この人の一夜を台無しにしてしまったのではないかと、修道士は申し訳ない気分になった。

とはいえ、正しいと信ずることをおこなったのだから、それこそがなにより重要なことだ、と彼は考えた。

次に彼が正しいと信じたのは、この人物の一夜を台無しにしてしまったからには、せめて自宅に送り届けるほうがよいということだった。そこでポケットをざっとあらためたところ、住所と地図と鍵が見つかった。運んでいくのは楽ではなかったが、信念に支えられて彼は歩き通した。

そのとき修道士ははっとした。野原の向こうから、「浴室」という言葉が漂うように聞こえてきたのだ。

また顔をあげて、遠くのすみのトラックを見やった。紺色の制服を着た男が、ごわごわの作業服を着た男になにか説明している。なにを聞かされたにしても、作業服男はいささか不満そうだった。「所有者が見つかるまで」とか「たしかに、まったくどうかしてる」とかいう言葉を風が運んでくる。作業服男はしかたがないとあきらめたようだが、どう見てもしぶしぶだった。

ややあって、トラックの荷台から一頭の馬が引き出されてきて、そのまま野原に引かれていった。修道士は目をぱちくりさせた。頭脳の回路が震動し、驚嘆の念でびりびりした。ここに来て、ついに信じられることが起こったのだ。これぞ真の奇跡、ようやく彼の誠心誠意の（かなり行き当たりばったりではあるが）献身が報われるのだ。

馬は辛抱強く従順な足どりで歩いていた。連れていかれるならどこでも行くのがもう習い性になっていたが、ここなら連れてこられてもいいと思ったのは初めてだった。ここは快適な野原だ、と思う。草がはえていて、灌木《かんぼく》の茂みを眺められる。あとでそうしたいと思えば、好きなだけ走りまわれるだけの広さもある。人間たちは走り去ってしまい、馬はひとり放り出されたが、放り出されてなんの不満もなかった。ちょっと歩いてみた。それから、たんにやってみるためだけに止まってみた。好きなことができるのだ。

なんという喜び。

なんとすばらしい、なんと物珍しい喜び。

馬はゆっくりと野原全体を見まわし、ゆったりした一日の計画を自分で立てることにした。あとで少し速歩《はやあし》で駆けてみよう。三回ぐらい。そのあとは、野原の東側の、草が密に生い茂っているあたりでちょっと横になろう。ゆっくり夕食のことを考えるのにぴったりの場所ではないか。そして昼食。馬はちょっと想像してみた。昼食は野原の南端、あの小川の流れているあたりでとったらどうだろう。小川の岸辺で昼食。信じられない。まるで天国だ。

もうひとつ大いに気に入ったのは、少し左に歩いては右に歩くというのを、これといった理由もなく交互にやって三十分ほどつぶすというアイデアだった。二時から三時までは尻尾をふって過ごすか、それともあれこれ考えごとをして過ごすのがよいだろうか。もちろんそうしたければ両方いっしょにやることもできるし、そのちょっとあとには速歩で駆けてみてもいい。しかもちょうど、その向こうを眺めて過ごすのによさそうな灌木の茂みを見つけたところで、食事前の一、二時間はそれで楽しく過ごせそうだった。

すばらしい。

文句のつけようのない計画だ。

なによりすばらしいのは、計画を立ててしまったいま、それを百パーセント完璧に無視してかまわないということだった。

というわけで馬は歩いていって、この野原に一本だけそびえる木の下にゆったりと立った。

するとその枝のうえから、電動修道士が馬の背に飛び降りてきた。そのとき彼の発した叫びは、まさかそんなはずはないと思うが「ひやっほー!」のように聞こえたのである。

18

ダーク・ジェントリーは、おもな事実をもう一度ざっと説明した。それを聞いているうちに、リチャード・マクダフの世界はゆっくり音もなく崩壊して、暗く凍った海に沈み込んでいった。そんな海があるとすらこれまで知らなかったのに、それは彼の足の下数インチのところでずっと待ちかまえていたのだ。ダークが二度めの説明を終えると、室内は静まりかえった。リチャードはじっとダークの顔を見つめている。

「どこで聞いた？」彼はやっと口を開いた。

「ラジオさ」ダークは軽く肩をすくめた。「少なくともおもなところはな。とうぜん大ニュースになってるし。細かい部分は、まあ、あっちこっちの情報屋にそれとなく探りを入れて仕入れたんだ。ケンブリッジ警察署にもひとりふたり知り合いがいるんだよ。その理由は見当がつくだろ」

「そもそも、その話を信じていいのかどうか」リチャードは静かに言った。「電話を貸してくれないか」

ダークは慇懃《いんぎん》に受話器をくずかごから拾って差し出した。リチャードはスーザンの番号にかけた。

あっというまにつながって、「はい？」とおびえた声がした。

「スーザン、リチャ――」

「リチャード！　いまどこなの？　いまどこにいるの？　あなた、大丈夫？」

「居場所を言っちゃいけない」ダークが言う。

「スーザン、なにがあったの」

「まさか、知らな――？」

「ゴードンがどうかしたって聞いたんだけど、でも……」

「どうかしたって――兄さんは死んだのよ、リチャード、殺されて――」

「切れ」とダーク。

「スーザン、あのさ、ぼく――」

「切れって」ダークはまた言って、身を乗り出して電話を切った。

「たぶん警察が逆探知をかけてるぜ」と説明すると、受話器を受け取ってまたくずかごに放り込んだ。

「そうだ、警察に行かないと」リチャードは声をあげた。

「警察に行く？」

「ほかにしようがないだろ。警察に行って、やったのはおれじゃないって言うんだ」

「やったのはおまえじゃないって言う？」ダークはあきれたように言った。「なーるほど、それでなにもかもうまく行くだろうよ。ドクター・クリッペン（妻を毒殺して一九一〇年に死刑になった米国人医師。(初めて無線を使って逮捕された犯罪者)がそれを思いつかなかったのは残念だったな。ずっと手間が省けたろうに」

「だって、あいつは有罪だったじゃないか！」

「ああ、たしかにそう見えたよな。それでいまは、おまえがそう見えてるんだぞ」

「でも、おれはやってないんだ！」

「いまおまえが話してる相手は、身に覚えのない罪でしばらく塀のなかに入ってたことがあるんだぜ、忘れるなよ。言っただろう、偶然てのは不可解で危険なものなんだ。無実だっていう鉄壁の証拠を見つけるほうが、刑務所でうだうだしてるより何倍もましだぞ。警察はもうおまえが犯人だって思ってるんだぜ。それなのに、無実だって証拠を探してくれるとでも思うのか」

「考えがまとまらない」リチャードは言って、片手でひたいをおさえた。「ちょっと黙っててくれないか。自分でよく考えて――」

「もしよかったら――」

「黙っててくれって！」

ダークは肩をすくめて、煙草に視線を戻した。不思議なものでも見るようにしげしげ眺めている。

「だめだ」しばらくしてリチャードは首をふった。「どうしても呑み込めない。頭を蹴飛ばされながら三角関数を解こうとしてるみたいだ。わかったよ、それじゃどうしたらいいか教えてくれ」

「催眠術だ」

「はあ?」

「考えがまとまらないのは、この状況じゃ無理もない。だけど、それならだれかが代わりにまとめなくちゃならない。おれに催眠術をかけさせてくれれば、おまえにとってもおれにとってもずっと話は単純になるんだ。まずまちがいなく、おまえの頭のなかには情報がどっさり詰まってるはずだ。だけど、あんまり動転してるからそれが出てこないんだよ。ひょっとしたら、その情報の重要性に気がつかないせいで、ぜんぜん出てこない可能性もある。おまえがうんと言えば、そんな問題もみんなすっ飛ばすことができるんだ」

「よし、それで話は決まった」リチャードは言って立ちあがった。「おれは警察に行く」

「そうか」ダークは上体を起こして、両手をデスクのうえに広げた。「うまく行くといいな。それじゃ出ていくついでに、秘書にマッチを持ってくるように言ってくれないか」

「おまえには秘書はいないって」そう言って、リチャードは出ていった。

ダークは座ったまま、数秒ほど考えた。悲しくも空《から》になったピザの箱を、畳んでくずかごに押し込もうと雄々しくも無益な努力をした。それから棚のメトロノームを取りに行った。

リチャードは戸外の明るい日差しにまばたきした。少しふらつきながら踏み段のいちばん上に立っていたが、すぐに猛然と通りを進みだした。みょうな踊りでも踊っているような足どりなのは、頭のなかがぐるぐる渦巻いて踊りを踊っているからだ。自分に人殺しができたはずはないし、それは完璧に証明できるはずだと思ういっぽうで、なにかもあきれるほど変てこに見えるのは認めざるをえなかった。

どうしても明快に、ものごとを順序立てて考えることができない。ゴードンが殺されたという話が頭のなかでずっと爆発しつづけていて、それ以外の考えはすべて吹っ飛ばされてちりぢりばらばらになっているのだ。

ふと、だれが撃ったにしても、すごい早撃ち名人なのはまちがいないと思った。そうでなかったらゴードンの饒舌《じょうぜつ》にたちまち圧倒されて、引金を引く前に怒濤の罪悪感に呑まれていただろう。しかしすぐに、そう思ったことを後悔した。というより、頭に浮かぶ考えがどれもこれも程度が低くて、自分で自分にいささか嫌気がさしてきた。不謹慎でくだらないことしか思いつけないようなのだ。会社でやっている彼のプロジェクトはこれからどうなるかという、ほとんどそれに関係することばかりだった。

自分の心中を見まわし、大きな悲しみや哀惜の念を探した。きっとどこかにあるはずだ。たぶん、ショックという巨大な壁の陰に隠れているのだろう。

イズリントン・グリーンが見えるところまで戻ってきたが、どこをどう歩いてきたのかろくに憶えていない。そのとき、自宅の外にパトカーが駐まっているのが目に飛び込んできて、ハンマーで頭をがつんとやられたようだった。リチャードはくるりと向きを変え、ギリシア料理店のウィンドウに掲示されているメニューを一心不乱に見つめた。

「ドルマデス（ギリシア料理の一種）か」と狂おしく思った。

「スブラキ」と思った。

「スパイシーなギリシアの小さなソーセージ」という思いが熱烈に胸をよぎった。ふり向かずに、さっき見た場面を心の目で再現しようとした。警官がひとり立って通りを見張っていた。ちらっと見ただけだが、思い出せるかぎりでは、彼の部屋に通じる側面のドアがあけっ放しになっていたようだった。

警察が彼のフラットにいる。フラットのなかに。ファソリア・プラキだって！　トマトと野菜のソースで煮込んだいんげん豆だって！

横目を使って、肩ごしに後ろを見ようとした。さっきの警官がこっちを見ている。むりやり目をメニューに戻し、細かく挽いた肉とじゃがいもとパン粉とタマネギとハーブを混ぜて丸めて小さな団子にして揚げたもので頭をいっぱいにしようとした。あの警官は気づいたにちがいない。いまにも通りを走ってきて彼をつかまえ、むかしケンブリッジでダークがされたように、自分もパトカーに押し込まれるのだ。

衝撃に備えて肩に力を入れていたが、身体に手をかけてくる者はなかった。また後ろをちらと見やったが、さっきの警官はのんきにあさっての方向を眺めている。そうか、スティファードか。

彼の行動はどう考えても、みずから警察に出頭しようとしている人のそれではない。

では、いったいどうしたらいいのだろう。

自然に歩こうとぎくしゃくと不器用に努力しながら、ウィンドウから身を引きはがして緊張して数メートル歩き、それからまたカムデン小路に飛び込み、早足で歩きながら荒い息をついた。どこへ行けばいいのか。スーザンのところは？　だめだ——警察が来ているか見張っているかだろう。プリムローズ・ヒルの会社に行くか。だめだ——理由は同じ。いったいぜんたい、と声に出さずに自分を怒鳴りつけた。なにをやってるんだ、いきなり逃亡者のまねごとを始めやがって。

さっきダークに向かって言い張ったように、警察から逃げてはいけないと自分で自分に言い張った。子供のころに教わったじゃないか、警察は無実の人間を守り助けるためにあるのだ。と思ったとたん彼はいきなり走りだし、危うくぶつかりそうになった相手は、買ったばかりの不細工なエドワード朝ふうのフロアランプを得意げに持って歩いていた。

「あっ、すみません」彼は言った。「どうもすみません」あんなものを買う人がいるとは驚いた。足どりをゆるめてふつうに歩きだした。狩られるものの鋭い視線をあたりに投げていると、古いぴかぴかの真鍮や古いぴかぴかの木、そして日本の金魚の絵でいっぱいの見慣れた店先が、急にひどく陰険で恐ろしげに見えてきた。

ゴードンを殺したがるやつなんかいたのだろうか。チャールトン・プレース通りに折れたとき、はたとそう思いついた。頭をぶん殴られたようだった。これまでは、自分はやってないということしか考えていなかったのだ。

それじゃ、だれがやったんだろう。

これは新たな発想だった。

ゴードンを嫌っていた人間はおおぜいいたが、だれかを嫌うこと——たとえものすごく嫌っていたとしても——と、実際に射殺して首を絞めてひきずっていって家に火をかけることのあいだには大きな違いがある。その違いがあるから、大多数の人間は毎日生きていけるのだ。

ただの泥棒だろうか。なにかがなくなっていたとはダークは言っていなかったが、そもそもこっちからも尋ねなかったし。

ダーク。あの滑稽《こっけい》な、それでいてみょうに威厳のある男。みすぼらしい事務所に大きなヒキガエルのようにうずくまっているその姿が、リチャードの頭に居すわってどうしても消えなかった。気がついたらもと来た道を引き返していた。そこでわざと右に曲がらず左に曲がった。

あっちには狂気が待っている。

ただひと息入れたいだけなのだ。落ち着いて、考えをまとめる時間があればいいのだ。いいだろう——それでどこへ行くんだ？　しばし足を止め、回れ右をし、また足を止めた。急に、ドルマデスがとても魅力的に思えてきた。それで思いついた。冴えた、落ち着いた、まともな行動は、すっと店に入っていってドルマデスを食べることだ。だれが主導権を握っているか、運命に見せつけてやるのだ。

あいにく、運命はまさにそれと同じ行動にとりかかっていた。実際にギリシア料理店に座ってドルマデスを食べていたわけではないが、そうしていたとしてもおかしくない。なぜなら明らかに主導権を握っているのは運命だったからだ。リチャードの足は止めようもなく曲がりくねった通りを引き返し、運河を渡った。

食料雑貨店にちょっと立ち寄り、それから急いで団地を通り過ぎ、ふたたび不動産屋の縄張りに入って、しまいにまたペケンダー通り三十三番地の前に立っていた。このころには、運命は最後のレッツィーナを自分でグラスに注ぎ、口もとをナプキンで押さえながら、まだバクラバも入るかなと考えていただろう。リチャードは背の高い赤茶色のヴィクトリア朝の建物を見あげた。すすで黒ずんだレンガ、どっしりした威圧的な窓。一陣の風が通りをひゅうと吹き抜け、幼い少年が跳ねるように近づいてきた。

「どけよ」少年は言い、ふと足を止めてまたリチャードを見た。

「ねえ、そのジャケットくんない？」

「いやだね」リチャードは言った。

「なんでよ」

「いや、気に入ってるから」

「くれたっていいじゃん」少年はぶつくさ言った。「死んじまえ」うつむいて不機嫌に遠ざかっていき、途中で猫に向かって石ころを蹴飛ばした。

リチャードはもういちどその建物に入っていき、ぎこちない足どりで階段をのぼり、またオフィスをのぞき込んだ。

ダークの秘書がデスクの席に着いていた。うつむいて、腕を組んでいる。

「あたしはここにはいません」彼女は言った。

「なるほど」リチャードは言った。

「あたしはただ」と口を開いたが、顔をあげようとはせず、デスクのしみをいまいましげににらみつけている。「あたしが出てったことを、ちゃんとわからせるために戻ってきただけなの。でないとあの人、あっさり忘れちゃうかもしれないから」

「いまいる?」リチャードは尋ねた。

「さあね、知ったことじゃないわ。ここで働いてる人に訊いたらどう。あたしはちがうから」

「お通ししろ!」ダークの声が響いた。

彼女は一瞬むっとした顔をし、立ちあがり、内側のドアに向かい、力任せに開いて、

「自分でお通ししろ!」と言い、またドアを力任せに閉じ、席に戻ってきた。

「ええと、自分で勝手に通っちゃっていいかな」リチャードは言った。

「なに言ってるのか聞こえないわ」ダークのもと秘書は言って、断固としてデスクをに

らんでいる。「聞こえるわけないでしょ、あたしはここにいもしないんだから」
なだめるようなしぐさをしてみせたものの無視されて、そこでリチャードはそのまま歩いていき、ダークのオフィスに通じるドアを自分であけた。驚いたことに、なかはほとんど真っ暗だった。窓にはブラインドがおりていて、ダークはゆったりと座席に深く腰かけていたが、その顔は不気味に照らされていた。デスク上の奇妙なセッティングのせいだ。デスクの手前端に古い灰色の自転車用ライトが置いてあり、それが向こうを向いていて、メトロノームを弱々しく照らしている。メトロノームは低い音を立てて行ったり来たりしているが、ぴかぴかに磨いた銀のティースプーンが金属棒にくくりつけてあった。

　リチャードはマッチ箱をふたつ、デスクのうえに放った。

「座れよ。肩の力を抜いて、このスプーンをじっと見るんだ」ダークは言った。「ほら、もう眠くなってきた……」

　また新たなパトカーが、リチャードのフラットの外に派手にタイヤをきしませて停まった。いかめしい顔の男が降りてきて、外で見張りに立っていた巡査のひとりに大股に近づくと、身分証をちらと見せた。

「ケンブリッジシャー刑事捜査課《CID》のメイスン警部補だ」彼は言った。「ここがマクダフの家か」

巡査はうなずき、側面の入口に案内した。そのドアを開くと、最上階のフラットに通じる長くて細い階段がある。メイスンはせかせかと入っていき、すぐにまたせかせかと出てきた。

「階段の途中にソファがある」彼は巡査に言った。「どけろ」

「もう何人かやってみたのですが」巡査は困ったように答えた。「どうも引っかかって動かないらしいんです。いまのところ、あれを乗り越えていくしかないってことになってます。すみません」

メイスンは、またべつのいかめしい顔を巡査に向けた。彼はさまざまないかめしい顔のレパートリーを開発しており、すさまじく険悪な最強のいかめしさから、疲れたあきらめ顔の最弱のいかめしさ――これは子供たちの誕生日のためにとってある――まで、それはいくつものレベルに分かれていた。

「とにかくどけろ」彼はまたいかめしく言って、せかせかといかめしくまたドアを抜けながら、いかめしい昇りに備えていかめしくズボンとコートを引っぱりあげた。

「まだ見つからないのか」パトカーを運転していた警官も降りてきて、「ギルクス巡査部長だ」と自己紹介した。疲れた顔をしている。

「自分の知るかぎりまだです」巡査は言った。「ただ、自分はなんにも教えてもらってないんで」

「気持ちはわかるよ」ギルクスは言った。「ＣＩＤが出てくると、こっちはただの運転手に格下げなんだからな。やつの顔を知ってるのはおれひとりだっていうのに。昨夜、道路で職質をしたんだよ。いまはウェイの家を見てきたとこだ。ひどいありさまだった」

「昨夜は大変だったんですか」

「いろいろだ。殺人はあるし、浴室から馬は出さなきゃならんし。いや、訊かれてもおれにもわからん。ところで、おまえもあれとおんなじ車に乗ってるか」と付け加えて、自分のパトカーを指さした。「ここまで来るあいだ、こいつのせいで頭がおかしくなりそうだった。ヒーターを最強にしてもちっともあったまらないし、ラジオはしょっちゅうついたり消えたりするし」

19

その同じ朝、マイクル・ウェントン＝ウィークスはいささか変な気分だった。彼のことをよく知らないと、それがとくに変な気分であるとはわからないだろう。彼はもともと、ちょっと変なやつだとたいていの人に思われているからだ。彼のことをそれほどよく知っている人はほとんどいない。母親はべつかもしれないが、いまは冷戦状態で、ふたりはもう何週間も口をきいていなかった。

マイクルにはピーターという兄もいた。いまは海兵隊で恐ろしく高い地位に昇りつめている。しかし、父の葬式のときをべつにすればまるっきり会っていなかった。最後に会った兄はフォークランド紛争（一九八二年、フォークランド諸島の領有をめぐって英国とアルゼンチンのあいだに起こった戦争）から帰国したところで、栄光と昇進に輝き、ついでに弟への軽蔑を全身から発散していた。

ピーターは、母が〈マグナ〉を引き継いでよかったと思っており、マイクルに送ってきた連隊のクリスマスカード（英国軍では、クリスマスなどのために連隊がグリーティングカードを発行している）にもそう書いてあった。ピーター自身について言えば、塹壕の泥に身を投げ出して少なくとも一分間は機関銃を連射するのがいまも最大の幸福だったし、英国の新聞・出版業界がいくら不穏な状況にあるとはいっても、とうていそんな満足は与えてくれそうにないからだ——少なくとももう少しオーストラリア人が進出してくるまでは。

マイクルはかなり遅く起きてきた。昨夜は冷酷無惨な一夜だったし、そのあとは不安な夢ばかり見ていた。昼近い陽光のもとでも、その夢のせいであいかわらず落ち着かない気分だ。

その夢は、喪失感や孤独、良心の呵責といったおなじみの感情に彩られていたが、よくわからないのは大量の泥も出てきたことだ。夜の伸び縮みする時間の効果で、泥と孤独の悪夢は恐ろしくも想像を絶する長い歳月にわたって続いたように思え、最後には足のあるぬるぬるしたものが出現し、ぬるぬるした海を這いまわっていた。これはあまりと言えばあんまりだ。彼は冷汗まみれになってはっと目を覚ました。

あの泥に関係するあれこれは不可解だったが、喪失感、孤立感、そしてなによりあの深い悲嘆、すでに過ぎたことをなかったことにしたいという欲求、それはみな彼の心のなかに快適な居場所を見つけていた。

あの足のあるぬるぬるしたものさえ、みょうになじみがあるような気がする。それが心のすみにしつこく居すわっているのにいらだちながら、グレープフルーツと中国茶という遅い朝食の用意をし、『デイリー・テレグラフ』紙の芸術面をしばらく見るともなく見、それから不器用に手の切り傷の包帯を替えた。

このささやかな仕事が終わると、彼は次になにをしようか決めかねていた。

前夜あったことは、冷静かつ客観的に思い返すことができた。これは予想外だったが、あれは正しいこと、適切なことであり、やりかたも的確だったからだろう。しかし、なんの解決にもならない。重要なことはなにひとつまだ果たされていない。

重要なこととは？

彼は眉をひそめた。おかしい。思念がみょうに強まったり弱まったりする。ふだんなら、いまごろはクラブに顔を出しているころだ。ほかにやるべきことがいくらでもあるのに、こんなところで時間をつぶしているという贅沢を楽しんでいたのだ。いまではほかにすることもない。そんな状況であそこで（ほかのどこでも同じだが）時間をつぶすのはいささか退屈だった。

クラブへ行けば、やることはいつもと同じ――ジントニックを飲み、ちょっと雑談をかわし、『タイムズ文芸サプリメント』、『オペラ』、『ニューヨーカー』など、手近にある雑誌のページを気楽に眺める。しかし近ごろでは、以前ほどの熱意も喜びも感じられないのはまちがいなかった。

そのあとはランチだ。今日は、というより今日も、だれともランチの約束はしていない。だからそのままクラブでとることになるだろう。軽くあぶったドーヴァーソール（カレイの一種）に、つけあわせはパセリを添えて砕けるまで茹でまくったじゃがいも、デザートに小山のようなトライフル（スポンジケーキ、ゼリー、クリームなどを重ねた冷たいデザート）。サンセール（フランスの白ワイン）を一、二杯、そしてコーヒー。そのあとの午後は、なにをするかはそのときしだいだ。

しかしなぜか、今日はどうしてもそうする気になれなかった。切った手の筋肉を縮めてみ、お茶をもう一杯ついだ。上等のボーンチャイナのティーポットのそばに、大きな包丁が置きっぱなしになっている。それをみょうに冷静に眺めた。次になにをするか思いつくまでしばらく待った。それで結局、次にやったのは上階に向かうことだった。

彼の家は、その形式的な完璧さのせいで冷え冷えとしていた。復刻版の家具を買う人が好きそうな家だ。ただ、言うまでもないが、ここにあるものはすべて本物だ――クリスタルもマホガニーもウィルトンカーペットも。それが偽物のように見えるのは、どれにも生活感が感じられないからだった。

上階の仕事部屋に入った。この家で唯一、秩序によって窒息していない部屋だ。しかし、ここでは本や書類の無秩序は放置によって窒息していた。すべてが薄い埃の膜に覆われている。マイクルがここに入るのは数週間ぶりだったし、ここには絶対に入るなと使用人にはきつく言いつけてある。『ファゾム』の最終号を編集して以来、この部屋では仕事をしていなかった。もちろんほんとうの最終号ではないが、ちゃんとした雑誌としてはあれが最終だ。ともかく彼に関するかぎりは最終号だった。

磁器のカップを細かい埃のうえに置き、年季の入ったレコードプレイヤーを調べに行った。年季の入ったレコードが載っていた。ヴィヴァルディの管楽器の協奏曲かなにかだ。再生を始めて、椅子に腰をおろした。

ふたたび、次になにをすべきかわかる時を待ったが、そこではたと気づいて驚いた。もうやっているではないか。こうして音楽を聴いている。

面食らった表情が、じわじわと彼の顔に広がっていった。いままでちゃんと聴いていなかったと初めて気がついたのだ。この曲は何度も何度も耳にして、とても快《こころよ》い曲だと思っていた。それどころか、コンサート・シーズンについて論じるさいの快いBGMだと思っていたほどだが、本気で聴く価値があるとは一度も思ったことがなかった。

彼は雷に打たれたようにぼうぜんと座っていた。旋律《せんりつ》と対旋律の相互作用が、だしぬけにくっきりと立ち現われてきたのだ。そしてそれは、埃をかぶったレコードや、十四年もののレコード針とはなんの関係もないことだった。

しかし、この啓示とほとんど同時に失望が襲ってきて、彼はますます混乱した。いきなりこの曲の本質が見えて、とたんに奇妙な不満を感じたのだ。音楽を理解する能力がとつぜん向上し、この曲を理解できるレベルに到達した、と思うまもなくそれをはるかに飛び越えてしまったかのようだった。すべてが劇的な一瞬のできごとだった。

なにが足りないのかと一心に耳を澄ました。そして、この曲は飛べない鳥のようだと思った。空を飛べず、飛ぶ能力を失ったことすら知らない鳥のようだ。立派に歩いてはいるが、ほんとうなら高く舞いあがるべきところで歩いている。急降下すべきところで歩いている。上昇して旋回して降下すべきところで歩いている。めくるめく飛翔の興奮に震えるべきところで歩いている。空を見あげてすらいない。

彼は空を見あげた。

ややあって、たんにばかみたいに天井を見つめている自分に気がついた。頭をふり、先ほどの能力が薄れていることに気がついた。いまはわずかに吐き気と目まいが残るだけだ。能力は完全に消えたわけではなく、身内の奥深く、手が届かないほど深くに沈潜してしまっていた。

曲はいまも続いている。BGMとしてはじゅうぶんに好ましい、快い調べの集まりだ。しかし、もう彼の心は動かされなかった。

たったいま経験したことがなんだったのか理解するには、なにか手がかりが必要だ。その手がかりの所在について、頭のすみで一瞬ひらめくものがあった。むっとして無視したが、それはまたひらめきかかってきた。何度も何度もひらめかれて、とうとう降参してそれに従うことにした。

デスクの下から、大きなブリキのくず入れを引き出した。とうぶんこの部屋には足も踏み入れるなと掃除婦に言いつけておいたから、くず入れの中身は捨てられておらず、捜していたものはそこにあった。ずたずたに引き裂かれて、そのうえに灰皿の中身をぶちまけられて。

断固たる決意で嫌悪感を抑えつけ、そのいまいましいものの破片をデスクのうえでのろのろといじりまわし、巻いたセロテープで不器用に接《つ》ぎ合わせた。まちがった破片をまちがった破片とくっつけたり、正しい破片を自分のずんぐりした指に、次にはデスクにくっつけたりするうちに、しまいに目の前に現われたのは、ぞんざいに接ぎなおされた『ファゾム』一冊だった。憎むべきA・K・ロスの編集した号だ。

おぞましい。

べとつくごわごわのページを、ニワトリの臓物でもつまむようにしてめくった。ジョーン・サザランドやマリリン・ホーン（いずれも一九六〇～九〇年代にかけて活躍したオペラ歌手）の線画はただの一点もない。コーク・ストリート（ロンドンのウェストエンドにある通り。画廊が集中している）の主要な画商も、ただのひとりも紹介されていない。

ロセッティきょうだい（十九世紀英国の詩人・著作家の四人きょうだい）に関する連載は打ち切り。

「楽屋裏話」も打ち切り。

信じられない思いで首をふり、やがて目当ての記事を見つけた。

「音楽とフラクタル地形」、リチャード・マクダフ。

最初の「はじめに」の二段落は飛ばして、その続きを読み進めた。

数学的分析とコンピュータ・モデルによって明らかになってきたとおり、自然界に見られる形状や現象――枝葉の伸びかた、山の浸食や川の流れるパターン、雪の結晶や島々がその形状に達するまでの過程、光の反射のパターン、コーヒーに入れてかき混ぜたとき、ミルクが渦を巻いて回転するパターン、群衆のなかを笑い声が伝わっていくパターンなどは、一見すると魔術的に複雑に見えるが、いずれも数学的処理の組み合わせによって記述することができる。こちらはむしろ、その単純さがいっそう魔術的だ。

でたらめだと人が思う形状は、じつは単純な規則に従って複雑に移り変わる数字の網の目の産物である。「自然」という言葉じたい、「規則性のない」という意味で使われることが多いが、その言葉で表現される形状や現象は実際には、あまりにも複雑怪奇で見通しがたいがために、そこに作用している単純な自然法則が人間の認識力では把握できないだけなのである。

実際には、それらはすべて数字によって記述することができる。

おかしなことに、最初にざっと読んだときに比べると、この主張に対してさほどの反感を覚えなかった。マイクルはいっそう熱心に先を読みつづけた。

しかしだれもが知っているように、きわめて複雑にしてきわめて単純なこれらのものごとを、人間の頭脳はちゃんと理解することができる。空中を飛ぶボールは、投げられたときの力や方向、重力の作用、空気抵抗（これを克服するためにエネルギーを消費しなくてはならない）、その表面に発生する空気の渦、ボールのスピンする速さや方向に応じて飛んでいく。

にもかかわらず、意識的に計算しようとすると三×四×五の答えすらなかなか出せない人が、微分計算などの関連する大量の計算をなんの苦もなく、それも驚くべき速さでやってのけ、飛んできたボールを正確にキャッチすることができるのだ。これを

「本能」だという人は、たんにこの現象に名前をつけているだけだ。それではなんの説明にもなっていない。

人は、自然の複雑さを理解し認識しているのだ。その認識を表現する手段があるとすれば、それに最も近いのは音楽だと思う。音楽は最も抽象的な芸術だ。なんの意味も目的もなく、ただそれじたいとしてあるだけだ。

ある曲を形作る要素は、ひとつ残らず数字で表現することができる。ひとつの交響曲の楽章の構成から、旋律や和音を形作る音高やリズムのパターン、演奏を特徴づける強弱法、さらには楽音そのものの音色、そのハーモニックス、時とともにそれが変化するパターン――要するに、ある人がピッコロを吹いて立てる音と、べつの人がドラムを叩いて立てる音とを区別する音の要素のすべて――まで、これらはすべて、数のパターンや階層によって表現できるのだ。

そして個人的な経験から言えば、その階層のさまざまなレベルにおける数字のパターンのあいだに、内的な相関関係が強くあればあるほど、その関係がどんなに複雑にして微妙なものであっても、その音楽はより人を喜ばせ、こう言ってよければ、より完全に近づくように思われる。

というより、その関係が複雑で微妙なものであればあるほど、そして意識のうえでは人間の理解を超えていればいるほど、精神の本能的な部分――ここでは、微分計算を驚くべき速さでやってのけ、正しい場所に手を導いて、飛んでくるボールを受け止めさせる部分のことをさす——にとって、その音楽は快く感じられるのだ。

複雑さの程度はどうあれ、すべての音楽（「スリー・ブラインド・マイス」もそれなりに複雑だ。独自の音色と奏法をもつ楽器で実際に演奏してみればわかる）は人の顕在意識を通り抜け、身内にひそむ数学の天才の腕に渡される。その天才は人の無意識のうちに住んでいて、人が自分にはまるでわからないと思っている内的な複雑さと関係と比率のすべてに反応しているのだ。

このような音楽観には賛成できないと言う人もいる。音楽が数学に堕してしまえば、感情の入る余地はどこにあるのかというのだ。しかし、感情が排除されることにはならないと思う。

人が感情を揺さぶられるもの——花やギリシアの壺の形状、幼子の成長、顔をなぶって吹く風、雲の動きとその形、水面に躍る光、そよ風に揺れる水仙、愛する人の頭の動き、それに連れて動く髪、音楽の最後の和音が消えていく、その減衰によって記述される曲線——これらはすべて、数値の複雑なフローによって記述することができる。

それは堕落ではなく、それこそが音楽の美なのだ。

ニュートンに訊いてみるがいい。

アインシュタインに訊いてみるがいい。

詩人（キーツ）に訊いてみるがいい。想像力が美としてとらえるものは真理にちがいないと言っている。

また、手がボールとしてとらえるものは真理にちがいない、と言ってもよかったと思うが、彼は詩人であって、アヘンチンキの壜とノートを持って木陰でのらくらするほうが、クリケットをするより好ましいと思っていたためにそうは言わなかった。しかし、これもやはり真理だと言ってよいと思う。

これを読んで、マイクルの記憶の底でなにか呼び覚まされるものがあったが、すぐにはこれと指し示すことができなかった。

なぜなら、いっぽうには形状や輪郭や動きや光に対する人の「本能的」な理解があり、他方にはそれに対する人の感情的な反応がある、そしてこれこそがその両者の関係の核心だからだ。

そのゆえに、自然に、自然物に、そして自然現象のパターンに、一種の音楽がもともと備わっているはずだと私は考えるのである。その音楽は、自然に生じる美に負けず劣らず、深い喜びを人に与えてくれるだろう。なんといっても、人の最も深い感情も、一種の自然に生じる美にはちがいないのだから。……

マイクルは読むのをやめて、目がゆっくりとページを離れてさまよいだすにまかせた。

そんな音楽を自分は知っているだろうかと考え、心の暗い片隅をあさってみた。しかし心のどこを訪ねていっても、その音楽はほんの数秒前にそこで演奏されていて、いま残っているのは、つかまえ損ね聴き損ねた音楽の最後の残響だけのように思えた。彼は雑誌を力なくわきへおろした。

そのとき思い出した。キーツの名が出たときに、記憶の底で呼び覚まされたものがなんだったのか。

夢に出てきた、足のあるぬるぬるしたものだ。

もうすぐなにかに手が届きそうだと思ったが、なんの熱も興奮も感じなかった。

コールリッジ。あの男だ。

　まこと、ぬるぬるしたものがその足で這いまわっていた
　ぬるぬるした海のうえを。

「老水夫行だ」

マイクルはぼんやりと書棚に歩いていき、コールリッジの詩集をとりおろした。それを持って椅子に戻り、一種の不安を感じながらページをめくり、詩の冒頭部分を探した。

そこにいるのは老水夫

三人のうちひとりを呼び止める

よく知った詩句のはずなのに、こうして読み進めていくうちに、身内に奇妙な感情と恐ろしい記憶——彼のものではないのはたしかだ——が呼び覚まされた。喪失感と孤独感が、たじろぐほど生々しく胸に迫ってくる。自分のものでないのはわかっていたが、その感情はいまの彼自身の悲嘆と完璧に共鳴しあっていて、無条件に降伏するしか方法がなかった。

それなのに幾百万のぬるぬるしたものは
生きつづけた。そしてこのわしも。

20

ブラインドが耳障りな金属音とともに巻きあがり、リチャードはまばたきした。

「またとない興味深い一夜を過ごしたみたいだな」ダーク・ジェントリーは言った。「ただし、そのうちでもいちばん興味深い部分には、おまえはまったく好奇心をそそられなかったようだが」

椅子に戻り、またゆったりともたれかかって、両手の指先を合わせた。

「頼むから、『ここはどこだ』とか言ってげんなりさせないでくれよな。ひと目見ればわかるだろ」

リチャードは周囲に目をやったが、困惑はなかなか去らない。まるでべつの惑星を長く旅していて、思いがけずそこから帰ってきつつあるような気分だ。その惑星ではなにもかも平和で明るく、やむことのない音楽が響いているようだった。あまりに深くリラックスしていたため、呼吸するのも忘れそうだった。

ブラインドのコードの先についた木製の留具《とめぐ》が、何度か窓ガラスを叩いている。だが、それ以外にはなんの音もしない。メトロノームも止まっている。リチャードは腕時計に目をやった。一時少し過ぎだ。

「おまえ、一時間弱も催眠状態だったんだぜ」ダークは言った。「そのあいだに面白いことがどっさりわかったんだが、いくつか納得できない点があるんで、おまえの話が聞きたいんだ。ちょっと新鮮な空気を吸えば頭もすっきりするだろうし、景気づけに運河の岸を軽く散歩でもしようぜ。まさかあそこにおまえがいると思うやつはいないだろう。ジャニス！」

返事はない。

まだはっきり思い出せないことが多々あり、リチャードはひとり眉をひそめていたが、ややあってつい最近の記憶がよみがえってきた。それはまるで、いきなり象がドアをぶち破って飛び込んできたかのようで、彼はぎょっとして身を起こした。

「ジャニス！」ダークはまた声をあげた。「ミス・ピアス！　まったくしょうがないねえちゃんだ」

受話器をくずかごから引っぱり出し、架台に戻した。使い古した革の書類かばんがデスクのそばに立ててあったのを取りあげ、床に落ちていた帽子を拾って立ちあがり、滑稽にもそれに頭をねじ込んだ。

「来いよ」と言うなりドアを走り抜けてみると、ミス・ジャニス・ピアスは席について鉛筆をにらんでいた。「出かけるぞ。このむさ苦しいごみためを出て、考察不能なことを考察し、実行不能なことを実行しよう。言語に絶する難問に取り組む覚悟を決めて、ほんとに絶してるかどうか試してみるんだ。さて、ジャニス——」

「うるさい」

ダークは肩をすくめ、彼女のデスクから本をとりあげた。先ほど、彼女が引出しを閉めようとしてページをむしりとった本だ。彼は本をめくっていき、眉をひそめ、ため息をついてもとに戻した。ジャニスは、どうやらさっきまでやっていたらしい仕事を再開し、長いメモの続きを鉛筆で書きはじめた。

リチャードはこれをずっと黙って眺めていた。まだ半分夢を見ているような気分だ。彼は頭をふった。

その彼に向かってダークは言った。「いまのおまえには、なにもかもごちゃごちゃでわけがわからないように見えるかもしれない。だけど、興味深い手がかりはすでに見つかってるんだ。それをたどっていこう。おまえから聞いた昨夜のできごとのなかに、物理的に不可能なことがふたつだけあるから」

リチャードはついに口を開いた。「不可能？」と眉をひそめる。

「ああ」とダーク。「完全に、百パーセント不可能なんだ」

にやにやしている。

「運がよかったな」彼は続けた。「その興味深い問題を解決するのに、おまえはぴったりの場所にやって来たんだ。というのもだな、おれの辞書には『不可能（impossible）』なんて文字はないからなんだよ。それどころか」と破られた本をあげてみせ、「『ニシン（herring）』から『マーマレード（marmalade）』までの文字はみんななくなってるみたいだな。ありがとうミス・ピアス、またもや見あげた仕事をしてくれて、感謝してもしきれないよ。この一件がみごと落着したあかつきには、給料さえ支払う気になるかもしれん。しかしそれまでは考えなきゃならんことがどっさりあるから、このオフィスは有能きわまるきみの手に任せる」

電話が鳴り、ジャニスはとった。「いつもお世話になっております」彼女は言った。「〈ウェインライト青果大商店〉でございます。ミスター・ウェインライトはただいま電話に出ることができません。頭の調子がおかしくて、自分はキュウリだと思っているものですから。お電話ありがとうございました」

電話をがちゃんと切って顔をあげたときには、ドアは静かに閉まろうとしており、彼女のもと雇い主と当惑した依頼人はすでに出ていったあとだった。

「不可能だって」リチャードは驚いてまた言った。

「まちがいない」ダークは折れなかった。「完全に、百パーセント——いや、そうだな。説明不可能と言っておこうか。『不可能』だと言っても意味がないもんな、現に起こってるんだから。しかし、どんな理屈を持ってきても説明がつかないのはたしかだ」

グランド・ユニオン運河（英国の運河網の一部。ロンドンからバーミンガムまでを結ぶ。イズリントンを通る部分はリージェント運河と呼ばれる支線）に沿って歩くうち、身の引き締まるような空気に刺激されて、リチャードの五感はやっと完全に目を覚ました。頭がふだんどおりに働くようになり、ゴードンの死という事実が数秒ごとにくりかえし襲いかかってはくるものの、少なくともそれについてもっと落ち着いて考えられるようになった。しかしおかしなことに、いまのところそれはダークの頭にはほとんどないようだった。昨夜立て続けに起こった奇怪な事件のうち、いちばんどうでもいいことを選び出して、それについて根掘り葉掘り問いただしてくるのだ。

こっちから来たジョギング男とあっちから来た自転車男が正面衝突しそうになり、お互いにどけと怒鳴りあったあげく、のろのろ流れる濁った運河にお互いを危うく突き落としかけた。恐ろしくのろのろ歩く老婦人が、それよりさらにのろのろ歩く老犬を引きずりながら、その様子を注意深く見守っている。

向こう岸には大きなからっぽの倉庫が並んでいる。窓ガラスが一枚残らず割れて光っているのが、まるでびっくり顔をしているようだ。焼けたはしけが半分沈んで悲しげに揺れている。洗剤のボトルが二、三本、そのなかの汚い水に浮かんでいた。最寄りの橋のうえを、重い荷物を積んだトラックが轟音をあげて走っていく。建物の土台を揺らし、空中に油煙を吐き出し、乳母車を押して道路を渡ろうとしていた母親を震えあがらせながら。

ダークとリチャードは、ダークのオフィスから一キロ半ほどのサウス・ハックニー地区の境まで行き、そこから引き返してイズリントンの中心部——最寄りの救命具の設置場所がそこなのをダークは知っていた——へ向かっていた。

「だけど、あんなのただの手品じゃないか。勘弁してくれよ」リチャードは言った。

「あの人はいつもやってるんだ。ただの奇術だよ。一見不可能に見えるけど、どこの手品師に訊いても、やりかたさえわかってれば簡単だと言うに決まってる。ニューヨークでいっぺん見た男なんか――」

「そういうののやりかたなら知ってるさ」ダークは言い、火のついた煙草を二本と、シロップをかけた大きなイチジクを自分の鼻から引っぱり出してみせた。イチジクを空中に投げあげたが、なぜかどこにも落ちた様子がない。「器用さと目くらましと暗示だな。こういうのはみんな、学ぼうと思えば学べるもんだ。ちょっと時間をつぶす気があればね。失礼、奥さん」と、のろのろ歩く犬の老飼い主に声をかけた。ちょうど追い越すところだったのだ。そこで彼は身をかがめて、犬のお尻から色鮮やかな旗がついた長いひもを引き出してみせた。「これで、このワンちゃんも歩きやすくなると思いますよ」と言って、丁重に帽子を傾け、そのまま歩きつづけた。

「ほらな、こういうのはみんな簡単なんだよ」と、ぽかんとしているリチャードに向かって言った。「女性をノコギリでまっぷたつにするのも簡単だ。女性をノコギリでまっぷたつにして、そのあともとどおりくっつけるのはそれほど簡単じゃないが、練習すればできるようになる。だが、おまえが言ってたその手品だがな、二百年前の壺とカレッジの塩入れを使ったやつ」――と効果をねらって間をおき――「それは完全に、百パーセント説明不可能なんだよ」

「そりゃ、たぶんおれの見落としてる仕掛けかなにかがあったんだと思うよ。だけど……」

「そりゃそうだろう。しかし、催眠術をかけて質問するのには利点があってな、本人が自分で気づいているよりずっとくわしく、そのときの状況を聞き出すことができるんだ。サラって女の子を例にとってみようか。なにを着てたか憶えてるか」

「えーと、いや」リチャードは心もとなげに言った。「ワンピースかなんかだったと思うけど——」

「色は？　素材は？」

「いや、思い出せない。暗かったし、席がだいぶ離れてたし。ろくに見てないんだ」

「紺色の別珍のワンピースだ。ローウェストでギャザーが寄せてある。ラグランスリーブで、袖口はギャザーを寄せてカフスがついてた。襟は白いピーターパン・カラー（幅が広めの丸襟）で、小さいパールのボタンが前に六つついていて——上から三つめのには短い糸くずが引っかかってた。長いブロンドを後ろでまとめて、赤い蝶のついたヘアピンで留めてた」

「シャーロック・ホームズみたいに、おれの靴のすり傷からなにもかも読みとれたなんて言うつもりなら、悪いけど信じられないね」

「まさか、ちがうよ。もっと単純な話でな、おまえが催眠状態のときに教えてくれたのさ」

リチャードは首をふった。

「そんなばかな」彼は言った。「ピーターパン・カラーがなにかってことすら知らないのに」

「でもおれは知ってる。おまえの説明は正確そのものだったよ。例の手品についてもな。それでだ、おまえの説明どおりに手品をやってのけるのは不可能なんだ。まちがいない、おれはそういうことにかけちゃくわしい。ほかにも教授のことではいろいろ知りたいことがある。たとえば、おまえがテーブルのうえで見つけたメモを書いたのはだれなのかとか、ジョージ三世はほんとはいくつ質問をしたのかとかな。だが——」

「ジョージ三世がなんだって？」

「——だが、これは本人に直接訊いたほうがいいだろうな。ただ……」と、眉間にしわを寄せて考え込んだ。「ただ、こういう問題に関しちゃ、おれはわりと見栄っ張りだから、できれば尋ねる前に答えを見つけたいところだ。しかしわからん。まったくわからん」そう言いながら、上の空で遠くをにらんでいる。頭のなかでは、手近の救命具まであとどれぐらいかざっと計算していたのだ。

「そして不可能事の第二は」と彼は付け加え、リチャードに口をはさむすきを与えなかった。「というか少なくとも、第二のまったく説明不可能な問題は、言うまでもなくおまえのソファだ」

「ダーク」リチャードがついにたまりかねて声をあげた。「忘れたわけじゃないだろうな、ゴードン・ウェイが死んで、おれに殺人の容疑がかかってるみたいなんだぞ！　そんなことはどれも、この事件とはこれっぽっちも関係がないし、おれは――」

「ところがおれは、関係があると考えるほうに大きく傾いてるんだ」

「そんなばかな！」

「おれの考えでは、万物は根本的に――」

「ああ、わかってるよ」リチャードは言った。「相互に関連しあってるんだろ。いいかダーク、おれはお人好しのおばあさんじゃないし、バーミューダ旅行をおまえにおごってやる気なんかさらさらない。おれに手を貸すっていうのなら、脇道にそれるのはやめてくれ」

　ダークはむっとした。「万物は根本的に相互に関連しあってる、てのはおれの信念だ。量子力学の原理を論理的にとことん突き詰めていけば、誠実な人間ならだれでもそう信じざるをえないからだ。しかし一部には、ほかよりはるかに強く相互に関連しあってい る事物もあるんじゃないかと思う。とすると、明らかに不可能なふたつの事件と、すごく奇妙な事件が立て続けに同一人物の身に降りかかってきたとすれば、そしてその人物がだしぬけに、すごく奇妙な殺人事件の容疑者になったとすれば、その問題を解く鍵は、こういうすべての事件の関連性のうちに見いだされるはずだとおれは思うんだ。その関連性ってのはおまえのことだよ。そしておまえ自身も、すごく奇妙で突拍子もない行動をとっている」

「そんなことはない」リチャードは言った。「いやたしかに、いくつか変なことは起こったさ。でも――」

「おまえは昨夜、おれに目撃されてるじゃないか。フラットの外壁をよじ登って、ガールフレンドのスーザン・ウェイの部屋に押し入っただろ」

「たしかに、ふつうじゃなかったかもしれない」リチャードは言った。「それに、賢明な行動とも言えないかもしれない。だけど、あれには完璧に論理的で合理的な理由があったんだ。手遅れにならないうちに、過去の失敗を帳消しにしたかったんだよ」

ダークはちょっと考えて、少し歩くペースを速めた。

「それでおまえのやったことは、完璧に合理的で正常な反応だっていうのか。留守番電話にまずいメッセージを残したっていう問題――ああ、さっきのあれのときにおまえからすっかり聞いたんだよ。そういう問題を解決するためなら、だれでもあんなことをするって？」

リチャードは眉をひそめた。なんでこんな話をしているのかわからないと言いたそうだった。「だれでもするってことはないだろうな」彼は言った。「たぶんおれは、大多数の人間より少し理屈っぽくて杓子定規《しゃくしじょうぎ》なところがあるんだろう。だから、コンピュータのソフトウェアを書くのに向いてるんだ。あれは、理屈っぽくて杓子定規な問題解決法だったんだ」

「しかし、ちょっと極端すぎやしないか」

「おれにとってはすごく大事なことだったからな。またスーザンをがっかりさせるのはどうしても避けたかった」

「それじゃ、そういう理由であれだけのことをしたのは、完全に筋の通ったことだっていうんだな」

「ああ」リチャードはかっとして言った。

「あのさ」とダーク。「おれにはウィニペグにオールドミスのおばさんがいたんだが、そのおばさんがなんて言ってたと思う」

「さあ」リチャードは言って、いきなり服を脱ぎ捨てて運河に飛び込んだ。ダークは救命具（ちょうどすぐそばに来たところだったのだ）に飛びつき、ホルダーからはずすとリチャードに向かって投げた。運河のまんなかでじたばたしながら、まったくなにがなにやらわからないという顔をしている。

「つかまれ」ダークは怒鳴った。「引っぱりあげてやる」

「大丈夫だ」リチャードはばしゃばしゃやりながら、「泳げるから――」

「だめだ」ダークが叫ぶ。「早くつかまれ」

　リチャードは岸に向かって水をかこうとしたが、すぐに驚いた顔になり、あきらめて救命具につかまった。それをダークはロープを引いて岸にたぐり寄せ、腰をかがめてリチャードに手を差し出した。荒い息をついたりつばを吐いたりしながら運河からあがると、リチャードは道路に背を向けて岸に座り、両手をひざに置いて震えていた。

「くそ、汚い水だ！」叫ぶように言って、またつばを吐いた。「ああ気色悪い。うへぇ。

くそ、まったく。ふだんはけっこう泳ぎはうまいほうなんだが、きっと足がつったかどうかしたんだろう。救命具がすぐそばにあって運がよかった。ああ、すまん」最後のひとことは、ダークが大きなタオルを差し出してきたからだ。

彼は皮膚がすりむけるほどタオルで身体をごしごしこすり、運河の汚れた水をふき取った。立ちあがり、周囲を見まわす。「ズボンはどこかな」

「ちょっとあなた」さっきの犬を連れた老婦人が言った。ちょうど追いついてきて、こわい顔でこちらをにらんでいる。叱りつけようとするところへ、ダークがすかさず口をはさんだ。

「まことに申し訳ありません。わたしの友人が、不本意ながら失礼を働いてしまいましたようで。どうぞこれを」と言って、リチャードの尻からアネモネの細い花束を引っぱり出した。「おわびのしるしです」

老婦人はダークの手から杖で花束をたたき落とすと、おびえた顔をして犬を引きずって逃げていった。

「あのおばあさんに失礼じゃないか」リチャードは言った。戦略としてタオルを身体に巻き付け、それに隠れて服を身に着けていく。

「そもそも失礼なばあさんだからな」ダークは言った。「あの気の毒な犬を引っぱりまわしてここらをうろついちゃ、人にいちゃもんをつけてまわってるんだ。水泳は楽しかったか」

「いいや、あんまり」リチャードは言いながら、髪の毛をざっとぬぐった。「水があんなに汚いとは思わなかった。おまけに冷たいし。これ」と、タオルをダークに返した。

「助かったよ。いつも書類かばんにタオルを入れて持ち歩いてるのか」

「おまえこそ、いつも午後に水泳をする習慣でもあるのか」

「いや、ふだんは午前中に、ハイベリー・フィールズ（イズリントンの公園。プール、テニスコートなどのスポーツ施設もある）のプールに泳ぎに行くんだ。でないと目が覚めないっていうか、頭が働かないから。なのに今朝は行かなかったのを思い出して」

「それじゃ、その――それで運河に飛び込んだのか」

「ああ、まあな。ちょっと運動すれば頭がすっきりして、あれこれ片づけるのに役に立つと思ったんだよ」

「それじゃ、いきなり服を脱いで運河に飛び込んでも、ちょっとやりすぎだとは思わないわけだな」

「うん」リチャードは言った。「水の状態がこれだから、あんまり賢いことじゃなかったかもしれないが、完全に――」

「完全に筋の通ったことだって言うんだな、そういう理由であああいうことをしたのは」

「うん――」

「それじゃ、おれのおばさんとはなんの関係もなかったわけだ」

　リチャードは不審げに目を細めた。「いったいなんの話をしてるんだ」

「説明するよ」ダークは言って、近くのベンチに腰をおろすと、また書類かばんをあけた。タオルをたたんでなかに入れ、代わりに小さなソニーのテープレコーダーを取り出した。手招きしてリチャードを呼び寄せ、再生ボタンを押す。ダーク自身の声が、ちっぽけなスピーカーからふわりと流れはじめた。歌を歌うようなみょうな抑揚がある。「もうすぐ指をぱちんと鳴らすから、そうしたらおまえは目を覚まして、なにもかも忘れてしまう。ただしこれからひとつ指示を出すから、それだけはべつだ。

このあと、おれたちは散歩に出かけて運河沿いを歩く。そのとき『おれにはウィニペグにオールドミスのおばさんがいた』って――」

ダークはすばやくリチャードの腕をつかんで押さえた。

テープが先を続ける。「――おれが言ったら、服をぜんぶ脱いで運河に飛び込んだ。泳げないのに気がつくだろうが、パニックを起こすことも溺れることもない。ただ立ち泳ぎをしていれば、おれが救命具を投げるから……」

ダークはテープを止め、首をまわしてリチャードの顔を見た。この日二度めに、その顔はショックで蒼白になっている。

「おれが知りたいのは、いったいおまえになにが取り憑いて、昨夜ミス・ウェイのフラットをよじ登らせたのかってことだ」ダークは言った。「それとその理由」

リチャードは答えない。あいかわらず、混乱した様子でテープレコーダーをじっと見つめている。やがて震える声で言った。「スーザンの留守電に、ゴードンからのメッセージが入ってた。車からかけてきてたんだ。そのテープはいまおれのフラットにある。ダーク、おれ、急に滅茶苦茶にこわくなってきた」

21

リチャードの自宅の外には見張りの警官が立っている。ダークはそれを、数メートル先に駐まったヴァンの陰から見守っている。リチャードの自宅ドアに通じるこの細い脇道に人が入ってくるたびに、彼は呼び止めて質問していた。それと気づかなかったせいでほかの警官にまで質問したことがあって、ダークはひとりで面白がっていた。そこへまた新たなパトカーがやって来て停まった。ダークは行動に移った。

パトカーから警官がひとり降りてきて、ノコギリを持って戸口に向かって歩いていく。その足どりに合わせて、ダークは一歩か二歩あとをきびきびと歩いていった。胸をはって堂々と。

「いいんだ、そいつはわたしといっしょだから」とダークは言って、見張りの警官がもうひとりの警官を呼び止めるのと同時に、そのわきを通り抜けた。

なかに入って階段をのぼる。

ノコギリを持った警官はそのあとからついてきた。

「あの、すみません」とダークの背中に声をかけてくる。

ダークはちょうど、ソファが階段をふさいでいる場所にたどり着いたところだった。

足を止めてふり返った。

「ここで待ってろ」彼は言った。「このソファを見張ってるんだ。だれにも手を触れさせるな。だれにもだぞ。わかったな」

警官はちょっと面食らった顔をした。

「切断しろって命令されてるんですが」彼は言った。

「撤回だ」ダークは大声で言った。「絶対に目を離すな。くわしい報告書を出させるからな」

警官に背を向け、ソファを乗り越えた。さらに少しのぼると、すぐに広々とした大きな部屋に出た。リチャードのフラットは二階に分かれていて、ここはその下の階だ。

「それは調べたか」ダークは頭ごなしに尋ねた。リチャードのダイニングテーブルの椅子にかけて、べつの警官がメモかなにかをぱらぱらやっていたのだ。警官は驚いて顔をあげ、立ちあがろうとした。ダークはくずかごを指さしている。

「その、はい——」

「もういちど調べろ。徹底的に調べるんだ。ここはだれの担当だ」

「ええと、その——」

「さっさと答えろ、日が暮れるぞ」

「メイスン警部補がさっきまでおられましたが——」

「そうか、あいつは外させよう。用があればわたしは上にいるから。ただし、よほど重要な用件でないかぎり邪魔はするな。わかったか」

「その、あなたは――」

「くずかごの調査はどうした」

「その、はい、わかりました。すぐに――」

「徹底的に調べるんだぞ。わかったな」

「その――」

「さっさと取りかかれ」ダークはあとをも見ずに階段をのぼり、リチャードの仕事部屋に入った。

テープは、六台のマッキントッシュが並んでいる長いデスクのうえ、リチャードがあると言った場所にたしかにあった。ダークはそれをポケットに入れようとしたが、そのときリチャードのソファの画像に興味を惹かれた。大きなマッキントッシュの画面でゆっくり回転したり向きを変えたりしている。彼はキーボードの前に腰をおろした。

リチャードの書いたプログラムをしばらく調べてみたが、そのままではちんぷんかんぷんで、ほとんどなにもわからなかった。それでもついにソファの引っかかりを解消して階段の下までおろすことに成功したが、その方法では壁の一部を壊すことになるのに気がついた。くそとつぶやいてあきらめた。

べつのコンピュータに目をやると、そこにはサイン波の静止画が表示されていた。画面の端にはべつの波形の小さな図が並んでおり、それを選んで足したり引いたりして、メインの画像をさまざまに変形できるようになっていた。すぐにわかったが、それで単純な波形からひじょうに複雑な波形を生み出すことができる。それでしばらく遊んでみた。まず単純なサイン波をそれ自身に重ね合わせてみた。すると山の高さと谷の深さがそれぞれ倍になった。次に、いっぽうの波を他方に対してちょうど幅半分ずらしてみると、いっぽうの山と谷が他方の山と谷を打ち消して、完全に平坦な直線になってしまった。次に、いっぽうのサイン波の周波数をほんの少し変えてみた。

すると、合成された波形はある部分ではふたつの波が強化しあい、べつの部分では打ち消しあっている。そこで、周波数の異なる単純なサイン波をもうひとつ加えてみると、その結果できた合成波ではパターンがほとんど読みとれなくなった。一見するとでたらめに線は上がったり下がったりして、しばらくはずっとなだらかだったかと思うと、急に動きだしてひじょうに大きな山や谷を作ったりする。三波の位相が少しのあいだ揃うとそういうことになるわけだ。

ここにずらりと並んだ機器のなかには、このマッキントッシュの画面で躍っている波形を実際の楽音に変換する手段があるはずだ。ダークはそう思って、プログラムのメニューにそれらしい項目がないか探してみた。すると、波形のサンプルをエミューに転送するという項目が見つかった。

ダークは首をひねった。室内を見まわしたが、大きな飛べない鳥のようなものはどこにも見あたらない。とにかくその処理を起動してみて、それからマッキントッシュの背面からのびているケーブルをたどっていった。ケーブルはデスクの裏をくだり、床をのび、戸棚の裏にまわり、敷物《ラグ》の下にもぐり、最後には大きな灰色のキーボードの裏側に差し込まれていた。そのキーボードの名前が〈エミュレーターⅡ〉だった。

彼が試しに作った波形は、たぶんいまここに送られたところなのだろう。おっかなびっくりキーをひとつ押してみた。

とたんに、聞くに堪えない放屁の音がスピーカーから噴き出してきた。それがやかましくてすぐには気がつかなかったが、まさにそれと同時に、戸口から「スヴラド・チェッリ！」とだれかが怒鳴っていた。

リチャードはダークのオフィスで腰をおろし、小さい紙つぶてをいくつも作って、すでに電話機でいっぱいのくずかごに投げ込んだ。鉛筆を何本も折った。ジンジャー・ベイカー（英国の有名なドラマー）のソロからの長大な抜粋をひざで演奏した。

要するにいらいらしていたわけである。

いらいらしだす前には、昨夜のできごとを思い出せるかぎりダークのメモ用紙に書き出してみようとしていた。また可能なかぎり、それが起こった時刻も特定してみようとした。ところがたいへん驚いたことに、これが恐ろしくむずかしかった。どうやら彼の顕在意識的な記憶力は、ダークが実証してみせた潜在意識の記憶にくらべてあまりにも貧弱なようだ。

「ダークのくそったれ」彼は思った。スーザンと話がしたかった。しかし、なにがあってもそんなことをしてはいけないとダークに釘を刺されていた。電話には逆探知がしかけられているだろうからと。

「ダークのくそったれ」だしぬけに言うと、思い切りよく立ちあがった。

「十ペンス玉ありませんか」断固として仏頂面をしているジャニスに、彼は言った。


ダークはふり向いた。

戸口を額縁にして立っていたのは、長身で黒っぽい人影だった。

その長身で黒っぽい人影は、いま目にしているものにあまりいい気がしないようだった。というより、かなり悪い気がしているようだった。ただの悪い気ではなかった。それは、ニワトリ半ダースの首をやすやすと引っこ抜けるほど悪い気がしていて、しかもそれがすんでもまだ悪い気がしているという、そんな長身で黒っぽい人影のように見えた。

人影はなかに入ってきた。光を浴びてみると、それはケンブリッジシャー警察のギルクス巡査部長だった。

「あきれたもんだ」ケンブリッジシャー警察のギルクス巡査部長は言った。感情を抑えつけているせいでまばたきをしながら、「戻ってきてみたら、警官のひとりはノコギリを持ってソファを護衛しているし、ひとりは罪もないくずかごをばらばらに解体しているし、そのふたりにおれは質問をしなくちゃならなかったんだぞ。それも、その答えがわかったら不愉快になるだろうっていういやな予感にさいなまれながらだ。そのあと階段をのぼりながら、気がついたらますます恐ろしい予感にさいなまれていたよ。わかるかスヴラド・チェッリ、そりゃあ恐ろしい予感だったとも。付け加えれば、その予感は恐ろしく正しかったのがこうしてわかったってわけだ。浴室で見つかった馬についても、なにか知ってたりはせんだろうな。あれにはおまえのにおいがぷんぷんしてるような気がしたんだが」

「いや、なにも」ダークは言った。「いまはまだ。もっとも、みょうな形で興味を惹かれてはいるんだが」

「ああ、そうだろうとも。みょうな形で興味を惹かれるだろうさ、あのくそったれな馬を、くそったれな曲がりくねった階段の下までおろしてみればな。それも午前一時にだ。いったいおまえ、ここでなにをしてやがるんだ」ギルクス巡査部長はうんざり顔で言った。

「正義を追求してるのさ」とダーク。

「そうか、おれだったら願い下げだね、そんなもんと掛かり合いになるのは」ギルクスは言った。「ロンドン警視庁とはもっと掛かり合いにゃなりたくないしな。マクダフとウェイのことは知ってるか」

「ウェイについちゃ、一般常識以上のことは知らん。マクダフとはケンブリッジで知り合った」

「ああ、そうだったのか。どんなやつだ」

「のっぽだな。のっぽでひょろひょろで、気のいいやつだ。ちょっとカマキリに似てるかな、狩りはしないけど――言ってみればカマを持たないカマキリってとこだ。愛想がよくて親切で、カマを捨ててテニスラケットに持ち替えたカマキリっていうか」

「ふうむ」ギルクスはうなるように言って、目をそらして室内を見まわした。そのすきにダークはテープをポケットに入れた。

「どうやらそいつだな」ギルクスは言った。

「それと、言うまでもないが」とダーク。「絶対に人殺しなんかできるやつじゃない」

「それを判断するのは警察だ」

「陪審もだろ」

「へっ！　なにが陪審だ」

「ただし、もちろんそこまでは行きゃしない。法廷に持ち込まれるよりずっと前に、事実によって証明されるさ。おれの依頼人は潔白だ」

「おまえの依頼人だと？　よかろう。チェッリ、その依頼人はいまどこだ」

「さっぱりわからん」

「請求書を送る住所を知らんはずがあるか」

ダークは肩をすくめた。

「いいかチェッリ、ここじゃあくまでも正常で無害な殺人事件の捜査をやってるんだ。それをおまえに引っかきまわされちゃかなわん。そんなわけで、ただいまをもって退去を通告されたと思え。証拠物件のひとつでも空中浮揚なんかさせてみろ、さんざんぶん殴って、今日が明日か木曜日かもわからんようにしてやる。とっとと出ていけ、それと出ていく前にそのテープをよこせ」と手を差し出した。

ダークは心底驚いて、目をぱちくりさせた。「なんのテープだ」

ギルクスはため息をついた。「チェッリ、おまえは頭のいいやつだ。それは認める」彼は言った。「だがな、おまえも同じ失敗をしてる。頭のいいやつはよくやるんだよ、自分以外はみんなあほうだと思い込むんだ。おれが向こうを向くときは、それなりに理由がある。つまり、おまえがなにを取るか確かめるのさ。取るところを見る必要はないんだ、なにがなくなってるか見りゃいいだけだからな。おれたちはそういう訓練を受けてるんだ。火曜日の午後には、三十分かけて観察訓練をやったもんだ。ちょっとした息抜きにな、なんせ四時間ぶっ通しで無意味な暴力の訓練を受けたあとだから」

ダークは自分で自分に腹が立ったが、明るい笑顔を作ってそれを隠した。革のコートのポケットに手を突っ込み、テープを差し出す。

「再生しろよ」ギルクスは言った。「なにを聞かれたくなかったのか聞いてみようじゃないか」

「べつに聞かれたくなかったってわけじゃないんだ」ダークは肩をすくめた。「ただ、最初に自分で聞きたかっただけで」リチャードのハイファイ機器の並ぶ棚に歩いていき、テープをプレイヤーに差し込んだ。

「それで、ざっと説明してもらえんかな。なんなんだこれは」

「これは、スーザン・ウェイの留守番電話のテープなんだ」とダーク。「ウェイにはどうも、長いメッセージを……」

「ああ、それは知ってる。朝になると、秘書がそのおしゃべりを集めてまわってるんだろ。気の毒に」

「それでこのテープには、ゴードン・ウェイが昨夜車からかけてきた電話のメッセージが残ってるんじゃないかと思うんだ」

「なるほどな。よし、かけろ」

かしこまってお辞儀をしてみせ、ダークは再生ボタンを押した。

「ああスーザン、ゴードンだけど」テープがまたそこからしゃべりだした。「いまコテージに向かってるとこ――」

「なにがコテージだ」ギルクスは皮肉った。

「ええと、今日は木曜日で、いまは夜の……八時四十七分だ。ちょっと霧が出てる。あのさ、今週末はアメリカから客が来ることになってってさ……」

ギルクスは眉をあげ、自分の腕時計を見、メモ帳になにか書きつけた。

死んだ男の声が部屋じゅうに響きわたり、ダークも巡査部長もぞっとするものを感じていた。

「――おれがどぶにはまって死んでないのが不思議だよ。でもそうなったらちょっとすごいよな、生涯最後の言葉を留守番電話に残して死ぬなんてさ。ああいうトラックに――」

ふたりがものも言えずに一心に聞くうちに、テープはメッセージを最後まで再生していく。

「オタクが困るのはそこなんだ――ひとつすごいアイデアを思いついて、それがほんとにうまく行くだろ、そしたらそのあとは何年でもいくらでも金が入ってきて、自分のへその三次元構造をのんびり分析しててもかまわないと思い込むんだ。ごめん、ちょっと中断してトランクをちゃんと閉めてくるよ。すぐ戻ってくるから」

ぼんとくぐもった音がした。受話器が助手席に放り出されたのだろう。数秒後、車のドアが開く音がした。そのあいだずっと、車のサウンドシステムの音楽が聞こえていた。背景でかすかにぶつぶつ言っている。

さらに数秒後、遠くから聞こえてきたのは、くぐもった、しかし紛れもないショットガンの銃声二連発だった。

「止めろ」ギルクスが鋭い声で言い、自分の腕時計を見た。「いま八時四十七分だってウェイが言ってから、三分二十五秒経ってるな」またダークに目を向けて、「ここにいろ。動くな。なんにもさわるな。この部屋の空気の分子はひとつ残らず位置を記録してあるから、おまえが呼吸しただけでわかるんだからな」

すばやく向きを変えて出ていった。階段を降りながら怒鳴っている声が聞こえる。「タケット、〈ウェイフォワード〉のオフィスに連絡しろ。ウェイの自動車電話の詳細を調べるんだ。番号とか、電話会社とか……」階下から聞こえるその声が、だんだん遠くなっていく。

ダークは急いでつまみをひねってハイファイの音量を下げ、テープの続きを再生した。しばらく音楽が続いた。ダークはいらいらして指でテーブルを叩いていた。あいかわらず音楽だ。

早送りボタンを押し、すぐに指を離した。まだ音楽だ。そのときふと思い当たった――自分はなにかを探しているが、なにを探しているのか知らない。ぎくりとして凍りついた。

どう考えても彼はなにかを探している。

しかし、どう考えてもそれがなんなのか知らない。

いまやっていることをなぜやっているのかわからない。それに気づいたとたん、ぞっとすると同時に雷に打たれたように驚いた。ゆっくりと背後をふり返った。冷蔵庫の扉が開くときのように。

だれもいない。少なくとも目に見えるかぎりは。しかし、寒けが全身に走るのがわかって、なによりそれが気に入らなかった。

低い、しかし険悪なささやき声で、彼は言った。「だれかいるのなら、これだけは言っておく。おれの心はおれの中核で、そこで起こることはみんなおれが決める。ほかの人間はなんでも信じたいことを信じるのかもしれんが、おれは理由がわからないかぎり、それもはっきりわからないかぎりはなにもする気はない。望みがあるのならわかるように説明しろ。ただし、おれの心を操ろうなんて思うな」

根深い憤怒に彼は震えていた。冷気はそろそろと、哀れっぽいと言いたいようなふぜいで離れていく。どうやら部屋の中央のほうへ移動していったようだった。ダークは五感でそれを追おうとしたが、すぐにほかのことに気をとられた。遠くの風の叫びに乗って、聞こえるか聞こえないかのぎりぎりの声が、だしぬけに耳に届いたようだったのだ。

それはうつろな、おびえて途方にくれた声だった。消え入りそうなささやきにすぎなかったが、まちがいなく聞こえる。留守番電話のテープから。

その声は言った。「スーザン！　スーザン、助けてくれ！　頼む、助けてくれ。スーザン、ぼくは死んで――」

ダークはくるりとふり向き、テープを止めた。「すまない」彼は声をひそめて言った。「だが、おれは依頼人の利益を考えなきゃならないんだ」

テープをほんの少し巻き戻し、その声が始まる直前まで戻ったところで、録音レベルのつまみをまわしてゼロに合わせ、録音ボタンを押した。そのままテープをまわしてあの声を消去し、そのあとに入っているかもしれない音声もすべて消去した。このテープによってゴードン・ウェイの死亡時刻が確定するとしたら、その時刻よりあとに、ゴードンの声のサンプルがテープに登場するという気まずい事態は避けたかった。たとえその声によって、彼がたしかに死んでいると裏書きされたとしてもだ。

ダークの近くの空中で、感情の大爆発が起こったようだった。それが衝撃波のように部屋に広がり、余波で家具がかたかた揺れた。見ていると、どうもその波はドアの近くの棚に向かっているらしい。はたと気づいた。その棚のうえにはリチャード自身の留守番電話機があるのだ。それが棚のうえで発作的にがたつきだしたが、ダークが近づいていくと静かになった。ゆっくりと落ち着いて手を伸ばし、ボタンを押して「応答」にセットした。

空気の乱れは、また部屋を横切ってリチャードの長テーブルに戻っていった。そこでは、旧式のダイヤル式電話機が二台、書類やマイクロフロッピーディスクの山に埋もれかけている。なにが起こるか見当はついたが、ダークは手を出さずに見ていることにした。

いっぽうの電話機の受話器が架台からはずれて落ちた。発信音が聞こえる。ゆっくりと、見るからに苦労しいしい、ダイヤルが回転しはじめた。止まったり戻りかけたりしながらまわっていく。しだいにそれがのろくなっていく。そしてだしぬけに、あっさりもとに戻ってしまった。

ちょっと間があった。やがて、受話器のフックが下がってまたあがり、ふたたび発信音が聞こえてきた。ダイヤルはまたまわりはじめたが、さっきよりさらに悪戦苦闘している。

またするりともとに戻った。

今回の間はさっきより長かったが、やがてまた一からやり直しが始まった。

ダイヤルがこれで三度めにもとに戻ったとき、いきなり癇癪玉が破裂した——電話機が空中に飛びあがったかと思うと、部屋の向こうにすっ飛んでいった。途中で受話器のコードが巻きついて、アングルポイズ（英国で発明されたスプリング式アームランプ）がひっくり返り、ケーブルやコーヒーカップやフロッピーディスクの山に倒れ込んだ。デスクに積まれていた本の山が吹っ飛ばされ、床に散乱した。

ギルクス巡査部長の人影が、まったくの無表情で戸口に立っていた。

「また出直してくる」彼は言った。「そのときには、こんなようなことはなんにも見たくない。いいな、わかったな」まわれ右をして姿を消した。

ダークはカセットプレイヤーに飛びつき、巻き戻しボタンを押した。それからふり向いて、からっぽの空間に向かって声を殺して言った。「あんたがだれかは知らんが、想像はつく。おれに手を貸してほしいんだったら、さっきみたいなことはやめてくれ。おれが気まずいじゃないか！」

ややあって、ギルクスがまた入ってきた。「ああ、いたのか」彼は言った。

部屋の惨状を穏やかな目で眺める。「こんなことはなんにも見なかったことにする。

そうすりゃなんにも質問しなくてすむからな。答えを聞いたら、どうせむかつくだけなのはわかってるんだ」

ダークは苦い顔をしている。

しばらくふたりとも黙り込み、そのせいでシャーシャーという小さな音が聞こえて、巡査部長はカセットプレイヤーにさっと鋭い目を向けた。

「あのテープ、なにやってるんだ」

「巻き戻しだよ」

「よこせ」

　テープが先頭に戻って止まり、ダークは手をのばした。取り出してギルクスに渡す。

「むかつく話だが、おまえの依頼人は完全に潔白が証明されたみたいだぜ」巡査部長は言った。「〈セルネット（英国の移動電話会社）〉に問い合わせたら、例の車からの最後の電話は昨夜の午後八時四十六分だった。その時刻には、おまえの依頼人は数百人の証人の前でうたた寝をしてたわけだからな。証人とは言ったが、じつはほとんど学生だ。しかし、だからって全員嘘をついてると考えるわけにはな、たぶんいかんだろう」

「よかった」ダークは言った。「ともかく、疑いが晴れてうれしいよ」

「おまえの依頼人がやったなんて、本気で思ってたわけじゃない、もちろんな。そんなタイプじゃない。だが、警察ってのはな——犯人をつかまえたいのさ。ともかく、やっぱり話は聞きたいから、そう伝えといてくれ」

「まちがいなく言っとくよ、今度どこかで会ったら」

「もったいつけるなって」

「それじゃ巡査部長、これ以上お引き留めはしないんで」とダークは言い、わざとらしくドアのほうに手を広げてみせた。

「そうかい、だがチェッリ、三十秒以内にこっから出ていかなかったら、こっちはおまえをお引き留めする気満々だからな。なにを企んでるのか知らんが、それを知らずにすませられりゃ、署で気楽に居眠りができるってもんだ。失せろ」

「それでは巡査部長、どうぞごきげんよう。お会いできて楽しかったとは言わないよ、楽しくなかったからな」

ダークはあとも見ずに部屋を飛び出し、フラットから退散した。途中で気づいて悲しい気持ちになったが、大きなチェスタフィールド・ソファ（背もたれと肘掛けの高さが同じタイプのソファ）が堂々と階段にはまり込んでいた場所には、いまではおが屑のちっぽけな山が残るだけになっていた。

マイクル・ウェントン＝ウィークスは、本からがばと顔をあげた。

だしぬけに目的意識が生まれ、生き返ったような気分だ。思念や心象、記憶、意図、そのすべてがいちどに押し寄せてきて、それが互いに矛盾するように見えれば見えるほど、互いに調和しているように、つながりあってはまっていくように思えた。

完璧に整合がとれた。歯と歯の位置がゆっくりそろっていく。

金具を引っ張ると、ジッパーが閉じていく。

待つのは永遠よりも永く感じられた。失敗と、消え行く波の無力さに彩られ、弱々しい手さぐりと、ひとり噛みしめる無力さに満ちた永劫の歳月だった。しかし、完璧に歯が噛みあったからにはすべて帳消しだ。すべて帳消しにできる。取り返しのつかない惨事をなかったことにできる。

これはだれの思いなのか。いや、そんなことはどうでもいい。歯が噛みあった。完璧に噛みあっている。

マイクルは窓の外に目を向け、手入れの行き届いたチェルシーの通りを眺めた。いま見ているのが足のあるぬるぬるしたものだろうが、あるいはそれがみんなミスター・A・K・ロスだろうが、そんなことはどうでもいい。重要なのは、かれらに盗みとられたもの、かれらから力ずくで奪い返すべきもののほうだ。ロスはもう過去のできごとになった。いま考えるべきは、それよりはるかに遠い過去のできごとだ。

大きくて穏やかな牛のような目が、「クーブラ・カーン」の最後の数行に戻る。さっき読んでいたところだ。歯は噛みあい、ジッパーは閉じられた。

本を閉じてポケットに入れた。

過去へ至る道筋はもう明らかだ。なにをすればいいかわかった。その前にちょっとした買物をすませて、あとはそれを実行するだけだ。

22

「あなたが？　殺人の容疑者？　リチャード、なんの話をしてるの？」

受話器がリチャードの手のなかで揺れていた。それでなくても耳から一センチほど離して持っているのだ。だれかが受話器の耳当て部分を五目焼きそばかなにかに落としたばかりのようだったからだが、それはさほど気にならなかった。これは公衆電話だから、ちゃんと使えることが明らかに手違いなのだ。しかしリチャードは、世界じゅうから一センチほど距離を置かれていたような、そんな気がしはじめていた。制汗剤のコマーシャルに出てくる人がみんなにそうされているように。

「だってゴードンが」リチャードはためらいがちにいった。「ゴードンは——殺された……んだろう？」

スーザンはちょっと口ごもった。

「ええ」つらそうな声で答える。「でも、あなたがやったなんてだれも思ってないわよ。そりゃ、話を聞きたいとは言ってるけど、でも——」

「それじゃ、いまきみのとこに警察はいないんだね」

「もちろんよ」スーザンはきっぱりと言った。「ねえ、会いに来てくれない？」

「ほんとに、警察はぼくを追ってるわけじゃないんだね」

「あたりまえでしょ！　いったいどこから思いついたの、警察に追われてるなんて。あなたが——その、あなたがやったと警察が思ってるなんて」

「ええと——友だちに言われたんだよ」

「友だちって？」

「その、ダーク・ジェントリーってやつなんだけど」

「初めて聞いたわ。だれその人。ほかにもなにか言われた？」

「そいつに催眠術をかけられて、ええと、運河に飛び込まされて、いやその、それはほんとは——」

電話の向こうで恐ろしく長い間があった。

「リチャード」ようやく口を開いたとき、スーザンの声は静かだった。それは、いまがどんなに最悪のどん底に見えようとも、事態がさらに悪化しないという保証はどこにもないと悟ったとき、人に訪れるたぐいの静かさだった。「うちに来て。最初は、あなたにそばにいてほしいのって言うつもりだったんだけど、どうもわたしのほうがそばにいてあげなくちゃいけないみたいだから」

「でもぼく、まず警察に行ったほうがよくないかな」

「警察にはあとで行けばいいじゃない。リチャード、お願い。何時間かあとで行ったって大差ないわよ。わたし……わたし、ちゃんとものが考えられないの。まさかこんなことになるなんて。リチャード、あなたがここにいてくれたらってずっと思ってたのよ。いまどこなの」

「わかった」リチャードは言った。「二十分ぐらいで行くよ」

「窓をあけといたほうがいい？　それとも今度はドアから入ってみる？」鼻をすすりながら彼女は言った。

23

「頼むからやめなさいよ」ダークは言って、ミス・ピアスが内国歳入庁からの手紙をあけようとするのを止めた。「そんなものよりずっと血湧き肉躍る世界があるんだから」

暗くしたオフィスで彼はしばらく一心に考え込んでいたが、その時期を脱したいまは、興奮のあまりほかのことは考えられないようだった。本物の給与小切手に彼がほんとうにサインをしたおかげで、ミス・ピアスは直近の赦《ゆる》しがたい散財——の証拠を持って彼は戻ってきたのだ——を赦す気になったのであり、そして彼のほうは、平然と座ってこれ見よがしに税金取りからの手紙を開封するのは、せっかくの彼の太っ腹な行為を無にする行動だと考えているわけだ。

彼女は封筒をわきに置いた。

「けっこう！」彼は言った。「ぜひ見てもらいたいものがあるんだ。きみがなんというか、興味津々なんだよ」

せかせかとオフィスに戻り、デスクの前に腰をおろした。

彼女は文句も言わずにそのあとに続き、彼の向かいに腰をおろした。新たな赦しがたい散財の証拠がデスクに載っているのはこれ見よがしに無視している。

例の大仰な真鍮の表札を見たときは頭に血がのぼったものだ。しかし、この大きな赤いプッシュボタンの並ぶ頭の悪そうな電話機については、軽蔑にすら値しないと彼女は思っていた。また当然ながら、笑顔を見せるような早まったことをするつもりもない。小切手が不渡りで戻ってくるかもしれないからだ。前回給料小切手にサインしたときには、彼はその日のうちに取り消してくれた。本人の説明によれば、「悪人の手に渡ってはいけないから」だそうだが、その「悪人」とはおそらく、銀行の支店長のことにちがいない。

　彼は紙切れを一枚、デスクの向こうから滑らせてよこした。

　彼女はそれを手にとって眺めた。上下ひっくり返してまた眺めた。裏返して眺めてからデスクにおろした。

「さあ」ダークは言った。「どうだ、どう思う?」

　ミス・ピアスはため息をついた。

「青のフェルトペンで、タイピングペーパーにいっぱいでたらめななぐり書きがしてあります」彼女は言った。「あなたが自分でやったように見えますけど」

「なにを言う!」ダークは大声をあげた。「いやまあ、そうなんだが」と譲歩して、「だがそれは、これが問題の解答だと思うからこそなんだよ!」

「問題って?」

「問題とは」とダークはめげずに言って、デスクをぴしゃりと叩いた。「手品の問題だよ！　言ったじゃないか！」

「はい、ミスター・ジェントリー、それは何度か聞きましたけど、わたしはただの手品だと思います。テレビでやってますよ」

「これはちがうんだ——これは、完全に不可能なんだよ！」

「不可能なはずないと思います。だって、その人がやってるんですから。当然の理屈だわ」

「そのとおり！」ダークが興奮して声をあげた。「まったくそのとおり！　ミス・ピアス、きみはじつに鋭い、聡明な女性だ」

「それはどうも。もう行っていいですか」

「いや、まだ話は終わってないんだ！　まだぜんぜん終わってない、まだ山ほど残ってる！　きみの鋭い聡明な知性は見せてもらったから、今度はおれの番だ！」

ミス・ピアスは辛抱強く、浮かしかけた腰をおろした。

「きっときみも感心するぞ」ダークは言った。「こう考えてみてくれ。ここにひとつ厄介な問題がある。解決策を見つけようとして、頭のなかで小さくぐるぐる堂々巡りをしている。何度も何度も考えて頭がおかしくなりそうだ。その答えが見つかるまでは、どうあってもほかのことは考えられそうにない。しかし答えを見つけるためには、やはりどうあってもほかのことを考えなくちゃならない。どうしたら、この堂々巡りにけりをつけられると思う？」

「どうするんですか」ミス・ピアスは期待されているとおりに尋ねたが、その声はいささかおざなりだった。

「その答えを書き出すんだよ！」ダークは叫んだ。「そしてそれがその答えだ！」と、勝ち誇ってさっきの紙切れをぴしゃりとやり、得意の笑みを浮かべて椅子に背中を預けた。

ミス・ピアスはその紙切れを黙って眺めた。

「こうして答えが出たからには」ダークは続けた。「次の興味深い問題に頭を向けられるってもんだ。たとえば……」

彼は紙切れを取りあげた。無意味な線ののたくるいたずら書きに埋もれている。それを彼女の目の前に掲げてみせた。

「これは何語で書かれてる？」と低いむっつりした声で言った。

ミス・ピアスはあいかわらず黙って眺めている。

ダークは紙切れを放り出し、両足をデスクにのせ、顔をのけぞらせて頭の後ろで両手を組んだ。

「おれがなにをやったかわかるかな？」彼は天井に向かって尋ねた。いきなり会話に引き込まれて、天井はいささかたじろいだようだ。「とんでもなくむずかしくて、おそらくはまったく解決不能な謎だったのを、たんなる言語学的な問題に変身させたんだぞ。ただ」と、長い沈思黙考のあとでつぶやいた。「とんでもなくむずかしくて、おそらくはまったく解決不能な言語学的な問題かもしれないが」

またジャニス・ピアスに目を向けて、食い入るように見つめた。

「言ってくれよ」彼はせかした。「そんなことはばかげてる――ばかげてるが、うまく行くかもしれない。そうだろう！」

ジャニス・ピアスは咳払いをした。

「そんなことはばかげてます」彼女は言った。「ほんとにばかげてます」

ダークは顔をそむけ、身体をななめにしてぐったりと椅子からはみ出させた。ロダンが中座したときには、考える人のモデルもきっとこんなふうにしていただろう。

急に、恐ろしく疲れた顔をした。疲れて、気が滅入っているような。

「わかってる」と、低い憂鬱な声で言った。「どこかでなにかがとんでもなく間違ってるんだ。それを正すにはケンブリッジに行くしかない。しかし多少は気が楽になると思うんだが、答えがわかっていれば……」

「それじゃ、もう行っていいですか」ミス・ピアスは言った。

ダークはそれを陰気な顔で見あげた。

「いいとも」とため息をついて、「ただ、ひとつだけ――」と、指先で紙切れをはじいた。「それで、これをどう思う？」

「そうですね、子供っぽいと思います」ジャニス・ピアスはずばりと言った。

「しかし――しかし――しかし！」と言いながら、ダークはいらだってデスクを叩いた。

「わからないかな、理解するためには子供っぽくなくちゃいけないんだよ。ものごとを完璧にありのままに見られるのは子供だけなんだ。おとなにはフィルターがあって、そこにあるはずがないと思ってるものは見えないから」

「それじゃ、子供に訊いてみたらどうですか」

「ありがとう、ミス・ピアス」ダークは帽子に手を伸ばした。「またしても、きみは貴重このうえない仕事をしてくれたよ。なんとお礼を言っていいかわからないぐらいだ」

彼は部屋からすっ飛んでいった。

24

リチャードがスーザンのフラットに向かうころには、天気が崩れはじめていた。あんなにやる気と元気に満ちあふれて朝を迎えた空が、いまではその気力を失って、いつもの英国の空にずるずると戻っていこうとしている。つまり、じめじめしてにおう布巾のような空に。リチャードはタクシーを拾い、数分で着いた。

「みんな追放すりゃいいんだよ」車を停めながら、タクシーの運転手が言った。

「えっ、だれを？」リチャードは言って、運転手の話をひとことも聞いていなかったのに気がついた。

「えっ――」運転手のほうも、リチャードが聞いていなかったことにここで初めて気がついた。「その、どいつもこいつもみんなさ。みんなまとめて厄介払いすりゃいいんだ。あのいまいましいイモリ（中国や日本のイモリが、その飼育しやすさからペットとして持ち込まれたことをさすものと思われる）といっしょに」とさらに付け加えた。

「ああ、そうだね」リチャードは言い、フラットに駆け込んだ。

スーザンの部屋の玄関前まで来たとき、なかから彼女の弾くチェロの音が聞こえてきた。ゆるやかな堂々たる旋律。それを聞いてリチャードはほっとした。チェロを演奏できるときには、スーザンは自分の感情を驚くほど自在にコントロールできるからだ。しかし、彼女の演奏する曲と精神状態のあいだには、奇妙で驚くべき関係が存在する。感情的になったときや腹が立ったとき、彼女は腰をすえてなにかの曲の演奏に完全に没頭する。そしてそのあとには、せいせいして完全に落ち着きを取り戻したように見える。しかし、次にその同じ曲を演奏したときには、抑えていたものがすべて噴出してきて、すさまじい爆発を起こすのだ。

演奏の邪魔をしないように、できるだけ静かになかに入った。彼女が練習している小部屋の前を忍び足で通ったが、ドアが開いていたので、立ち止まって様子を見て、やめなくていいと小さく合図をした。顔は血の気がなくてやつれて見えたが、それでもこちらにちらと笑みを見せたかと思うと、彼女は急に集中して弓を動かしだした。

そういう能力を発揮するのはきわめてまれであるが、まさにその瞬間、太陽がここぞというタイミングで、厚くなってきた雨雲のすきまから顔をのぞかせた。演奏する彼女のうえに、そして焦げ茶色の古いチェロのうえに、陽光が滝のように降り注ぐ。リチャードはうっとりと見とれた。朝からのどたばたもしばし鳴りをひそめ、遠慮して押しかけてこようとはしない。

知らない曲だったが、モーツァルトではないかと思い、スーザンがモーツァルトの練習をすると言っていたのを思い出した。彼は静かに歩いていき、腰をおろして待ちながら、曲に耳を傾けた。

しまいに曲は終わり、ひっそりと静かになった。ややあって彼女は出てきて、まばたきして微笑み、震えながら抱きついてきた。長いことそうしていたが、やがて身を離して電話をフックに戻した。練習するときはいつもはずしておくのだ。

「ごめんなさい」彼女は言った。「途中でやめたくなかったの」ちょっといらいらするというように涙をぬぐった。「リチャード、大丈夫?」

彼は肩をすくめ、途方にくれた顔で彼女を見やった。それだけでじゅうぶん答えになっているようだった。

「でも、なんとかやってかなくちゃならないのよね」スーザンはため息をついた。「ごめんなさい。ただわたし……」首をふった。「だれがあんなことするのかしら」

「だれだろう。頭のおかしいやつだよ。だれがやったかは問題じゃないと思う」

「そうね」とスーザン。「ねえ、お昼はもう食べた?」

「いや、まだ。スーザン、練習を続けなよ。そのあいだに、ぼくが冷蔵庫のなかをあさって用意するから、食べながら話そう」

スーザンはうなずいた。

「そうね。ただ……」

「ただ?」

「その、いまはゴードンの話はあんまりしたくないの。ちゃんと実感が湧いてくるまでは。なんだか見透かされたような気分なのよ。もっと仲のいい兄妹だったら簡単だったと思うんだけど、そうじゃなかったし、なんだかどう反応していいかわからなくてちょっと困ってるの。話をするのはかまわないと思うんだけど、ただ過去形を使わなくちゃならないし、それがあの……」

ぎゅっと抱きついてきたが、しばらくすると気を鎮めてため息をついた。

「いま冷蔵庫には大したものが入ってないの」彼女は言った。「ヨーグルトと、塩漬けニシンの壜詰めがあったと思うわ。あれをあけてもいいけど、あなたはきっとしくじるわよね。ほんとうはすごく簡単なんだけど。一番のこつは、中身を床にぶちまけたり、ジャムを塗ったりしないことよ」

ハグとキス、それに暗い笑みを見せると、また音楽室に引っ込んでいった。

電話が鳴り、リチャードは受話器をとった。

「もしもし」と応えたが、なんの返事もない。かすかな風のような回線のノイズが聞こえるだけだ。

「もしもし?」また言ってしばらく待ったが、肩をすくめて受話器をおろした。

「だれから?」スーザンが声をかけてきた。

「いや、なにも言わなかった」とリチャード。

「もう二、三度そういう電話があったのよ」スーザンが言う。「ろくに息の音もさせないなんて、ミニマリストのいたずら電話かしら」また演奏を始めた。

リチャードはキッチンに入り、冷蔵庫をあけた。

スーザンほど食の健康に気をつかうほうではないから、その中身にわくわくしたとは言えないが、それでも塩漬けニシン、ヨーグルト、ライス、オレンジをトレーに並べて、昼食の用意をするのは造作もなかった。脂肪たっぷりのハンバーガーとフライドポテトがあれば完璧なのに、とは考えないことにする。

白ワインの壜を見つけて、それもいっしょに小さなテーブルに運んだ。

一、二分後にはスーザンも出てきて食卓に着いた。いつもの穏やかで落ち着いた自分をすっかり取り戻している。食べはじめてしばらくしてから、運河のことを尋ねてきた。リチャードは困惑して首をふり、その一件のことと、ダークのことを説明しようとした。

いささかぎこちなく話を締めくくると、スーザンは眉をひそめて言った。「その人、なんて名前ですって？」

「ええと、その、ダーク・ジェントリーだよ」リチャードは言った。「いまのところ」

「いまのところ？」

「ええと、うん」リチャードは困ってため息をついた。考えてみると、ダークについてなにを言っても、たいていはこの手のあやふやでうさんくさい留保条件《クオリフィケーション》がつくことになる。ダークのレターヘッドですら、名前のあとにあやふやでうさんくさげな資格《クオリフィケーション》がずらっと並んでいるほどだ。午前中にメモ書きをした紙片を引っぱり出した。考えをまとめようとむだな努力をしたときに書いたものだ。

「つまり……」と口を開きかけたとき、ドアベルが鳴った。ふたりは顔を見合わせた。

「もし警察だったら会うよ」リチャードは言った。「さっさと片づけてしまおう」

スーザンは椅子を引き、玄関に出ていってドアフォンをとった。

「はい？」彼女は言った。

「どなたですって？」ややあって言った。答えを聞きながら眉をひそめ、こちらをふり向いてリチャードに向かってまた眉をひそめた。

「あがってらして」と愛想がいいとは言えない口調で言い、ボタンを押した。テーブルに戻ってきて腰をおろした。

「あなたのお友だちよ」感情のこもらない声で言った。「ミスター・ジェントリー」


とうとう運が向いてきた。電動修道士は興奮して早駆けになった。というのはつまり、興奮して馬に拍車をかけたら、馬が興奮して早駆けになったという意味である。

ここはすばらしい世界だ。気に入った。だれの世界なのか知らないし、どこから出てきたのかもわからないが、彼のように他者にない驚くべき能力を持つ者にとって、ここはまちがいなく心底からの満足を得られる場所だった。

ここでは彼は感謝される。朝からずっと、人に近づいていって話を始め、相手の悩みに耳を傾け、それからあの魔法の言葉を静かに口にしてきた――「ごもっともです」

すると、相手は例外なく感動する。この世界の人々が互いにそう言いあわないわけではないのだが、どうやら深い真心のこもった声音で言われることはめったにないらしい。しかし修道士は、そういう声音を再生できるようにみごとにプログラムされているのだ。もといた世界では、修道士はなにしろ当たり前の存在だった。人はみな、わざわざ自分で信じる代わりに、修道士にものごとを信じさせて当然と考えていた。だれかが訪ねてきて、すばらしいアイデアがあるとか提案があるとか、はては新しい宗教を伝えたいと言い出す者までいるが、ともかくそういうときは「ああ、それじゃあの修道士に話して」と言うだけだ。修道士はじっくり話を聞いて辛抱強くすべてを信じるのだが、だれもそれ以上の関心を彼に向けようとはしなかった。

ただ、このじつに結構な世界にも問題がないわけではないようだ。魔法の言葉を口にすると、そこで急に話題が変わって金銭の話が始まることが多いのである。そして修道士はもちろん一文なしだ——きわめて有望な出会いが、この問題によってたちまちだめになってしまう。

どこかで手に入れたほうがいいかもしれない——しかしどこで？

手綱を引いてしばし馬を止め、馬はありがたくぴたっと止まって、道路わきの草地の草を食《は》みはじめた。馬としては、この早駆けがなんの役に立つのかさっぱりわからなかったが、そんなことはどうでもよかった。どうでもよくないのは、見たところ道路わきにどこまでもセルフサービスの食堂が続いているのに、それをずっと早駆けで素通りさせられていることだ。そんなわけで、ここぞとばかりにこの機会をせいぜい利用しにかかった。

修道士は道路の前方後方にじっと目をこらした。なんとなく見覚えがある。馬を速歩で少し進ませ、またあたりを見まわす。馬は数メートル先でまた食事を再開した。まちがいない。ここは昨夜来た場所だ。

彼ははっきり、というか、ややはっきり思い出した。はっきり思い出したと思った。なにしろそれが肝心なことだ。ここは、彼がふだんよりさらに混乱した精神状態で歩いていた場所だ。そしてまさにあのかどを曲がると、それほど大きく（またしても）間違っていなければだが、道路ぎわに小さな施設があるはずだ。そこで彼は、あの親切な男の車の後部にもぐり込んだのだ——親切な男だったが、そのあと撃たれたときにはとてもおかしな反応を示してくれた。

たぶんあそこにはお金があるだろうから、あそこで手に入れよう。しかし、そううまく行くだろうか。ともかく、行ってためしてみることだ。彼はまた馬をごちそうから引き離し、早駆けでそちらへ向かわせた。

そのガソリンスタンドに近づいてみると、一台の車が傲慢な角度で駐まっていた。その角度が明らかに主張しているのは、この車はガソリンを入れるなどというありきたりな用件でここに駐まっているのではないし、ものすごく重要な車なのでほかの車の邪魔にならないように配慮する必要などないということだった。ガソリンを入れるためにほかの車がやって来たら、そちらのほうがよけてなんとかすればよいのだ。白い車で、線と紋章が入っていて、いかにも重要そうなライトがついていた。

給油場に着いた修道士は、馬を降りて給油ポンプにつないだ。小さな店舗に向かって歩いていくと、なかにはこちらに背を向けてひとりの男が立っていた。濃紺の制服を着て官帽をかぶっている。男は耳に突っ込んだ指をまわしながら飛んだりはねたりしていて、それでレジの男は見るからに強い感銘を受けたようだった。

修道士は畏怖に打たれてぼうぜんと見つめていた。サイエントロジー信者もびっくりなほど瞬時に、そしてやすやすと彼は信じた――あれほどの熱誠《ねっせい》を引き出せるとは、あの男はなにかの神にちがいない。礼拝するときが待ちきれなくて息もできないほどだ。やがて男はこちらに向きなおり、店から歩いて出てきて、修道士を見るなりぴたりと足を止めた。

それで修道士は気がついた。この神は礼拝されるのを待っているのだ。そこで彼はうやうやしく、耳に指を突っ込んでまわしながら飛んだりはねたりした。

神はしばしそれを見つめていたが、彼をつかまえ、向こうを向かせて、両手両足を広げて車に押しつけ、武器を身に帯びていないか手早く身体検査をした。

小型のずんぐりした竜巻のように、ダークはフラットに飛び込んできた。

「ミス・ウェイ」と言って、彼女のいささか気乗り薄の手を握り、滑稽な帽子をとった。「お目にかかれてこんなにうれしいことはありません。ただまことに残念でもあります、なにしろこんな深いお悲しみのときにお目にかかることになってしまいまして、さぞやお力落としのことでしょうが、謹んでお悔やみを申し上げます。これはぜひご理解ください、本来ならこんなお悲しみのときにお邪魔したりはしないのですが、なにしろきわめて重大な、一刻を争う事態なものですから。リチャード――あの手品の謎が解けたぞ、じつに驚くべきことがわかったんだ」

彼はすばやく部屋に飛び込んでくると、小さなテーブルのあいた椅子に腰をおろし、帽子をテーブルにのせた。

「ダーク、申し訳ないが……」リチャードが冷やかな口調で切り出した。

「いや、おれのほうこそ申し訳ない」とダークが切り返す。「謎が解けたんだが、それがあんまり突拍子もないんで、通りの七歳児に訊いてやっとわかったんだ。しかしまちがいなくこれこそ正しい解なんだ、それは絶対にまちがいない。『その解ってなんだ』と訊くだろう、というか訊きたいだろうな、言葉をはさむことができればだが、それは無理だから手間を省くためにおれが代わりに訊いてやって、ついでに答えてもやるわけだが、しかしいまは話せないっていうのがその答えなんだ、だっておまえには信じられないだろうからな。だから今日これから実際に見せてやるよ。

しかし心配は要らない、それでなにもかも説明がつくんだ。手品も説明がつくし、おまえが見つけたメモも説明がつく――あれですっかりわかるはずだったのに、おれはばかだった。それに、言及されなかった第三の問い、というより――これが肝心なところなんだが——言及されなかった第一の問いがなんだったかも説明がつくんだ！」

「なんだ、言及されなかった問いって」リチャードは声をあげた。急に間があいたので混乱し、とにかく耳についた最初の言葉に飛びついたのだ。

ダークはあきれたように目をぱちくりさせた。「ジョージ三世が尋ねた問いだよ。あたりまえじゃないか」

「だれに尋ねたんだ」

「そりゃ、教授にさ」ダークはじれったそうに言った。「おまえ、自分がなにを言ってもそれを聞いてないな。なにもかも明々白々だったんだよ！」と叫んでテーブルをどんと叩いた。「あんまり明白なんで、ごくささいな一点さえなかったらすぐに気がついたはずだったんだ——つまり、それが完全に不可能だってことさ。シャーロック・ホームズは、不可能を消去していって最後に残るのが答えのはずだ、それがどんなに非現実的に見えても、と言っている。だけど、不可能を消去するのはおれの趣味じゃない。さあ、行こう」

「お断わりします」

「えっ？」ダークはスーザンを見あげた。この意外な——というか、少なくとも彼にとっては意外な——反対意見の出どころを。

「ミスター・ジェントリー」スーザンは、それで棒に刻みが入れられそうな声で言った。「どうしてわざとリチャードに誤解させるようなことをおっしゃったの。警察が捜してるなんて」

ダークは眉をひそめた。

「だって、現に捜してたからですよ」彼は言った。「いまだって捜してる」

「ええ、でもそれは質問したいことがあるからでしょ。殺人事件の容疑者として捜してるわけじゃないわ」

ダークはうつむいた。

「ミス・ウェイ」彼は言った。「警察は、あなたのお兄さんを殺した犯人をつかまえることにしか興味がない。しかしわたしは、まことに失礼ながら、それには興味がないんです。たしかに、この事件もあるいは関係しているかもしれない。しかし、ふつうの狂人の犯行という可能性も同様にあると思います。わたしが知りたかったのは、というよりいまもぜひ知りたいと思っているんですが、それはリチャードが昨夜、このフラットの壁をよじ登って侵入した理由なんです」

「それはもう説明したじゃないか」リチャードが声をあげた。

「あれは説明になってない。おまえがその理由を自分でもわかってないっていう、重大な問題が明らかになっただけだ。そのことははっきり実証してみせたと思ってたんだがな、あの運河で！」

リチャードは頭にかっと血がのぼった。

「あのときおまえを見てて、こいつはまったくのしろうとだってことはすごくよくわかった」ダークは続けた。「しかも、生命の危険を冒してるのに、それをまるで気にしてないのもよくわかった。頭の足りないチンピラが空き巣に入ろうとしてるんだと思った。たぶんこれが最初で最後の仕事になるだろうなと思ったよ。ところがそのとき、そいつがこっちをふり向いて、それでおまえだと気がついた——だが、おまえのことはよく知ってる。頭がよくて、理性的で、分別のある男だ。リチャード・マクダフが、無鉄砲に生命の危険を冒して、夜中にフラットの排水管をよじ登るって？　おまえがそんな向こう見ずで極端な行動をとるとしたら、なにか恐ろしく重大な問題を抱えて捨て鉢になっているとしか思えない。ミス・ウェイ、そう思いませんか」

鋭い目で見あげると、スーザンはゆっくり腰をおろしながらこちらを見つめている。その目に浮かぶ不安の色が、図星を指されたと語っていた。

「ところが、今朝おれに会いに来たときには、おまえは完全に落ち着いていて、これっぽっちも取り乱してなかった。おれがシュレーディンガーの猫のことでたわごとを並べたときだって、あくまでも理性的に反論してきた。なにかで捨て鉢になって、前の晩にあんな突拍子もないことをしでかしておいて、翌朝にはこんなにけろりとしてるなんて考えられない。白状するが、それでおれとしたことが、おまえの苦境をつまりその、誇張してしまったわけだ。たんに引き留めるための口実だったのさ」

「でも失敗したじゃないか。おれは出ていった」

「頭にいろいろ吹き込まれてな。すぐに戻ってくるのはわかってたよ。おまえをその、だましたことはあやまるよ。このとおりだ。ただ、警察はとうていそこまでは調べようとしないのはわかってたからな。おれが知りたいのは、昨夜壁をよじ登ってたとき、おまえがおまえでなくなってたんだとしたら……じゃあだれになってたのか。そしてその理由はなにかってことだ」

リチャードは身震いした。沈黙が続く。

「それがあの手品となんの関係があるんだ」ついにリチャードが口を開いた。

「それを突き止めにケンブリッジに行かなくちゃならないんだよ」

「でも、なんでそう言い切れ――」

「おれは不安なんだ」ダークは言った。暗い重苦しい表情がその顔に浮かぶ。

これほど饒舌な男が、いきなりみょうに口が重くなったようだった。

彼は続けた。「自分があることを知ってるのに、なぜそれを知っているのかわからないと、おれは不安でたまらなくなる。それはたんに、本能的なデータ処理と同じことなのかもしれない。自分でも気がつかないうちにボールをキャッチできるみたいな。だれかに見られていると見なくてもそれを感じる、説明しようのない深い本能みたいなものなのかもしれない。だがそれは、おれの頭脳に対する重大な挑戦なんだよ。すぐになんでも信じる連中をおれは嫌ってるのに、その嫌う理由がまさに自分にも起こってるわけだからな。おまえも憶えてるだろう、あの……試験問題にまつわる不幸ないきさつのことは」

だしぬけに、その顔に深い疲労が浮かんだように見えた。話を続けるには、自己の内面を深く探らなくてはならないのだろう。彼は言った。「二と二を足してすぐに答えが四だとわかる能力と、五三九・七の平方根と二六・四三のコサインを足して、答えが……答えがその、なんだかすぐにわかる能力とはまったく別ものだ。それで……そうだな、ひとつ例をあげようか」

彼は意気込んで身を乗り出してきた。「昨夜おれは、おまえがこのフラットに侵入するのを目撃した。それでなにかおかしいと気がついた。それで今日は、昨夜なにがあったか、おまえの知ってることを洗いざらい聞き出した。それでその結果として、おれはすでに自分の頭脳だけを使って、この地球上に隠れているひょっとしたら最大の秘密を突き止めたんだ。断言するがこれは事実で、証明もできる。だから信じてくれなくちゃいけない、おれにはわかってるんだ。なにか恐ろしく、とんでもなく、おぞましいほどおかしなことが起こってるんだ。それを突き止めなくちゃならない。いっしょにケンブリッジに行ってくれるだろう?」

リチャードはものも言えずにうなずいた。

「そうこなくちゃ」ダークは言った。「これなんだ」と、リチャードの皿をさして付け加える。

「ニシンの塩漬けだよ。ひとつどうだ」

「ありがたいが遠慮しとく」ダークは立ちあがり、コートのベルトを締めた。リチャードをうながしてドアに向かいながら言った。「おれの辞書には『ニシン』の文字はないんだ。どうもお邪魔しました、ミス・ウェイ、成功を祈っててください」

25

雷鳴が響いたかと思うと、北東からの風に乗って、例のやむことを知らない細かい霧雨が降りはじめた。世界の命運を左右するような重大事件には、これがつきもののような気がする。


冷たい雨にダークは革のコートの襟を立てはしたが、鬼神のごとき情熱はこれしきのことで薄れるはずもなく、巨大な十二世紀の門にリチャードとともに近づいていった。

「ご覧ください、ケンブリッジ大学セント・チェッズ・カレッジです」と声をあげつつ、八年ぶりにその門を見あげる。「何年だったかに、だれかによってだれかを記念して設立されましたが、その名前がいまちょっと思い出せません」

「聖《セント》チェッズを記念したんじゃないのか」リチャードが言った。

「なんと、たぶんそのとおりだろうな。ノーサンブリアの退屈な聖人のひとりだ。兄のチャドはさらに退屈なやつで、バーミンガムなんかに大聖堂があるんだから、どんなやつかわかるだろう。ああビル、久しぶりだな」と、守衛に呼びかけた。ふたりと同じく、ちょうどカレッジに入っていこうとしていたのだ。守衛はふり向いた。

「ミスター・チェッリ、これは、ようこそお帰りなさい。ちょっと面倒ごとに巻き込まれてお気の毒でしたが、もうすっかり立ち直られたんでしょうね」

「ああ、もちろんだよ。いまはけっこううまくやってるよ。それで奥さんの具合はどう。足はまだ悪いの」

「いえ、もうとっちまいましてね。ご心配ありがとうございます。ここだけの話ですが、女房を切断して足をとっといてもよかったなって思ってるんですよ。マントルピースのうえにちょうど飾っとけるぐらいの場所をあけてあったんですがね。でもまあ、与えられたもんを受け入れるしかないって言いますからねえ。

これはミスター・マクダフ」と守衛は付け加えて、リチャードに軽く頭を下げた。

「そう言えば、昨夜ここにいらしたときおっしゃってた馬のことですが、あれは移動させるしかありませんでした。クロノティス教授がお困りだったので」

「いや、ビル、ぼくはただちょっと訊いてみただけだから」とリチャード。「大変だっただろうね」

「いえいえ、仕事のうちですから。馬がドレスでも着てりゃべつですが。いい若いもんがドレスなんか着てると、どうも我慢できなくて」

「こんど馬が面倒を起こしたら」とダークが口をはさみ、守衛の肩をぽんと叩いた。

「おれのところによこしてくれたら、よく話してきかせてやるよ。ところでクロノティス教授と言えば、いまご在室かな。用があって会いに来たんだが」

「はい、わたしの知るかぎりでは。ただ、確かめて差し上げることができないんですよ。

教授の電話が故障してまして。直接訪ねて行かれたらどうですか。第二中庭の左奥のすみです」

「場所はわかるよ、ビル、ありがとう。奥さんのいまも残ってる部分によろしくな」

ふたりは第一中庭をせかせかと通り抜けた。というか、少なくともダークはせかせかと通り抜けたが、リチャードはふだんどおり鷺のような足どりで歩きながら、いやみな霧雨に顔をしかめていた。

ダークは明らかに、自分をツアーガイドと勘違いしていた。

「セント・チェッズ・カレッジは」と声をはりあげて、「コールリッジを生んだ、そしてかのサー・アイザック・ニュートンを生んだカレッジであります。ニュートンと言えば、縁にぎざぎざの入った硬貨とキャットフラップの発明者としてその名を知られております！」

「なにの発明者だって？」とリチャード。

「キャットフラップだよ！　じつに巧妙で、先見の明があって、独創的な新機軸だ。ドアに小さなドアをつけて、そこを猫が……」

「ああ」とリチャード。「それに、重力というささやかなあれもあったしな」

「重力か」ダークはいささかそっけなく肩をすくめた。「まあな、それもあったな。だけど、あれはただの発見じゃないか。ずっとそこにあって見つけられるのを待ってたんだから」

ポケットからペニー貨を取り出し、舗道の縁に敷かれている砂利に無造作に放り投げた。

「ほらな」彼は言った。「週末もちゃんと働いてる。遅かれ早かれだれかが気がつくことになってたんだよ。しかしキャットフラップは……いや、こっちはぜんぜん話がちがう。発明なんだ。純粋に独創的な発明だ」

「あんなのあたりまえすぎると思うね。だれだって思いつくよ」

「とんでもない」とダーク。「それまで存在しなかったものを、まったく自明なものにしてしまうなんて、ごくまれな頭脳にしかできないことなんだぜ。『おれにも思いつけた』という声はよく聞くが、あれは誤解のもとだ。現実には思いつけなかったわけだし、それが多くを物語る重要な現実でもあるんだ。ところで勘違いでなければ、これが目当ての階段だと思う。行こうか」

返事も待たずにせかせかとのぼっていく。ためらいながらリチャードも続いたが、見ればダークはもう内側のドアをノックしていた。外側のドアは開いている。

「どうぞ！」なかから声がした。ダークがドアを押しあけたとき、ちょうどレジの白髪の後頭部がキッチンに消えていくところだった。

「お茶を淹れようと思ってたんだよ」レジが奥から声をあげた。「いっしょにどうかね。どうぞ座って、だれだか知らんが」

「いただきます」ダークは返事をした。「ふたりぶんお願いします」ダークは腰をおろし、リチャードもそれにならった。

「インドと中国があるが」とレジ。

「インドをお願いします」

カップと受け皿がかちゃかちゃ音を立てている。

リチャードは室内を見まわした。打って変わってなんの変哲もない部屋に見えた。暖炉では音もなく火がひとり勝手に燃えていたが、室内を照らしているのは灰色の午後の光だ。古いソファも、本が山と積まれたテーブルも、なにも変わっていない。それなのに、目がまわるほど奇妙なできごとの連続だった昨夜とはなんの関係もないかのように見えた。部屋はそこに座って、眉をあげて、すました顔で「なにか？」と言っているようだった。

「ミルクは？」レジがキッチンから声をかけてくる。

「お願いします」とダークは答えて、リチャードに笑みを向けてきた。興奮をむりに抑えつけているせいで、正気を失いかけているのではないかと心配になる。

「砂糖はひとつ、それともふたつ？」レジがまた声をかけてきた。

「ひとつお願いします」ダークは言った。「……それから、よかったらスプーン二杯も追加で」

キッチンの作業がしばし止まったかと思うと、ややあってレジが戸口からひょいと顔を出してきた。

「スヴラド・チェッリ！」と声をあげる。「これは驚いた！　いや、仕事が早いね、マクダフくん。すばらしい。スヴラド、会えてじつにうれしいよ、ほんとうによく来てくれた」

持っていた布巾で手をふくと、急いで握手をしようと寄ってきた。

「スヴラド、久しぶりだね」

「よかったらダークと呼んでください」ダークは言って、レジの手を熱っぽく握った。「そのほうが好きなんです。ちょっとスコットランドの短剣みたいでいいと思うんですよ。いまはダーク・ジェントリーの名で仕事をしてましてね。昔いろいろあったんで、距離を置きたいと思って」

「なるほど、気持ちはわかるよ。たとえば十四世紀などは、じつに暗い時期ばかりだったからね」レジはまじめに応じた。

ダークは誤解を解こうとしかけたが、話がいささか長くなるかもしれないと思ってやめておいた。

「それで、最近はいかがですか」と代わりに尋ね、帽子とマフラーをていねいにソファの肘掛けにのせた。

「そうだね」とレジ。「最近は愉快にやっているよ。いや、むしろ退屈かな。しかし、愉快な理由で退屈なんだよ。さあ、もういいから座って、火のそばで暖まりなさい。わたしはお茶の用意をしてくるから。そのあとじっくり説明しよう」またいそいそと出ていき、せっせと仕事にかかった。あとに残されたふたりは暖炉の前に腰を落ち着けた。

リチャードはダークに顔を寄せて、「そんなに親しかったとは知らなかったよ」と、キッチンのほうにあごをしゃくった。

「親しかったわけじゃない」ダークは即座に言った。「一度、なんかのディナーの席で会っただけだが、すぐに意気投合したんだよ」

「それじゃ、なんで一度しか会わなかったんだ」

「そりゃ、向こうが用心して避けてたからさ。秘密を抱えてる人間にとっては、意気投合する相手ってのは危険だからな。それで秘密って言えば、たぶんかなりでっかいやつだと思う。この世のどこかに、これよりもっと大きな秘密があるとしたら」と低い声で言った。「ぜひともお目にかかってみたいもんだ」

リチャードに意味ありげな眼差しを向け、彼は火に両手をかざした。秘密とはなにかと聞き出そうとして前にも失敗したことがあったので、リチャードは今回はこの餌に食いつこうとはせず、肘掛け椅子に深く腰かけて周囲に目をやった。

そのときレジが戻ってきた。「お茶を欲しいかどうかもう尋ねたかな」

「えっ、はい」リチャードは言った。「だいぶ長いことその話をしてましたよね。結局いただくってことになってませんでしたっけ」

「それはよかった」レジがあやふやな口調で言う。「運よく、キッチンにお茶が用意してあるみたいなんだよ。申し訳ない、このところ記憶が……あの、ほら……米を流し込むあれはなんと言うんだったかな。いまなんの話をしてたっけ」

面食らった表情でレジはくるりと向きを変え、またキッチンに姿を消した。

「ひじょうに面白い」ダークは低い声で言った。「ほんとうに物憶えが悪いのかな」

急に立ちあがり、室内を歩きまわった。その目がそろばんに留まる。大きなマホガニーのテーブルの、唯一あいた場所に置かれていた。

「このテーブルだよな」と声を抑えてリチャードに尋ねた。「塩入れについてのメモを見つけたのは」

「ああ」とリチャードも言って立ちあがり、近づいていった。「この本にはさんであったんだ」

「ああ、わかってるよ」ダークが気短に言った。「そういうことはみんなわかってる。おれはただ、これがそのテーブルかどうか確かめたかっただけだよ」不思議なものであるかのように、テーブルの縁を指でなぞった。

「レジと女の子が前もって示し合わせてたかどうかしてたって思ってるのなら」リチャードは言った。「悪いけど、そんなことは無理だったと思うよ」

「あたりまえだろ」ダークがつっけんどんに言う。「そんなことは最初からわかってたんじゃないのか」

リチャードは腹を立てまいとして肩をすくめ、本をまたもとに戻した。「しかし不思議な偶然だな、この本がたまたま……」

「不思議な偶然だって！」ダークは鼻を鳴らした。「へっ！　どれぐらい偶然だったかすぐにわかる。どれぐらい不思議だったかもな。リチャード、あの手品をどうやってやったのか、教授に質問してくれよ」

「もうわかってるんじゃなかったのか」

「わかってるさ」ダークはすかして言った。「それが裏付けられるのを聞きたいんだ」

「ははあ、なるほどな」とリチャード。「そりゃまた簡単な話じゃないか。本人に説明させておいて、『ほら、おれの思ったとおりだった』って言えばすむんだから。大したもんだよ、ダーク。わざわざこんなところまでやって来たのは、あの手品の種を説明してもらうためだったたっていうのか。おれは自分の正気を疑いたくなってきたよ」

　ダークはむっとした顔をした。

「いいから言うとおりにしてくれ」とぴしゃりと言った。「教授が手品をやるのを見たのはおまえなんだから、おまえに質問してもらわなくちゃならないんだ。まちがいない、あっと驚く秘密が隠れてるんだよ。おれにはわかってるが、教授の口からおまえに聞かせたいんだ」

　レジがまた入ってきたので、ダークはそちらに向きなおった。レジはトレーを持ってソファの前にまわり込んできて、暖炉前の低いコーヒーテーブルに置いた。

「クロノティス先生……」とダークが口を開く。

「レジでいいよ」とレジ。

「わかりました」とダーク。「それじゃ、レジ……」

「ざるだ!」レジが大きな声をあげた。

「は?」

「米を流し込むものだよ。ざるだ。この言葉を思い出そうとしていたんだよ、なぜかは忘れてしまったが。まあいい。ダーク、きみはなぜだかかっかしているみたいだね。腰をおろしてくつろいだらどうだね」

「ありがとうございます。ただ、差し支えなければそわそわ歩きまわっていたいんです。レジ……」

彼は向きなおってレジと正対し、指を一本立てた。

「じつは、あなたの秘密を知ってしまったんです」

「えっ、そうかね、その——ほんとに?」レジはもごもごと言った。気まずそうにうつむいて、カップやティーポットをいじっている。「なるほど」

がちゃがちゃと乱暴にカップを動かした。「そうか、そうじゃないかと思っていたよ」

「それで、いくつかうかがいたいことがあるんです。正直な話、お答えを聞くのが恐ろしくてたまらないんですが」

「いや、もっともな話だ」レジはつぶやいた。「そうだね、そろそろ潮時かもしれない。わたし自身、最近のできごとについてはどう考えていいやらわからなくて、なんというか……こわいと思っているんだよ。よかろう、なにが訊きたいんだね」と顔をあげた。

その目が鋭く光っている。

ダークはリチャードに軽くうなずきかけ、向きを変え、床をにらみながらうろうろ歩きはじめた。

「その」リチャードは口を開いた。「つまり……うかがいたいのは、昨夜の塩入れを使った手品のことなんです。あれはどういうからくりなんですか」

この質問にレジは驚き、わけがわからないという顔をした。「手品だって？」

「ええ、その」とリチャード。「手品のことなんです」

「ああ」レジは狐につままれたような顔をして、「その、手品のからくりについては、話していいものかどうか――手品師・奇術師協会の規則はすこぶる厳しいんだよ、種明かしについてはね、すこぶる厳しいんだ。しかし、なかなか鮮やかな手品だっただろう？」といたずらっぽく付け加えた。

「ええ、たしかに」とリチャード。「あのときはとても自然に見えましたけど、いま考えてみると……正直、ちょっとありえないという気がするんですよ」

「なるほど」とレジ。「それが腕なんだよ。練習を重ねるんだ、自然に見えるように」

「ほんとうにすごく自然に見えました」リチャードは手探りをするように続けた。「すっかりだまされましたよ」

「気に入ったかね」

「すごく鮮やかでした」

ダークは少しいらいらしはじめ、さっさとしろとばかりにリチャードに一瞥《いちべつ》をくれた。「でも、種明かしはできないとおっしゃる理由もわかります」リチャードはきっぱりと言った。「ちょっと興味があっただけなんです。すみません」

「いやいや」レジは急に疑念に取り憑かれたように言った。「思うに……そうだね、だれにも言わないと固く約束してくれるなら」と続ける。「たぶんこれはきみも見当がつくと思うが、あれはテーブルにあった塩入れをふたつ使ってるんだよ。だれにも区別なんかつかないからね。すばやく手を動かして目をあざむくんだ、とくにテーブルのまわりの何人かの目をね。ほら、毛糸の帽子をいじっていただろう、自分で言うのもなんだが、あれはぶきっちょな手つきを巧みにまねていたんだよ。そしてそのすきに、塩入れを袖のなかにすべり込ませたんだ。なかなかのもんだろう」

先ほどの動揺は、腕自慢のうれしさに完全に置き忘れられていた。

「これはじつは、世界最古のトリックなんだよ」と続ける。「にもかかわらず、高度な技術と手先の器用さが要求されるんだ。それから、これは言うまでもないが、その少しあとに塩入れはテーブルに戻しておいた。だれかに渡すようなふりをしてね。これをさりげなくやるには何年も練習を積まなくちゃならないんだが、床に落としてすますのは気が進まなくてね。それはしろうとのすることだ。拾うわけにもいかないし、掃除係は少なくとも二週間は気がつかないし。わたしの座席の下に、ツグミの死骸が一か月もそのままになってたこともあるんだよ。いやもちろん、これは手品とは関係ない。猫が殺して持ってきたんだ」

レジはにこにこしている。

リチャードは自分の役目は果たしたような気がしたが、なにが目的だったのかさっぱりわからなかった。ちらとダークに目をやったものの、なんの手がかりも得られない。しかたなくやみくもに突っ込んでいくことにした。

「ええ、わかります。そこは、器用な手さばきでできるところですよね。ぼくにわからないのは、塩入れがどうして壺に入ってたのかってことなんです」

話がまるで嚙み合っていないというように、レジはまた面食らった顔をして、ダークのほうに目を向けた。こちらは歩きまわるのをやめて、期待に目を輝かせてレジを見つめている。

「しかし、それは……まったく単純なことだよ」レジは言った。「手品の技術なんぞまるで必要ない。帽子をとりに、わたしがちょっと中座したのを憶えているかね」

「ええ、まあ」リチャードはためらいがちに言った。

「それでだね」とレジ。「食堂を出ているあいだに、わたしはあの壺を作った男を捜しに行ったんだよ。もちろん多少時間はかかった。三週間ほど探偵みたいなことをやって居場所を見つけ、二日かけて酔いを醒まさせて、それから多少は難儀したものの、あの塩入れを入れて壺を焼いてくれと説得したわけだ。そのあとちょっとある場所に立ち寄って、その、粉末を見つけるためにね、日焼けをごまかそうと思って。それからもちろん、戻る時刻を多少慎重に計らなくてはならなかった。不自然にならないようにね。休憩室で自分と出くわしてしまってね、あれにはいつも気まずい思いをするんだよ。目のやり場に困るんだが、その……まあ、つまりそういうことだ」

いくらか気落ちしたような、不安げな笑みを浮かべている。

リチャードはうなずこうとしたが、しまいにあきらめた。

「いったいなんのお話ですか」彼は言った。

レジは目を丸くしてリチャードを見た。

「きみたちは、わたしの秘密を知ってしまったと言わなかったかね」

「知ってるのはおれですよ」ダークが勝ち誇った笑みを浮かべて言った。「リチャードはまだ知らないんです。それを突き止めるのに必要な情報はすべて与えてくれましたけどね。よかったら」と付け加えて、「二、三点、ちょっと補足をさせてください。食堂の人たちから見れば、ほんの数秒外へ出てらしただけのとき、実際には何週間も留守にしてらしたんですよね。それをごまかすために、最後になんの話をしていたのかメモを残していかなくてはならなかったわけですね。できるだけ自然に、すんなり会話を続けられるように。これは重要なポイントです。先生の記憶力が以前ほどでなくなったとすれば。でしょう?」

「以前ほど、ね」レジは白髪頭をゆっくりふって、「以前はどんなだったかもうろくに思い出せないよ。しかしそのとおり、そういう細かい点に着目するとは、きみはじつに鋭いね」

「それから、もうひとつ細かい点ですが」ダークは続けた。「ジョージ三世が尋ねた質問のことです。先生に尋ねたんですよね」

レジは完全に意表を衝かれたようだった。

「ジョージ三世は」と、小さなメモ帳をポケットから取り出して確かめながら、ダークは続けた。「あることがあることのあとに起こるのになにか理由があるのか、そしてそれを止める方法があるのか、と先生に質問した。しかしもうひとつ、それも最初に、時間をさかのぼることは可能かとか、そういう質問もしたのではありませんか」

レジは称賛の眼差しでダークをつくづくと眺めた。

「わたしの見る目はたしかだった」彼は言った。「きみはじつに傑出した頭脳の持主だね」ゆっくりと窓際へ歩いていき、第二中庭を見おろした。中庭をそそくさと駆けていく雑多な人影を眺める。霧雨に身を縮めている者もいれば、なにかを指さしている者もいた。

「そのとおり」レジはついに押し殺した声で言った。「ジョージ三世はたしかにそう言ったよ」

「やっぱり」ダークはメモ帳を勢いよく閉じた。顔にはりついたにやにや笑いが、こんなふうに称賛されるのが生きがいだと言っている。「だから、お答えがイエス、ノー、可能性はある、の順番だったわけですね。さてと。どこにあるんですか」

「なにがだね」

「タイムマシンですよ」

「きみはいま、そのなかに立ってるんだよ」レジは言った。

26

ビショップス・ストートフォードの駅（ロンドンとケンブリッジの中間あたりにある駅）で、騒がしい集団が車両になだれ込んできた。モーニングコートにカーネーションを挿している者もいたが、その日のお祭騒ぎでいささかつぶれかけているようだ。女たちはフォーマルドレスに帽子をかぶり、興奮してしゃべりあっている。全身シルクのタフタ（光沢のある織物）でジュリアはほんとにきれいだったとか、ラルフは高級品でめかし込んでもやっぱり気取り屋の田舎者にしか見えなかったとか口々に言い、あれではもって二週間だという意見が大半だった。

男のひとりが窓から首を突き出して、通りかかった駅員に声をかけ、この列車は自分たちの目当ての列車で、ケンブリッジで停まるかと尋ねた。ポーターは、あたりまえだボケと請け合った。若い男は、動きだしてみたら反対方向だったらみんな困るじゃないかと言い、まるで前代未聞に面白いことを言ったかのように、魚が吼えたようなみょうな声をたてて笑った。それから首を引っ込めたが、その途中で頭をぶつけた。

客車内の空気中アルコール濃度が急上昇した。

その空気中に漂う全般的な雰囲気によると、今夜の披露宴にふさわしく気分を盛り上げるには、車内のバーに突撃して、まだ完全に酔っぱらっていないメンバーがしっかり義務を果たすのが一番だということらしかった。この提案は騒々しい歓呼の叫びに迎えられ、列車がまたがたんと動きだしたときには、立っていた者の多くが引っくり返った。若い男が三人、テーブルのまわりの空いた席三つにどさどさと腰をおろした。四つめの席にはすでに先客があった。毛並みがよさそうな太りすぎの男で、時代後れのスーツを着ていた。暗い顔をして、大きくて潤んだ牛のような目で、どことも知れない遠い場所を見つめている。

ゆるゆると、その目の焦点が移りはじめた。無限のかなたからはるばる戻ってきて、身のまわりの状況に、新参のやかましい同席者たちにピントを合わせる。彼はある欲求を覚えた。この欲求は以前にも感じたことがある。

三人の若者は大声で議論していた。全員でバーに行くべきか、それともだれかがバーに行ってほかの者のぶんも酒を買ってくるほうがいいか、しかしその場合、バーに行った者はふんだんにある酒に興奮して居すわってしまい、ここでかれらの帰りを待ちわびている仲間のことなど忘れてしまうのではないか、いやかりに忘れずすぐに酒を持って引き返してきたとしても、ちゃんと持って帰ってこられるのか、途中の客車に残らずぶちまけて、ほかの客に迷惑をかけるだけではないのか。

しまいに合意に達したようだったが、達するが早いかどんな合意だったかもうだれも思い出せなかった。ふたりが立ちあがり、また腰をおろし、三人めが立ちあがった。しかしその三人めもまた腰をおろした。ほかのふたりがまた立ちあがり、こうなったらバーを丸ごと買い占めるほうが簡単じゃないかと言った。

三人めがまた立ちあがって仲間のあとを追おうとしかけたとき、ゆっくりと、しかし抗いがたい意志をもって、牛の目の男が向かいの席から身を乗り出し、若者の前腕をがっちりつかんだ。

モーニングを着た若者は、脳みそがやや泡立っているわりに案外すばやく顔をあげ、驚いて言った。「なんです？」

マイクル・ウェントン＝ウィークスは、射るような目で若者の目を見つめ、低い声で言った。「わたしは船に乗ってきた……」

「えっ？」

「船で……」マイクルは言った。

「船ってなんです。なんの話をしてるんだ。放せよ、放せってば」

「われわれは……」マイクルは続ける。やっと聞きとれるかどうかの低い声だが、耳を傾けずにいられない迫力がある。「……気の遠くなるほどの距離を越えてやって来た。楽園を建設するために。楽園を。この地に」

彼の目はしばしば客車内をさまよい、またしばし、泥はねに汚れた窓ごしに外を見つめた。霧雨のイースト・アングリア（イングランド東部の地方）に闇が濃くなっていく。それを見つめる目には、ありありと嫌悪が浮かんでいる。若者の前腕を握る手に力がこもった。

「あの、酒を買いに行くところなんだけど」と結婚式の客は言ったが、その声は弱々しかった。どう見てもその見込みはなかったからだ。

「戦争でみずからを滅ぼそうとしている者どもを、われわれはあとに残してきた」マイクルはささやくように言った。「平和と音楽と芸術と叡知《えいち》の星を作るはずだった。卑小なもの、低俗なもの、下劣なものなどどこにもない世界を……」

引き留められた酔っぱらいは、不思議なものを見る目でマイクルを見つめた。もとヒッピーには見えなかった。とはいえ、こういうことは見かけではわからないものだ。じっさい彼の兄も、二、三年ほどドルイドふうの共同体《コミューン》で暮らして、LSD入りドーナツを食べ、自分は木だと思って生きていたことがある。しかし帰ってきてからはマーチャントバンクに入っていまでは重役だ。もちろん、いまでは自分は木だとはめったに思わなくなったし、たまにフラッシュバックもあるとはいえ、その引金になりやすいとわかって、ずいぶん前に特定のクラレット（フランス産赤ワインの一種）には手を出さなくなった。しかし、当時といまの違いはそれぐらいだ。

「うまく行くはずがないと言う者もいた」マイクルは続けた。低い声なのによく通る。客車にあふれるばか騒ぎの声にかき消されることもない。「われわれのなかにも戦争の種はひそんでいると予言する者もいた。しかし、芸術と美のみ栄える世界を作るのが、われわれの強い決意であり目的だった。最高の芸術、最高の美——つまり音楽だ。それを信じる者だけを連れてきた。それを実現したいと望む者だけを」

「あのね、なんの話ですか」結婚式の客は尋ねたが、その声に挑戦的な響きはなかった。マイクルの催眠的な力のとりこになっていたのだ。「そんなことが、いつ、どこであったんですって?」

マイクルは荒い息をついた。「きみが生まれる前のことだ――」しまいに言った。「黙って聞くんだ、話して聞かせるから」

27

長く驚愕の沈黙が続いた。そのあいだに、外では夕闇がそれとわかるほどに深まり、部屋をその腕に抱きとろうとしているようだった。光のいたずらで、レジは影にすっぽり包まれている。

あふれんばかりの饒舌でダークは人生を渡ってきて、めったにないことだが、このときばかりは言葉を失っていた。子供のような驚きに輝く目を、あらためて室内に向ける。なんの変哲もない粗末な家具に、羽目板の壁に、すり切れたカーペットに。彼の手は震えていた。

リチャードはひとり眉をひそめていた。頭のなかでなにかの平方根を計算しようとしている人のように。ややあって、またまっすぐレジに目を向けた。

「先生は何者なんですか」彼は尋ねた。

「わたしにもわからないんだ」レジは明るく言った。「記憶はあらかた消えてしまったのでね。なにしろほら、大変な年寄りだから。びっくりするほど年寄りなんだよ。いや実際、いくつか知ったらびっくりするだろうと言っても、まあそう的外れではないと思う。たぶん自分でもびっくりするんじゃないかな、なにしろもう憶えていないのでね。

それはさまざまなことを見てきたが、ありがたいことにあらかた忘れてしまった。困るのは、わたしぐらいの年齢になってくると、さっきも言ったと思うが、なにしろびっくりするほどの年齢だから――これは言ったかな」

「はい、おっしゃいました」

「ならいいんだが、言ったかどうか忘れてしまってね。問題は、記憶量はじつはちっとも増えなくて、いろんなことがただ抜け落ちていくだけなんだよ。だからね、わたしぐらいの年齢の者と、きみたちぐらいの者との大きなちがいは、わたしがどれぐらい知っているかじゃなくて、どれぐらい忘れてしまっているかなんだ。しばらくすると、なにを忘れたかも忘れてしまうし、そのあとには憶えておくべきことがあったということすら忘れてしまう。そしてそのあとには、ええと、なにを話していたかも忘れがちになるんだよ」

　彼は情けなさそうにティーポットを見つめた。

「では、憶えてらっしゃるのはどんな……」リチャードが控えめに水を向けた。

「においとイヤリングだね」

「それはどういう……？」

「このふたつはなぜか記憶に残るんだよ」レジは言って、不思議そうに首をふり、だしぬけに腰をおろした。「ヴィクトリア女王が、在位二十五年記念祭でつけていたイヤリングは、まったくあきれたしろものだったよ（ヴィクトリア女王の場合、在位五十年、六十年を記念する祝典はおこなわれているが、二十五年記念祭は実際にはおこなわれていない）。もちろん、当時の写真ではあのおぞましさはわからないがね。それに、車が登場する以前の通りはひどいにおいだった。どっちのほうがひどいか判断がつかないぐらいだよ。だからとうぜん、クレオパトラは強烈に記憶に残っているわけだ。イヤリングと悪臭の、まことに破壊的な組み合わせだからね。なにもかも忘れてしまっても、このふたつだけは最後まで忘れられないんじゃないかな。ひとりきりで薄暗い部屋に座って、もう歯もなく目も見えず味覚もなく、残っているのは小さな灰色の古ぼけた頭だけだ。しかもその小さな灰色の古ぼけた頭に残っているのは、青と金色の醜いなにかが揺れてちかちか光っているさまと、汗とキャットフードと死のにおいだ。それをわたしはいったいなんだと思うだろうかと……」

ダークはろくに息もできずに、ゆっくりと室内を歩きまわりはじめた。指先で壁やソファやテーブルをそっとなぞっていく。「いつから」彼は言った。「いつから、その――」

「ここのことかね」とレジ。「だいたいちょうど二百年ぐらいになるね。わたしが引退してからずっとだから」

「なにを引退なさったんですか」

「自分探しをだよ。しかし、けっこう面白かったにちがいないと思うんだが、どうだろうね」

「つまり、ここのこのままの部屋に、ずっと……二百年も住んでらしたんですか」リチヤードがつぶやくように言った。「だれかが気づくとか、おかしいと思うとか、ありそうなものですが」

「ああ、それがケンブリッジの古いカレッジのよいところでね」レジは言った。「みんなとても遠慮深い。まあ、みんなしてお互いのおかしなところをあげつらっていったら、クリスマスまでかかっても終わらないだろうからね。スヴラド、ああ――ダーク、いまはちょっと、それにはさわらないでくれるかな」

ダークが手を伸ばそうとしていたのは、例のそろばんだった。大きなテーブルの一か所だけあいた場所に立ててあるあれだ。

「これはなんなんですか」ダークは鋭く尋ねた。

「見てのとおり、ただの古い木のそろばんだよ」レジは言った。「すぐに説明するが、まずはきみのすばらしい推理力に敬意を表さなくてはならないね。どうして答えにたどり着いたのか、聞かせてもらいたいな」

「白状しますが」ダークは珍しく謙遜して言った。「答えにたどり着いたのはおれじゃないんです。しまいに子供に尋ねたんですよ。手品の話をして、どうしたらこんなことができると思うかと尋ねたら、そのまま引用するとこう言ったんです。『そんなのあったりまえじゃん。タイムマシン持ってんだよ』。それで礼を言って駄賃に一シリングやったら、おれのすねを思いっきり蹴飛ばして逃げていきましたよ。でも謎を解いたのは、だからそのちびなんです。おれの手柄と言えるのは、そのとおりだと気づいたことだけですね。あいつのおかげで、自分で自分を蹴飛ばす手間も省けましたよ」

「しかしきみは、子供に尋ねようと考える知恵があったわけだ」レジは言った。「それなら、そこに敬意を表することにしよう」

ダークはあいかわらず、例のそろばんをうさんくさげに見つめていた。

「これは……その、どんなふうに使うんですか」と、さりげない質問を装って尋ねた。

「ああ、じつに恐ろしく単純でね」レジは言った。「どうとでも好きなように使えるんだ。つまりね、それを動かすコンピュータはかなり進んでいるんだよ。いや実際、この地球上のあらゆるコンピュータをすべて――それも、ここが難解なところなんだが――それ自身も含めて、すべて合わせたよりもさらに強力なんだ。正直な話、わたし自身もこのあたりはいまだによくわからないんだ。しかし、そのパワーの九十五パーセント以上は、人がそれになにをさせたがってるか理解するためだけに使われてるんだよ。そのそろばんをちょっといじるだけで、どう使おうとしているかそれは理解するんだ。思うにわたしは、そろばんの使いかたを仕込まれたにちがいないね。わたしが、その……子供だったころに。

たとえばリチャードなら、自分のパソコンを使いたいと思うだろうね。そのそろばんがある場所にパソコンを置いたら、このタイムマシンのコンピュータは即座にそれを操って、しゃれたユーザーフレンドリーな時間旅行アプリケーションをどっさり提供してくれるだろう。お望みなら、プルダウン・メニューでもデスクトップ・アクセサリでもなんでも揃うと思うよ。それはいいんだが、ただその画面で一〇六六年を指定すると、そういうのに興味があればだが、このドアの外でヘースティングズの戦い（ノルマン征服において、ウィリアム征服王がイングランド王ハロルド二世を破った戦い）をやってるってことになるんだよ」

その口調からして、どうもレジ自身はそういう分野には興味がなさそうだった。

「これはその、それなりにじつに面白い機械なんだ」と彼ははじめくさった。「テレビよりずっと面白いし、ビデオ録画よりはるかに扱いが簡単だ。見たい番組を見逃したときは、ちょっと時間をさかのぼって見ればいい。ビデオはボタンだらけで、どこをどういじっていいやらさっぱりだからね」

この思いがけない打ち明け話に、ダークは恐怖の表情を浮かべた。

「タイムマシンを持っていて……それを、テレビを見るために使ってるんですか」

「いやその、ちゃんと録画のやりかたがわかれば、たぶんまったく使わないだろうと思うよ。ひじょうに扱いが厄介なものだからね、時間旅行というのは。恐ろしい罠や危険でいっぱいなんだ。過去に戻ってへたになにかを変えてしまったら、歴史が完全に混乱しかねない。

それにそうそう、電話がだめになるんだ。昨夜はすまなかったね」と、リチャードに向かっていささか小さくなって言った。「ご友人の女性に電話ができなくて。英国の電話には根本的になにか不可解なところがあるみたいで、わたしのタイムマシンと相性がよくないんだよ。配管や電気や、ガスだってまったく問題なく使えるんだ。接続のインタフェースはなにか量子レベルでやってるみたいで、わたしにはよくわからないんだがね、問題が起きたことは一度もないんだよ。ところが、電話はまったく厄介なんだ。タイムマシンを使うたびに、と言ってもめったにないことなんだよ、それはひとつにはまさにこの電話の問題のせいなんだがね、ともかくそのたびに電話が滅茶苦茶になってしまって、電話会社から若い衆に修理に来てもらわなくちゃならない。するとまたその若い衆が要らぬ質問を始めるんだよ、答えを聞いたって理解できるわけがないのに。

それはともかく、要するにわたしは厳格な規則を守って、過去でいかなる変化も起こさないようにしてるわけだ」と言って、レジはため息をついた。「——どんなに誘惑が強くてもね」

「誘惑というと?」ダークが鋭く突っ込んだ。

「ああ、それはその、ちょっとした、わたしの興味のあるあれだよ」レジはあいまいに言った。「まったくなんの危険もないんだよ、わたしは規則を厳しく守っているから。悲しいことだがね」

「でも、その規則を破ったじゃありませんか!」ダークは譲らなかった。「昨夜は、過去に戻って変化を——」

「たしかに」レジはいささかばつが悪そうに言った。「しかし、あれはちがうよ。ぜんぜんちがう。あの女の子の顔を見ていたらわかる。ほんとうにかわいそうだった。この世界は驚異に満ちた場所だと思っていたのに、あのいけすかない年寄りの教授連中ときたら、あの子の心を老いぼれた足で踏みつけにしたんだ。自分たちにとっては、世界はもうそんな場所じゃないっていうだけでだよ。

つまりね、コーリイを憶えているだろう」とリチャードに向かって言った。「なんという血も涙もない悪党だろう。人間らしさってものを叩き込んでやるべきだよ、なんならレンガで叩き込んでやればいいんだ。そんなわけで、あれはまったくいたしかたのないことだったんだ。そうでなかったら、わたしは厳格に規則を――」

そんなレジを見ているうちに、リチャードは目の前の霧が晴れたように感じた。

「レジ」と丁重に口を開いた。「ひとつアドバイスをしてもかまいませんか」

「もちろんだよ、リチャード。ぜひとも頼む」レジは言った。

「ここにレジとぼくの共通の友人がいるでしょう。カム川の岸を散歩しようとこの友人に誘われても、うんとおっしゃっちゃいけませんよ」

「それはどういう意味だね」

「リチャードが言いたいのは」とダークが真顔で言った。「いまおっしゃった理由は、実際になさったこととといささか釣り合わない気がするってことですよ」

「ほう。それにしては、みょうな――」

「ええ、こいつはすごくみょうな男なんですよ。でも、なにかをするとき、自分ではその理由にかならずしも気がついていないってこともありますよね。たとえば、催眠術で指示されていたとか――あるいは、なにかに憑依《ひょうい》されているとか」

レジは真っ青になった。

「憑依――」

「先生――いえ、レジ――なにか理由があって、おれに会いたいと思われたんでしょう。その理由はいったいなんだったんですか」

「ケンブリッジ!……ケンブリッジ!」駅の拡声器が、歌うような節をつけてがなりたてている。

騒々しい酔っぱらいの集団が、互いに罵ったりはやしたりしながらホームに吐き出されてくる。

「ロドニーはどこだ」バーのある車両からやっとこさ降りてきた男が言った。連れとふたり、よろよろしながらホームを見まわす。マイクル・ウェントン゠ウィークスの大きな影がぬっと現われ、ふたりのそばを通り過ぎ、出口に向かって歩いていった。

人波をかき分けてふたりは列車のわきを歩いていき、汚れた客車の窓越しになかをのぞいていった。と、だしぬけに、行方不明の連れの姿が目に飛び込んできた。客車はいまではほとんどからになっているのに、あいかわらず座席に座ったままぼうぜんとしているようだ。ふたりは窓を叩いて大声で呼びかけた。しばらくはなんの反応もなかったが、ややあって急に気がついたようだった。われに返ってみたら、ここがどこだかわからなくて混乱しているような奇妙なふぜいで。

「あいつ、酔っぱらってやがる！」仲間ふたりはうれしそうなだみ声をはりあげ、また列車に転げ込むと、今度はロドニーも巻き込んで転げ出てきた。

ロドニーは、ぼんやりとホームに立って首をふった。それから顔をあげ、線路の向こうの大きな人影に目をやった。大きな身体と大きな重そうなかばんを持ちあげて、マイクル・ウェントン＝ウィークスがタクシーに乗り込もうとしている。ロドニーは、それをぼうぜんと眺めていた。

「おっかしなやつだった」彼は言った。「あのおっさん。なんかが難破した話をずっと聞かされてたんだ」

「わっはっは」ふたりの連れのいっぽうがばか笑いをした。「いくらとられた？」

「えっ？」ロドニーはぽかんとして言った。「いや、金なんかとられなかったと思う。ただ難破じゃなかったな、事故っていうか、爆発かな？　ともかくあのおっさん、それが自分のせいだって思ってるみたいだった。それとも事故があって、それをなんとかしようとして爆発を起こしちゃって、みんなを死なせてしまったって話だったかな。そのあと何年も何年も、おっそろしくどっさり腐った泥だらけで、足のあるぬるぬるしたもんが出てきたんだってさ。最初から最後までちょっと変てこな話だった」

「やっぱりロドニーだぜ！　いつも頭のおかしいやつにつかまるんだ！」

「ああ、あのおっさん、頭がおかしいんだと思うよ。急に話が変わって、なんかの鳥のことをしゃべりだしてさ。あの鳥のところはみんなナンセンスだっていうんだ。あの鳥んとこはできたら削除したいんだってさ。だけど、失敗は挽回できると思うってそのあと言いだしたんだ。なにもかも挽回できるって。なんでかわからないけど、なんか気になる言いかただった」

「いっしょにバーに来りゃよかったのに。すっげえ楽しかったぜ、おれたち――」

「それに、さよならの言いかたもやっぱり気になった。なんか、すごく気になったんだよな」

28

「憶えてるかな」とレジは口を開いた。「きみたちがここに来たとき、最近は退屈だと言っただろう。愉快な理由で退屈だと」

「はっきり憶えてますよ」とダーク。「たった十分前のことですからね。おれの憶えてるかぎりでは、立ってらっしゃる場所もおんなじだったし、それどころか着ているものも、いままさにお召しの——」

「ダーク、黙れよ」とリチャードが言った。「話の邪魔はやめろって」

ダークはお詫びのしるしに小さく会釈をした。

「いや、ありがとう」レジは言った。「つまりその、じつを言うと、もう何週間も、あるいは何か月も前から、タイムマシンはいっさい使っていなかったんだ。とてもみょうな感じがあったものだからね。だれかが、あるいはなにかが、わたしにタイムマシンを使わせようとしているという気がしたんだ。最初はごくかすかな衝動だったんだが、それが波のようにだんだん強くなってくるみたいでね。まったく手を焼いたよ。精いっぱいその衝動と闘わなくてはならなかった。なにしろそれは、わたしが実際にやりたいと思っていたことをやらせようとしていたんだ。その圧力を生み出しているのが、外部のなにものかだとは気がつかなかったかもしれない。たんに自分の望みが強烈になっているだけだと思っていたかもしれない。ただわたしは、そういうことは絶対にできないと自分を強く戒めていたからね。それで、なにかがわたしを操ろうとしていると薄々勘づいてきたんだが、そうしたらたちまちひどいことになって、家具が部屋じゅう飛びまわりはじめたんだよ。おかげでジョージ王朝時代の書き物机が台無しになってしまった。ほら見てごらん、この傷――」

「昨夜、心配してらしたのはそれだったんですか。上の階を見に行かれたとき」リチャードは尋ねた。

「そうなんだ」レジは押し殺した声で言った。「あのときは恐ろしくてたまらなかった。しかし、ただのおとなしい馬だったから、ほんとうにほっとしたよ。あれはたぶん、日焼けを隠すのに粉末が必要になって、それで立ち寄ったところで紛れ込んでしまったんだろうね」

「ほんとに?」ダークが口をはさみ、「いったいどこへ立ち寄ったんです?」と尋ねた。

「馬がやって来そうな薬局はあんまり思いつきませんが」

「ああ、こっちではプレヤデス星団と呼ばれてるところの惑星に、ちょうど適当な粉末が――」

「ということは」とダークがささやき声で言った。「べつの惑星に行ったってことですか。粉末を手に入れるために?」

「ああ、すぐそこなんだよ」レジは楽しそうに言った。「つまりね、時空連続体における二点間の距離は、それがどことどこであってもだね、隣接する電子の軌道間の見かけの距離よりも、実際にはほとんど無限に小さいんだ。いやまったく、薬局のほうがずっと遠いぐらいだよ。会計の列にも並ばなくていいし。わたしはどうも、ちゃんと小銭があったためしがなくてね、きみたちはどうだね。だからどうしても量子飛躍のほうに頼りがちなんだ。もっとも、それをすると電話が故障するのは困りものだが。なにごともそうそう楽には行かないもんだね」

しばし悩ましげな顔をした。

「しかし、たぶんきみたちが正しいんだろうね。きみたちがいま考えているとわたしが思うことをきみたちが考えているとすれば」彼は低い声で付け加えた。

「というと?」

「ごくささいな目的を達するために、えらく手の込んだことをしているということだよ。女の子を元気づけるために――いくらかわいい憎めない子で、いくら悲しんでいるからといっても、あそこまでやる必要は――まあその、時間工学的にはかなりの大作戦だからね、いまこうして考えてみると。服でも褒めるほうが簡単だったのはまちがいないし。たぶんあの……亡霊が――ところで、いま話してるのは亡霊のことだろうね」

「ええ、そうだと思います」ダークが考え考え言った。

「亡霊だって」とリチャード。「そんなばかな――」

「いいから！」ダークがつっけんどんに言い、「どうぞ続けてください」とレジに言った。

「たぶんあの……亡霊にすきを衝かれたんだと思う。こっちの罠に落ちまいと思って必死で抵抗していたせいで、あっさりべつの罠に落ちてしまった――」

「それで、いまはどうです」

「ああ、すっかり消えてしまったよ。亡霊は昨夜わたしから離れていったんだ」

「とすると、問題は」とダークはリチャードに目を移した。「そのあとどこへ行ったか、ですね」

「ちょっと待ってくれ」リチャードは言った。「これはあんまりだ。まだタイムマシンの話だって納得できたかどうかわからないのに、今度はいきなり亡霊だなんて」

「それじゃ、おまえはどうして壁をよじ登ったりしたんだよ」ダークが押し殺した声で言った。

「それは、おまえが言ったとおり、だれかの催眠術で指示されて――」

「そんなこと言ってないぞ! 催眠状態で受けた指示に、どれだけ影響力があるか実証してみせただけだ。ただ、催眠術と憑依の影響はすごくよく似てるにちがいないと思う。どんなばかなことでもやらせることができるし、しかもそのあと本人は、見え透いた合理化をいそいそとでっちあげて、自分で自分を納得させるんだ。だが――その人間の土台をなす気質に反するような、そういうことをやらせようとしても無理だ。抵抗される。

反抗されるんだ」

　そう言われてリチャードはふと思い出した。昨夜、スーザンの留守番電話にとっさにテープを戻したとき、肩の荷が下りる思いがしたものだった。ずっと悪戦苦闘していたのが、急にその闘いが終わって気がついたら勝利していたのだ。今度はべつの悪戦苦闘に敗北しつつあるのを感じながら、彼はため息をつき、そのことをふたりに打ち明けた。

「ほら、言ったとおりだ！」ダークが叫んだ。「おまえにはできないんだよ！　さあ、これで少しわかってきたぞ！　つまりだ、催眠術がいちばんよく効くのは、こうしてくれと言われたことに被験者が基本的に共感できるときなんだ。やらせたいことに適当な対象を見つければ、催眠術でその相手を面白いように操ることができる。同じことは憑依にも言えるだろうとおれは思う。それでこの亡霊だよ。

　こいつは、なにかやりたいことがあって適当な人間を探してる。その人間に憑依して、それをやらせようとしてるわけだ。クロノティス教授──」

「レジだよ」とレジ。

「レジ──かなり立ち入ったことをお尋ねしてもかまいませんか。答えたくないとおっしゃっても、そのお気持ちはとてもよくわかりますが、それでもお答えくださるまでしつこく尋ねるつもりです。それがおれのやりかたなんですよ。さっき、ぜひともやりたいという衝動を感じるが、それはやりたくても絶対にやってはいけないことだとおっしゃいましたね。亡霊はなにをさせようとしていたんですか。お願いします、答えにくいことかもしれませんが、それがなんなのか教えていただけたら、きっとひじょうに役に立つと思うんですよ」

「話すつもりはないよ」

「どうかわかってください、これはとても重要な――」

「その代わり、じかに見せてあげよう」レジは言った。

セント・チェッズ・カレッジの門に輪郭を浮かびあがらせて、大きな人影が立っていた。大きくて重くて黒いナイロンのバッグを提げている。それは、マイクル・ウェントン゠ウィークスの影だった。クロノティス教授はいまご在室かと守衛に尋ねたのは、マイクル・ウェントン゠ウィークスの声だった。それに対して、電話がまた故障しているみたいだからぜんぜんわからない、と守衛が答えるのを聞いたのは、マイクル・ウェントン゠ウィークスの耳だった。しかし、その目の奥に宿る精神は、もはや彼の精神ではなかった。

彼は自己を完全に明け渡してしまった。疑いも不一致も混乱ももうどこにもない。べつの精神に彼はすっかり乗っ取られていた。マイクル・ウェントン゠ウィークスではない精神は、目の前に広がるカレッジを眺めた。この苛立たしくも腹立たしい数週間に慣れ親しんだ場所。

数週間！　ほんの数マイクロ秒も同然だ。

いまマイクル・ウェントン＝ウィークスの肉体に宿っている精神——亡霊——は、ほとんど無意識の状態で長い歳月を過ごしていた。そんな時期がぶっ通しで数世紀も続くことさえあった。しかし、亡霊が地上をさまよっていた歳月はあまりに長く、この壁を建てた生物が現われたのも、ほんの数分前だったような気がするほどだ。これまでの永遠——実際には永遠ではないが、数十億年もあれば永遠のようなものだ——の時のほとんどを、彼は果てしない泥の面《おもて》をさまよい、茫洋《ぼうよう》たる海を渡って過ごしてきた。そして恐怖にぼうぜんとして眺めてきた——足のあるぬるぬるしたものが、いきなり腐海から這い出してきたと思ったら、いつのまにかここの主人のような顔をして歩きまわり、電話のことで不平を鳴らしているのを。

心の奥底の奥底、暗く物言わぬ精神の片隅では、彼は自分が狂っているのを知っていた。あの事故のあと、ほとんどその直後に発狂したのだ。自分がなにをしでかしたか、これからどんな歳月が待っているかを知ってしまったがゆえに。そしてまた、その事故で生命を落とし、しばらく彼に取り憑いていた（その彼は地球に取り憑いていたというのに）仲間たちの思い出のゆえに。

かつての自己のことはほとんど忘れ去っているが、いま自分がやむにやまれずなにをやろうとしているか知ったら、その自己は怖気をふるうだろうとわかっていた。しかし、終わることのない悪夢——数十億年のうちのどの一秒も、その前の一秒よりさらにおぞましいというその悪夢を終わらせるには、この方法しかないということもわかっていた。

彼は、重いバッグを持ちあげて歩きだした。

29

雨林の奥深く、雨林ならたいてい起こることが起こっていた。それはつまり雨が降っているということで、「雨林」の名はだてではないのである。

それはしとしとと降りつづく雨で、土砂降りの雨ではなかった。それはもっとあと、暑い季節に降る雨だ。その雨から滴るような細かい霧がわき、その霧を通してときおり日光の柱が射し込んでくる。途中途中でやわらげられながら、日光は濡れたカルヴァリアの木の枝にたどり着き、そこに腰を落ち着けてきらきらやっていた。ときには同じことを蝶のそばでやったり、じっと動かない小さくて色鮮やかなトカゲのそばでやったりして、そんなときの演出効果ときたらもう筆舌に尽くしがたいほどだった。

丈高い木々のはるかに遠い樹冠のうえで、まったく驚異的な思いつきが一羽の鳥に訪れる。すると鳥はばたばたと羽ばたいて枝々のあいだを抜け、しまいに別の、全体的に前のよりよい木に腰を落ち着ける。そしてそこにじっと止まって、もっと落ち着いて考えごとを再開するのだ。そうこうするうちに、さっきと同じ思いつきがまた訪ねてきたり、あるいは食事の時間が来たりするというわけである。

あたりには香気が満ちていた。花々のふわりとした芳香、林床を埋める濡れた落葉のどっしりした香り。でたらめにからみあう木の根がその落葉の層から顔を出し、そこに苔がはえ、昆虫が這いまわっている。

その森のとある空間、精いっぱい背伸びをしている木々に囲まれた濡れた地面の空所に、音もなくさりげなく、なんの飾りけもない白いドアが現われた。数秒後、かすかにきしみながらそれが細く開いた。ひょろりと背の高い男が顔を出し、周囲を見まわし、驚いて目をぱちくりさせ、開いたドアを静かに閉じた。

その数秒後、またドアが開いてレジが顔を出した。

「夢でもまぼろしでもないよ」彼は言った。「大丈夫だ。出てきて自分で見てみなさい」森のなかに足を踏み出し、ふり返って、ほかのふたりについてこいと手招きする。

ダークは大胆にドアを抜けてきた。いったんはまごついた顔をしたが、まばたきを二回するほどの時間が過ぎるや、どういうからくりかわかったと宣言した。これは虚数に関係していて、その虚数は最小の量子距離内に存在し、畳み込まれた宇宙のフラクタル曲線を定義しているのだが、ともかくそれはまったく明らかであって、どうして自分で気づかなかったのかわからないぐらいだと。

「キャットフラップと同じだね」リチャードが背後の戸口から言った。

「ああ、そうだな、そのとおりだ」ダークは言った。眼鏡を外し、木にもたれてそれを拭きながら、「おれが嘘ついてるのは見え見えだよな。こういう状況では百パーセント自然な反応だよ、おまえもそう思うだろ。百パーセント自然な反応だ」少し目をすがめて、また眼鏡をかけた。とたんにまた曇りだす。

「まったく度肝《どぎも》を抜かれたよ」と白状した。

リチャードはもう少しためらいがちに足を踏み出し、片足はまだレジの部屋の床に、片足は濡れた林床に置いて、しばらくふらふらしながら立っていた。それから、とうとう肚《はら》をくってもう一歩足を前に踏み出した。

とたんに、肺は濃密な蒸気に満たされ、頭はこの場所の驚異に満たされた。ふり向いて、そこを通ってきた戸口を見やった。あいかわらずどこから見てもふつうの戸枠であり、どこから見てもふつうの小さい白いドアが蝶番ではまっていたが、にもかかわらずそれはなにもない森にぽつんと立っていて、その向こうにはたったいまあとにしてきた部屋がはっきり見える。

信じられない思いで、ドアの裏側にまわってみた。ひと足ごとに泥んこの地面を確かめつつ歩く。すべるのがこわいというより、ほんとうにそこにあるのかと不安だったのだ。裏から見ると、それはどこから見てもふつうの開いた戸枠だった――どこから見てもふつうの雨林ではふつうに見かけないような。裏側から戸口を抜けてみて、またふり返った。すると、さっき出てきたときと同じように、やはりケンブリッジ大学セント・チェッズ・カレッジのアーバン・クロノティス教授の部屋が見えた。何千マイルも離れているはずなのに。待てよ、何千マイル？　ここはいったいどこなんだ？

森の向こうを透かし見ると、木々のあいだに遠くの小さな輝きが見えたような気がした。

「あれは海ですか」彼は尋ねた。

「ここまで登るともう少しはっきり見えるよ」とレジが声をかけてくる。すべりやすい斜面を少しうえまで登って、いまは木に寄りかかって肩で息をしていた。遠くを指さしている。

ほかのふたりもそれにならい、枝を分けつつ騒々しい音を立てて登っていった。それに抗議して、高みにいて姿の見えない鳥たちが大騒ぎを始める。

「太平洋ですか」とダーク。

「インド洋だよ」とレジが答える。

ダークはまた眼鏡を拭き、もういちど眺めた。

「ああなるほど、そうですね」彼は言った。

「ひょっとしてマダガスカルですか」とリチャード。「以前行ったことが――」

「そうかね」レジは言った。「この地球上でも指折りに美しくて驚異的な場所だ。そしてまた、最も言語道断な……誘惑に満ちた場所でもある、わたしにとってはね。いや」

わずかに震えた声で言い、そこで咳払いをした。

「いや」と続けて、「マダガスカルはね――ええと、いまどっちを向いているのかな――太陽はどっちかな。ああ。あっちだ。ちょっと西のほうだね。マダガスカルは、ここから九百キロぐらい西にある。そのだいたい中間にレユニオン島があるんだ」

「ええと、それで、ここはなんという場所なんですか」ダークがだしぬけに言い、こぶしの関節で木をこつこつやってトカゲをおどかした。「あれですか、あの切手を発行したところ——ええと、モーリシャスだ」

「切手？」とレジ。

「ええ、ご存じだと思いますよ」ダークは言った。「すごく有名な切手ですから。くわしいことは思い出せないけど、ここのなんですよ、モーリシャスの。そのすごく大変な切手で有名なんですよ。茶色で汚れてて、それ一枚でブレニム宮殿（オックスフォード近郊にある大邸宅。十八世紀初め、戦功によってマールバラ公（英国首相ウィンストン・チャーチルの祖先）がアン女王から下賜された）が買えるぐらいの値がついてましてね。いや、それともおれが言ってるのは英領ギアナ（ガイアナの旧称）のことだったかな」

「おまえがなんの話をしてるのか、わかるのはおまえだけだよ」とリチャード。

「ここはモーリシャスなんですか」

「そうだよ」とレジ。「ここはモーリシャスだ」

「でも、切手は集めてないんですね」

「集めてないね」

「あっ、なんだあれ」リチャードが急に声をあげたが、ダークはレジに向かって自説を唱えつづけている。「残念ですね、発行初日のカバー（歴史的に貴重な切手の貼られた封書または葉書のこと。ものによっては、未使用の切手より消印が入っているもののほうが高値がつくこともある）が手に入れられるんじゃないんですか」

レジは肩をすくめた。「あんまり興味がないんだよ」

ふたりの背後で、リチャードは登ってきた斜面をすべりおりた。

「それじゃ、ここにどんなすごい魅力があるんですか」ダークは言った。「正直言って、こういうところだとは思わなかったな。いやもちろん、それなりにいいところですよ、自然が豊かで。だけどおれはどっちかっていうと都会派なんで」また眼鏡を拭いて、鼻のうえに戻した。

それで見えたものに驚いて彼は引き返しはじめた。その耳に、レジが小さく奇妙な笑い声を漏らすのが聞こえる。レジの部屋に通じるドアの真ん前で、奇想天外な対決がおこなわれていた。

大きくて不機嫌な鳥がリチャードを見つめ、リチャードは大きくて不機嫌な鳥を見つめていた。リチャードはこんな奇天烈なものを見るのは生まれて初めてだという顔で鳥を見、鳥はこのくちばしがちょっとでも滑稽だと言うなら言ってみろと挑みかかるような目でリチャードを見ている。

リチャードに笑う気がなさそうだと納得すると、鳥は今度はむっつりいらいらと、我慢強くなにかを待ち受けるような目でリチャードを眺めはじめた。ただそこに突っ立っているだけなのか、それとも多少は役に立つことをして餌をくれるのかといぶかっている。二歩後ろにさがり、二歩横に歩き、それから一歩だけまた前に出た。よたよたと大きな黄色い足で。またじれったそうにリチャードを見て、じれったそうに大きくひと声鳴いた。

それから頭を下げて、大きくて不格好な赤いくちばしで地面を引っかいた。この鳥に与える餌をこのへんで探してはどうかとリチャードに教えるかのように。

「カルヴァリアの木の実を食べるんだよ」レジがリチャードに声をかけた。

大きな鳥はうるさそうにレジをじろりと見あげた。なにを食べるかぐらい、どんなばかでもすぐわかるはずだと言いたげだった。それからまたリチャードに目を戻し、首を横にかしげた。ひょっとして、いま相手にしているのはばかなのかもしれないと急に思いついたかのようだった。とすれば、それに応じて戦略を立てなおさなくてはならない。

「ひとつふたつ、きみの後ろに落ちているよ」レジが抑えた声で言う。

驚きにぼうぜんとしながら、リチャードはぎくしゃくとふり返った。大きな実がひとつふたつ、彼の後ろに落ちていた。かがんでひとつ拾い、レジを見あげると、励ますようにうなずきかけてくる。

おずおずとリチャードはそれを鳥に差し出した。鳥は身を乗り出し、鋭くくちばしを突き出して、指のあいだから実を引ったくった。その後もリチャードが手を差し出したままにしていたら、いかにもうるさそうにくちばしでその手を横に払った。

リチャードが敬意を表してあとじさると、鳥は首を伸ばしてのけぞらせ、大きな黄色い目をつぶって、みっともなくうがいをするようにのどを震わせて、木の実を食道に落とし込んだ。

それで、少なくとも多少は満足したようだった。それまで不機嫌なドードーだったとすれば、少なくともいまそれは不機嫌な満腹したドードーだった。この鳥にとっては、おそらくそれがこの世で望みうる精いっぱいなのだろう。

鳥はゆっくりよたよたとその場でまわれ右をして、もと来た森の奥へ戻っていった。お尻のてっぺんにくるんと突き出す小さな羽毛を、ちょっとでも滑稽だと思ってみろとリチャードに挑みかかるかのように。

「わたしはただ、見に来るだけなんだよ」レジが小さな声で言った。そちらに目をやったダークはたじろいだ。老人の目には涙がたまっていたのだ。それをすばやく払いながら、「ほんとうに、ちょっかいを出すつもりは――」

リチャードが息を切らして斜面を駆けのぼってきた。

「あれ、ドードーですよね」と叫ぶように言う。

「そうだよ」レジは言った。「このころにはもう三羽しか残っていないんだ。いまは一六七六年だが、四年後には一羽残らず死に絶えてしまって、そのあとは二度と姿を見られていない。さあ、それじゃ」と彼は言った。「帰ろうか」

セント・チェッズ・カレッジの第二中庭。そのすみの階段に面したひとつのドアには、しっかり錠がおりていた。そのドアの奥で、かすかにちらつきながら内側のドアが消えた。そしてその数ミリ秒後、またかすかなちらつきが起こったかと思うと、そのドアが戻ってきた。

宵闇をついてそのドアに向かって歩きながら、マイクル・ウェントン＝ウィークスの大きな人影はそのすみの窓を見あげた。かすかなちらつきがそこから見えたとしても、窓からこぼれるぼんやりした火明かりのダンスにまぎれて、気がつかれることはなかっただろう。

その人影は、次に暗い空を見あげてそこにあるはずのものを捜した。とはいえ、たとえ晴れた夜でも（今夜は晴れていなかったが）見える可能性はほんの少しもない。いまでは地球の軌道はがらくたでいっぱいだから、それがひとつよけいにあるぐらいでは（あれのように大きなものでも）永久に気づかれないままでもおかしくない。そして実際これまではそのとおりだった。ただ、おりにふれてそれが影響を及ぼすことはあった。おりにふれて。波が強まったときに。いまのようにそれが強まったのは、かれこれ二百年ぶりのことだった。

そしてとうとう、いますべてがそろった。完璧な担体《キャリヤー》が見つかったのだ。

完璧な担体は足を動かして中庭を進んでいく。

最初はあの教授こそ理想的な候補に思えたが、その試みは焦燥と激怒に終わり――そこで閃《ひらめ》いた。電動修道士を地球に連れてくればいいではないか。どんなことでも信じるように設計されているのだから、なんでも言うことを聞くはずだ。この仕事を実行するようそのかすぐらいわけはないだろう。

しかし残念ながら、修道士はまったく役に立たなかった。なにかを信じさせるのは簡単そのものだった。ところが、五分以上同じことを信じつづけさせようとすると、これが至難のわざだった。教授をそそのかして、本人が心の底では望んでいるがやってはいけないと思っていることをやらせるほうが、まだ簡単に思えるぐらいだった。

その後もういちど失敗があったが、そのあと奇跡的に、とうとう完璧な担体が現われた。

完璧な担体はすでに、やらねばならないとなったら良心の呵責なくやってのけることを証明していた。

霧に行く手を阻まれて、湿っぽい月が空のすみから苦労しいしい昇ってくる。窓に影がひとつ動いた。

30

第二中庭を見おろす窓から、ダークは月を眺めた。「そう長く待つ必要はないだろう」

「待つって、なにを」とリチャード。

ダークはふり向いた。

「亡霊が戻ってくるのをさ」彼は言った。「先生――」と、暖炉のそばに不安げに座っているレジに向かって、「この部屋にブランディはありませんか。それかフランス製の煙草か、お守り数珠《コンボロイ》（ギリシアの数珠。いじって気持ちを落ち着かせるのに使う）でも」

「ないね」とレジ。

「それじゃ、ただいらいらしてるしかないな」ダークは言って、また窓の外を眺めはじめた。

「まだ納得できないんだけど」リチャードが口を開く。「ほかに説明はつかないのかな、その……亡霊が――」

「タイムマシンが実際に動くのを見ないうちは、信じられなかったのと同じだな」ダークがやり返した。「リチャード、その懐疑主義は立派だと思うけどな、どんなに懐疑的な精神だって、ほかの説明がありえないときは、受け入れられないことを受け入れる覚悟が必要だぜ。アヒルのように見えて、アヒルのように鳴いているなら、少なくともここにいるのはカモ科の小型の水鳥だっていう可能性は考えなきゃならないだろう」

「そう言うけどな、亡霊っていったいなんだ」

「思うに、亡霊っていうのは……」とダーク。「この世にやり残したことがあるのに、時ならぬ非業の死を遂げただれか――あるいはなにかだ。だから安らかに眠れないんだよ、そのやり残したことをやり終えるか正すかしないうちは」

またふり返って、ふたりに顔を向けた。

「だから、タイムマシンがあると知ったら、亡霊は大いに興味を惹かれただろう。タイムマシンがあれば、過去の失敗――つまり亡霊にとっての失敗を、なかったことにできる。やっと楽になれる。

だから亡霊は戻ってくる。最初はレジ自身に取り憑こうとしたが、レジには抵抗された。その次に起こったのが、例の手品と粉末と浴室の馬だ。これについては――」と少し言いよどんで、「――おれにもどういうことかわからない。なんとしてでも突き止めるつもりだけどな。それで次はリチャード、おまえの登場だ。亡霊はレジから離れておまえを標的にすえた。それとほとんど同時に、変てこな、しかし重要な事件が起こる。やらなきゃよかったと思うことをおまえがやらかすわけだ。

おれが言ってるのはもちろん、ミス・ウェイに電話して留守電にメッセージを残したことだぜ。

亡霊はチャンス到来と見て、それをちゃらにするようおまえをそそのかした。言ってみれば、過去に戻ってメッセージを消去すればいいと——犯した失敗を書き換えればいいとささやいたわけだ。おまえが言われたとおりにするかどうか試したんだな。そういう素質があるかどうか試したんだ。

もしあれば、いまごろは完全に乗っ取られていただろう。だけど、最後の最後におまえの本性が逆らって、どうしてもやろうとしなかった。それで亡霊は、こいつはだめだと見限って、今度はおまえからも離れた。べつのを探さなきゃならないってわけだ。どれぐらいそんなことをやってきたのか、それはわからないけどな。これでどうだ、納得行ったか。おれの言うとおりだとは思わないか？」

リチャードはすっと全身が冷えた。

「思うよ」彼は言った。「まったくおまえの言うとおりだ」

「それじゃ訊くが」とダーク。「亡霊はいつおまえから離れた？」

リチャードはごくりとつばを呑んだ。

「マイクル・ウェントン＝ウィークスが部屋から出ていったときだ」

「そうか」ダークは静かな声で言った。「亡霊は、あいつの可能性をどう見積もったんだろうな。今度は探していたものを見つけたんだろうか。思うに、そう長く待つ必要はなさそうだな」

ドアにノックの音がした。

ドアが開くと、そこに立っていたのはマイクル・ウェントン＝ウィークスだった。

彼はただこう言った。「手を貸してください」

レジとリチャードはダークを見つめ、それからマイクルを見つめた。

「これ、どっかにおろしてもかまいませんか」とマイクルは言った。「かなり重いんですよ。スキューバダイビング用品が一式入ってるんで」

「ああ、なるほどね」スーザンは言った。「ええ、ありがとうニコラ、その運指法やってみるわ。あんなところに変ホ音《Eフラット》を入れるなんて、いやがらせとしか思えないわよ。ええ、午後じゅうずっとそれやってたの。第二楽章の十六分音符の連続なんか、場所によってはほんとに厄介なのよね。ああ、ええ、おかげでずいぶん気がまぎれたわ。いいえ、まだなんにも。わけのわからないことばっかりで、ほんとうにぞっとしちゃう。できればいまはその話は――ねえ、あとでまた電話するから、具合がどうなったかまた教えて。ええ、そうよね、具合悪くなるのと抗生物質と、お医者さんのベッドサイド・マナーと、どれがいちばん腹が立つんだかわからないわよね。じゃあ、よく気をつけてね。ていうか、サイモンにちゃんと面倒見てもらってね。ホットレモンをどっさりあなたに飲ませるようにって、わたしが言ってたって言っといて。ええ、わかったわ。また電話するわね。あったかくしてね。それじゃ」

電話を切って、チェロの練習に戻った。いまいましいEフラットの問題にまた取り組みはじめたと思うまもなく、また電話が鳴りだした。午後はずっと受話器を外しておいたのだが、こちらから電話をかけたあとでつい外し忘れていたのだ。

ため息をついて、チェロを立てかけ、弓を置いて、電話機のそばへ向かった。

「はい？」つっけんどんに応える。

また無言電話だった。ただ遠くで風が鳴っているだけだ。むかむかして、受話器をがちゃんとおろした。

回線がちゃんと切れるまで数秒待ってから、受話器をまた外しておこうとしかけて、そこでリチャードからかかってくるかもしれないと思いついた。

ちょっとためらった。

認めたくはなかったが、留守番電話を使っていなかったのは、ふだんから留守電はゴードンのためにだけ使っていたからだ。そのことをできればいまは思い出したくなかった。

それでも留守番電話をセットして、ボリュームを下げた。そして、モーツァルトがチェリストへの嫌がらせのためだけに書いたEフラットに戻った。

〈ダーク・ジェントリー全体論的探偵事務所〉のオフィスの暗がりで、ゴードン・ウェイは不器用に受話器を架台に戻し、意気消沈のどん底で椅子にへたり込んだ。へたり込むのは椅子を突き抜けても止まらず、しまいに床までへたり落ちてそこでふわりと止まった。

ミス・ピアスは、電話が勝手にかかりだしたのを見て早々にオフィスから逃げ出した。この手のことに対する忍耐心が、これで何度めかについに尽き果てたのだ。それからずっと、ゴードンはこのオフィスにひとりきりだった。しかし、だれかに連絡をとろうとする試みはことごとく失敗した。

というより、スーザンに連絡をとろうとする試みだ。いま連絡をとりたい相手はスーザンだけだった。彼が死んだとき話していた相手はスーザンだったし、なんとかしてまた話をしなくてはならないと思っていたのだ。しかし、午後のあいだほとんど彼女は受話器を外していたし、電話をとってくれたときもこちらの声は届かなかった。

あきらめた。床から身体を起こし、立ちあがり、外へすべり出て夕闇の迫る通りにおりた。しばらくはあてもなく漂い、運河のうえを散歩してみたが、そんな子供だましにはあっというまに飽きてしまったので、また通りに戻ってぶらぶらしはじめた。

光とぬくもりの漏れてくる家々にはとくに胸が痛んだ。いかにも愛想よく迎えてくれそうに見えるのに、その迎えられる対象に彼は入っていないのだからなおさらだ。黙って入っていって、ひと晩じゅうテレビを見ていてもだれも気がつかないのではないか。たぶんぜんぜん迷惑にはならないだろう。

それとも映画館にしようか。そうだ、そのほうがいい。映画館に行こう。

いままでより軽くなった(もとからすかすかではあったが)足を、ノエル・ロード

（イズリントンの運河近くの通り）に踏み入れて歩きはじめた。

ノエル・ロードか、と思う。なんだかピンと来るものがある。ノエル・ロードに住んでいるだれかと、最近なにか契約を結んだんじゃなかったかな。だれだったっけ。と考えている途中で、身も凍る絶叫が通りに響きわたった。ゴードンはぎょっとして立ち止まった。数秒後、数メートル先でドアがさっと開いたかと思うと、女がひとり飛び出してきた。目を血走らせ、悲鳴をあげながら。

31

　リチャードは、マイクル・ウェントン゠ウィークスがもともと好きではなかったし、亡霊に取り憑かれているいまはますます好きになれなかった。なぜかはわからない。亡霊というものに個人的になんの含むところもないし、たんに死んでいるというだけで人に敵意を抱くべきではないとも思う。しかし——やはり好きになれなかった。

にもかかわらず、ちょっと気の毒だと思わずにはいられなかった。

　マイクルは肩を落としてスツールに腰掛け、片ひじを大きなテーブルにつき、指で頭を支えていた。病んでやつれて見えた。疲れ果てて見えた。哀れっぽく見えた。胸に突き刺さるような身の上話の締めくくりに、まずはレジに、次はリチャードに取り憑こうとしたいきさつを彼は物語った。

「あなたのにらんだとおりです」彼はそう締めくくった。「なにもかも」

　この最後の部分はダークに向けた言葉であり、ダークはそれを聞いて顔をしかめた。一日にそう何度も、勝ち誇ってにやにや笑うのは体裁が悪いというかのように。

　その声はマイクルの声であって、しかもマイクルの声ではなかった。恐怖と孤独のうちに十億年かそこら過ごした声が獲得する声色のすべてをそれは獲得していて、聞く者の胸を満たす目まいのしそうな寒けは、夜に崖っぷちに立ったときに頭と胃袋をわしづかみにするそれに似ていた。

彼はレジに、そしてリチャードに目を向けた。その目にもやはり、憐れみと恐怖を引き起こす効果があった。リチャードはたまらず目をそらした。

「おふたりにはお詫びしなくてはならない」マイクルに取り憑いた亡霊は言った。「心の底から申し訳ないと思っている。ただ、わたしがいかに絶望的な状況にあったか、そしてこのマシンがいかに希望を与えてくれたかをご理解いただければ、なぜあんな行為に及んだかもわかっていただけるのではないだろうか。赦してもよいと思っていただけないだろうか。そして手を貸していただきたい。どうかお願いします」

「この人にウイスキーを出してやらんと」ダークがうなるように言った。

「ウイスキーはないんだよ」とレジ。「ポートではどうかね。マルゴーが一本ほどあるから、あけてもいいよ。とても上等なやつで。冷蔵庫から出して一時間ほどおいといたほうがいいんだが、それはもちろんかまわないし、ひじょうに簡単なことだから、その――」

「手を貸してもらえないだろうか」亡霊が口をはさんだ。

レジはそそくさとポートとグラスを取りに出ていった。

「どうしてこの男の身体を乗っ取ったんだ?」ダークは尋ねた。

「話す声と行動する肉体が必要だからだ。この男性に危害は及ばない。けっして――」

「もういちど訊く。なぜ、この男の身体を乗っ取ったんだ?」ダークは食い下がった。

亡霊はマイクルの肩をすくめさせた。

「協力的だったからだ。まったく無理もないことだが、こちらのおふたりは抵抗が強くて、その……催眠術にかからなかった——あなたのたとえは適切だ。しかしこの男性は、そうだな、いま自意識が退潮していて、暗示に従いやすくなっているのだと思う。わたしは彼にとても感謝しているし、いかなる危害も加えるつもりはない」

「いま自意識が退潮していると」ダークは考え込むようにくりかえした。

「それはありうると思う」リチャードは小声でダークに言った。「昨夜はすごく落ち込んでるみたいだった。あいつが大事にしてたものを、ええとその、あんまりうまくやってないという理由で取りあげられたんだ。プライドの高いやつだけど、自分がなにかの役に立てるってことに、すごく動かされやすくなってたんじゃないかな」

「ふうむ」とダークは言った。もういちど言った。三度めは感情をこめて言った。そこでくるりとふり返り、スツールにかけた人物に向かって怒鳴った。

「マイクル・ウェントン゠ウィークス!」

頭をびくりとのけぞらせ、マイクルは目をぱちくりさせた。

「なんだい」いつもの鬱《ふさ》いだ声で言った。ダークの動きを目で追っている。

「おれの声が聞こえるか」ダークは言った。「それで、自分で考えて返事ができるか」

「もちろん」とマイクル。「もちろんできるとも」

「この……なんていうか、この霊魂ていうか、おまえわかってるんだろうな、それに取り憑かれてるの。おまえはそれでいいのか。自分の意志で協力してるのか、そいつがやりたいって言ってることに」

「そのとおりだ。身の上話を聞いたらあんまり気の毒だから、ぜひ手助けしたいと思ってる。そうするのが正しいことだって思ってるぐらいだ」

「わかった」ダークは指をぱちんと鳴らし、「もう引っ込んでいいぞ」

マイクルの頭ががくんと垂れ、一秒ほどしてからそれがまたゆっくりとあがってきた。タイヤさながら、空気が送り込まれて膨らんできたかのように。

亡霊がまた戻ってきたのだ。

ダークは椅子をつかみ、くるりと向きを変えてまたがり、マイクルに取り憑いた亡霊を真正面から見すえ、その目をじっとのぞき込んだ。

「もう一度」彼は言った。「もう一度話してくれ。手短にまとめて」

マイクルの身体がわずかに緊張した。ダークの腕に手を伸ばしてくる。

「こら――さわるな！」ダークがぴしゃりと言った。「事実だけ話せ。ちょっとでも同情を惹こうなんてそぶりが見えたら、すぐにその目ん玉をえぐり出してやる。ていうか少なくとも、あんたが借りてる目ん玉をな。だから、ああいうのは省いて話すんだ、あのなんだっけ、あの詩みたいな……えーと――」

「コールリッジだ」リチャードがふいに口をはさんだ。「コールリッジの詩にそっくりだった。『老水夫行』に似てるんだ。つまり、あっちこっち似たところがある」

ダークは眉をひそめた。「コールリッジだって」

「コールリッジに話をしようとしたことはある」亡霊は認めた。「わたしは――」

「すまん」とダーク。「悪いんだが――なにせ、四十億歳の亡霊に反対尋問するのは初めてなんで。いま話してるのはサミュエル・テイラーのことでいいんだな？　あんたはつまり、サミュエル・テイラー・コールリッジに自分の身の上話をしたって言ってるんだな」

「心に入り込める時があったのだ……精神的なガードが弱まった時に」

「つまり、アヘンチンキに酔ってる時だね？」とリチャード。

「そのとおりだ。ふだんよりリラックスしていたから」

「そうだろうとも」レジが鼻を鳴らした。「ときどき、信じられないほどリラックスしているのを見かけたことがあるよ。そうだ、コーヒーを淹れてこようかな」と言ってキッチンに引っ込んだが、そこでひとり笑っているのが聞こえてきた。

「べつの世界の話みたいだ」リチャードはひとりつぶやき、腰をおろして首をふった。

「しかしあいにく、彼が完全にわれに返ったときには、わたしはその、なんというか、取り憑きそこねていたのだ」亡霊は言った。「だからうまく行かなかった。おかげで彼の書いたものはひどくねじ曲がっている」

「三百字以内で論じよ」リチャードはつぶやいて、眉をあげた。

「先生」ダークが声をあげた。「ばかげた質問に聞こえるかもしれませんが、コールリッジはその……つまり……先生のタイムマシンを使おうとしたことがありますか。この質問については、先生がお好きなように論じてくださってかまいませんから」

「うーん、そうだね」レジはドアの向こうから顔を出して、「たしかに一度やって来て、部屋じゅう探ってまわったことはあるよ。しかし、そのときはもう大変なリラックスぶりだったからね、あの状態ではなにもできなかったと思う」

「なるほど」とダークは言い、「しかし、どうして」とふり向いた。奇妙な何者かに取り憑かれて、マイクルの身体はスツールにぐったりと腰かけている。「適当な人間を見つけるのにこんなに長い時間がかかったんだ？」

「長い長いあいだ、わたしはひじょうに弱まっていて、ほとんど消滅しかけていた。なにかに働きかけることなどまるでできなかった。それにもちろん、そうなる以前にはここにタイムマシンはなかったから……なんの希望もなかったので――」

「たぶん、亡霊の存在というのは波のパターンに似てるんじゃないか」リチャードが言った。「現実と可能性が干渉波を描いてるんだ。だから音楽の波形みたいなもんで、不規則に山や谷が来るんだよ」

亡霊がはっとマイクルの目をリチャードに向けた。

「あなたは……」彼は言った。「あの記事を書いた……」

「えっ、ああ――」

「あの記事にはたいへん感銘を受けた」亡霊は言った。いきなりその声は後悔と憧れの響きを帯び、その声を発した亡霊自身が、聞いているほうに劣らずそれに驚いたようだった。

「えっ、それはどうも」リチャードは言った。「お褒めにあずかって。前にこの話が出たときは、大して気に入ってなかったみたいだけど。まあ、あのときはいまとちがって――」

リチャードは椅子の背にもたれて、ひとり眉をひそめた。

「それじゃ」とダーク。「そもそもの始まりに話を戻して――」

亡霊はマイクルの息を整えて、また話しはじめた。「われわれは船に乗って――」

「宇宙船だな」

「そうだ。もとはサラクサラという……つまり、ここからひじょうに遠い惑星の住人だった。戦争や不和の絶えない星で、われわれは、というのは百人ほどの集団だったのだが、よくある話だが、自分たちに適した新しい惑星を探すために出発したわけだ。この星系の惑星はどれもわれわれにはまったく不向きだったが、この惑星に立ち寄ったのは、必要な鉱物資源を補給するためだった。

ところがあいにく、着陸船が大気圏に突入するときに損傷を受けてしまった。損傷は重大ではあったが、修理ができないほどではなかった。

わたしはその着陸船の技術者だったから、船の修理を監督して、母船に戻る準備を整えるという仕事はわたしに任された。ところで、自動化が高度に進んだ社会についてあるていど知っていないと、次に起こったことは理解しにくいかもしれない。どんな仕事であっても、高度なコンピュータの助けがあったほうが楽にできるものだ。それに、いくつかきわめて特殊な問題がある——ああいう目的で旅をする場合には、どうしても——」

「その目的とは？」ダークが鋭く口をはさんだ。

マイクルに取り憑いた亡霊は目をぱちくりさせた。答えはわかりきっているではないかというように。

「それはもちろん、新しいよりよい惑星を見つけることだ。われわれがみな、終わることのない自由と平和と調和のうちに生きられるような」

ダークは眉をあげた。

「ああ、それね」彼は言った。「でもあんたがたは、なにもかも周到に考え抜いていたんだろう」

「自分たちで考え抜いたわけではないがね。困難な事態に直面しても旅の目的を信じつづけられるように、われわれはそれ専用の機械を持参してきた。その機械はおおむねひじょうにうまく働いてくれたが、われわれはそれに頼りすぎていたのではないかと思う」

「その機械ってなんなんだ」ダークが言った。

「たぶんわかってもらいにくいと思うが、あの機械があるととても安心なのだ。わたしが致命的な過ちを犯したのもそのせいだった。離陸しても安全かどうかわからなかったのに、わたしは安全でないとは知りたくなかった。ただ、安全だと請け合ってもらって安心したかった。だから自分で調べに行こうとせずに、電動修道士を一台やって調べさせたのだ」

32

ペケンダー通りの街灯の黄色い光を受けて、赤いドアにかかった真鍮の表札が輝いていた。その光が一瞬燃えあがったかと思うと、無遠慮なフラッシュライトをまき散らしながらパトカーがそのそばを疾風のように通り過ぎていった。

その輝きがわずかに陰って、真っ青な顔をした亡霊が音もなくそれを通り抜けた。陰りながらもきらきらしていたのは、亡霊がひどく取り乱してぶるぶる震えていたからだ。

暗い廊下で、ゴードン・ウェイの亡霊は立ち止まった。なにかに寄りかかって身体を支えたかったが、もちろん寄りかかれるものなどない。自分で自分をつかもうとしたが、つかむものなどない。恐怖の場面を見てしまって吐き気を催したが、もちろん、胃のなかには吐くものなどなかった。つまずいたり漂ったりしながら階段をのぼった。水のうえを歩こうとして溺れている人のようだった。

ふらふらと壁をすり抜け、デスクを通り抜け、ドアをすり抜けて、ダークのオフィスのデスクの前で気と腰を落ち着けようとした。

その数分後に、このオフィスに入ってくる者があったら——たとえば夜間の清掃人とか（ダーク・ジェントリーが契約していればだが、清掃人は賃金を払われたがるし、彼は払いたくないという理由で契約していなかった)、あるいは泥棒とか(このオフィスに盗む価値のあるものがあればだが、そんなものはなかった)——そうしたら、次のような場面を目撃して驚いたにちがいない。デスク上の大きな赤い電話の受話器がいきなり揺れだし、架台からはずれてデスクに転げ落ちた。

発信音が鳴りだした。大きな押しやすいボタンがひとつずつ、ひとりでに七回押し下がった。それからひじょうに長い間があって、ちなみにこれは、そのあいだに人が考えをまとめ、だれに電話をかけるつもりだったのか忘れられるように英国の電話会社が置いている間なのだが、ともあれそのあと、回線の向こう側で電話の鳴る音が聞こえてきた。

二度ほど鳴ったあと、かちっ、ぶーんと聞こえて、続いて機械が息を吸ったような音がした。それからメッセージが流れだす。「はい、スーザンです。いま電話に出ることができません。Eフラットをちゃんと弾けるように練習しているので。お名前とメッセージを残してくだされば……」

「それじゃ、その——こんな言葉は口にする気にもならないが——電動修道士の意見に従って」と言うダークの声にはあからさまに嘲笑がこもっていた。「あんたは宇宙船を離陸させようとして、そしたらあっと驚いたことに爆発したたっていうんだな。それで、それから――？」

「それからは」と亡霊はみじめな声で言った。「わたしはこの惑星でたったひとりきりだった。たったひとり、自分のしでかしたことと直面してきたのだ。たったひとりきりで……」

「ああ、そういうのは省けって言ったろ」ダークがつっけんどんに言った。「母船はどうなったんだ。母船はそのまま旅を続けて、新しい惑星を――」

「探してはいない」

「それじゃ、どうなったんだ」

「どうも。まだそのままだ」

「そのまんま？」

ダークははじかれたように立ちあがり、ひたいに盛大にしわを寄せて、室内を猛然とうろうろしはじめた。

「そのままだ」マイクルの頭がわずかに垂れ下がったが、その目は哀れっぽくレジとリチャードを見あげている。「われわれは全員そろって着陸船に乗船していたのだ。最初のうちは、仲間たちの霊にわたし自身が取り憑かれていたように思ったが、それはたんなる妄想だった。何百万年何千万年、そして何億年何十億年と、わたしはたったひとりきりで泥の海をうろついていた。あの未来永劫続く苦悶の日々のことなど、あなたがたにはその片鱗《へんりん》すら理解できまい。しかし、それから」と彼は付け加えた。「つい最近になって、この惑星に生命が誕生した。生命。植物、海の生物、そしてとうとうあなたがたが、知的生命が現われた。あなたがたが頼りなのだ。長年耐え忍んできたこの苦しみから、わたしを救ってもらえないだろうか」

マイクルの頭が、胸につきそうなほどがっくりと垂れ下がった。だが数秒後、それがおもむろにゆらりともたげられたとき、こちらを見つめるその目には、先ほどよりもさらに暗い炎が燃えていた。

「わたしを過去へ戻らせてくれないだろうか」彼は言った。「このとおりだ。わたしをあの着陸船へ戻らせていただきたい。あの失敗をなかったことにしたい。わたしがひとこと言えば、なかったことにできるのだ。適切に修理がおこなわれて、着陸船は母船に戻ることができ、われわれは旅を続け、わたしの苦悶の日々は消え、わたしはあなたがたをもう悩ますことはなくなる。頼む、このとおりだ」

短い間があった。静寂のなか、彼の哀訴が虚空にこだましている。

「しかし、それは無理じゃないのかな」リチャードが言った。「いまそれをすれば、こういうことは起こらなかったわけだし。それこそありとあらゆるパラドックスが起こってくるんじゃないんですか」

レジは物思いから覚めて、「大したことはないよ、パラドックスなんかすでにどっさり存在してるんだから」彼は言った。「宇宙の内部で起こる事象について、そこに不確実性が生じるたびに宇宙が終わっていたら、どんな宇宙も一兆分の一秒と続かないだろう。もちろん、そういう宇宙も多いのだがね。人体と同じだよ。あっちこっち、ちょっと切ったり打ち身ができたりしたぐらいではなんてことはない。大手術だったとしても、処置が正しければ死にはしない。パラドックスというのはたんなる瘢痕《はんこん》組織なんだよ。時空はその周囲でひとりでに修復されて、人は都合のいいように事象を記憶するだけなんだ。意味なんか、自分にとって必要な範囲で通ればいいんだよ。

そうは言っても、パラドックスに巻き込まれると、こんなばかなと思うことがいくつか生じないわけではない。しかし、すでにその人はパラドックスに巻き込まれた人生を生きているわけなんだから、それが起こらなかった人生を生きているのは、どこの宇宙かはわからないが、この宇宙に住んでいる人ではないということになる」

「でも、それがほんとうなら」とリチャード。「なぜあんなに強く決心しておられるんですか、ドードーを救うためになにもしちゃいけないって」

レジはため息をついた。「きみはなんにもわかっていない。わたしがシーラカンスを救おうと熱心に画策していなかったら、ドードーは絶滅しなかっただろう」

「シーラカンス？　あの先史時代の魚ですか。でも、それとこれがなんの関係があるんです？」

「やれやれ、今度はそこを訊いてくるんだね。因果関係は複雑なもので、分析は不可能だ。時空連続体は人体に似ているだけではなくて、へたくそが張った壁紙にもとてもよく似ている。こっちの膨らみをつぶすと、空気が移動してべつのところが膨らむだけなんだ。ドードーが絶滅したのはわたしが介入したせいだ。だからしまいに、あの規則を守ることに決めたのだよ。またあんなことが起こったら耐えられないからね。時間を変えようとしたとき、ほんとうに傷つくのは自分自身だけなんだ」悲しげな笑みを浮かべて目をそらした。

それから、かなり長く考え込んだのちに、彼はこう付け加えた。「いいや、できないことはない。わたしがやや懐疑的なのは、たびたび失敗しているからなんだよ。この人の事情はまことに気の毒だし、その不幸を終わらせたとしてもなんの害もないだろう。これを大変な大昔に起こったことで、この惑星には生命も存在しなかったんだからね。これをやったとしたら、わたしたちはそれぞれわが身に起こったことをそれぞれに記憶することになるだろう。その記憶が世界のほかの部分とうまく合わないとしても、それはあきらめるしかない。そんなことはこれが初めてというわけでもなかろうし」

マイクルの頭がお辞儀をした。

「ダーク、なんで黙ってるんだ」リチャードが言った。

ダークはむっとしてリチャードをにらんだ。「おれはその船を見てみたい」ぶっきらぼうに言った。

暗がりのなか、赤い電話の受話器がデスクのうえを、ぎくしゃくと落ちたり滑ったりして戻ってくる。その場に見ている者がいれば、それを動かしているものの形がなんとか見分けられたかもしれない。

　それはごくかすかに光っていた。蛍光塗料を塗った時計の針よりもかすかに。むしろ、それの周囲の闇だけがほかよりほんの少し濃いように見えた。その闇のなかにぼうっと浮かぶ姿は、夜という表面の下で盛りあがる瘢痕組織のようだ。

　ゴードンはこれを最後と、言うことを聞かない受話器をつかんだ。やっと最後にもういちどつかまえることに成功し、架台のうえに持っていった。

　受話器は本来あるべき安息の場に落ち着き、通話は切れた。それと同時に、ゴードン・ウェイの亡霊は最後の電話をついに終えて、自身もまた本来あるべき安息の場に落ち着き、消滅した。

33

地球の影のなかでゆっくりと回転しながら、はるかな昔から高軌道に浮かんでいるさまざまなごみ。そんなごみのひとつに、黒っぽくてほかのより大きく、規則的な形をしているものがあった。それはまた、ほかのよりはるかに古いものでもあった。

四十億年間、それは下の惑星のデータを吸収し、スキャンし、分析し、処理しつづけてきた。ときどき、役に立つと思ったとき、受信されるだろうと思ったときに、その情報を送り返すこともあった。しかしそれ以外のときは、目をこらし、耳をすまし、記録していた。寄せる波ひとつ、心拍の音ひとつ、その監視の目や耳を逃れることはなかった。

それを除けば、この四十億年間、その内部に動くものはなかった。ただ空気が静かに循環しているだけ、そしてその空気に運ばれて、細かな塵が踊りを踊っているだけだ。くるくる、くるくる、くるくる、くるくる……くるくると。

ところがいまになって、ごくわずかながらそれを乱すできごとが起こった。静かに、あたりまえのように、露のしずくが空気中からとつぜん木の葉に湧いて出るように、壁に——四十億年間、無表情に灰色のまま立っていた壁に、ドアがひとつ現われた。なんの変哲もない白い鏡板張りのドアで、小さな真鍮のノブにはへこみがある。

この静かな事件もやはり記録され、この船が間断なく実行しているデータ処理の連続的な流れに組み込まれていった。ドアの到着だけではなく、そのドアの向こうにいる者の到着も、その姿形も動きかたも、そしてここに到着したことをどう思っているかということも。すべてが処理され、記録され、そして変形された。

ややあって、そのドアが開いた。

ドアの向こうに見える部屋は、この船のどんなものとも似ても似つかなかった。板張りの床、すり切れた布張りの椅子、部屋のなかでは火が踊っていた。そして火が踊ると、そのデータも船のコンピュータのなかで踊り、空気中の細かな塵もそれとともに踊った。

戸口にひとりの人物が立った――大柄の陰気な人物だが、その目にはいま奇妙な光が踊っていた。しきいをまたいで船に一歩足を踏み入れると、とたんにその顔に静けさがあふれた。長いこと憧れ、二度と味わうことはないと思っていた静けさが。

そのあとから出てきたのはもっと小柄な年配の男で、髪は白くてぼさぼさだった。いったん立ち止まり、驚きに目をぱちくりさせながら境界を越えて、自室から船内へ入ってきた。続いて第三の男が現われた。せかせかそわそわしていて、大きな革のコートをばたばたさせている。彼もまた立ち止まり、自分の理解できないものごとにしばし面食らっていた。困惑の極みという表情を顔に浮かべて足を踏み出し、この汚れた灰色の壁を見まわした。

最後に四人めの男がやって来た。長身でひょろりとしている。首をすくめてドアをくぐり、とたんに壁にぶち当たったかのように立ち止まった。

彼はたしかに、いわば壁にぶち当たったのだ。

われを忘れて立ち尽くしている。その瞬間にその顔を見ていたらどんなうっかり者にも明らかだっただろうが、これまでの生涯で最も驚嘆すべきできごとを、彼はこのとき経験しつつあった。

やがてそろそろと動きだしたが、足どりがおかしかった。ゆっくりゆっくり泳いでいるかのようだ。ほんの少し頭を動かすごとに、新たな畏怖の波が押し寄せたかのように顔に驚愕が浮かぶ。目には涙が湧いてきて、感動のあえぎで息ができないほどだった。

急《せ》かそうとダークがふり向いた。

「どうしたんだ」と、音に負けまいと声を張りあげる。

「この……音楽……」リチャードはささやいた。

船内は音楽に満ちていた。あまりに充満していて、ほかのものの入る余地がないぐらいだった。空気の粒子ひとつひとつが音楽を運んでくるかのようで、頭を動かすたびにいままでとはちがう音楽が聞こえる。しかも、そのいままでとはちがう音楽は、そのとなりに浮かんでいるべつの音楽と完璧に調和しているのだ。

転調は完璧だった——遠く離れた調への飛躍が、ちょっと頭を動かしただけでやすやすとおこなわれる。新たな主題、新たな旋律の断片、そのすべてが完璧に、驚嘆すべき調和を保っていて、連続する網の目にたえずみずからを編み込んでいく。重厚でゆったりした楽章の波、それを貫いて揺れるもっと速いダンス、小さいいたずらな振動がそのダンスのうえでダンスを踊り、からみつく長い旋律は、その終わりが始まりとそっくりなので、円環のように何度も何度もくりかえされ、裏返り、逆立ちし、やがてまた、船の遠い部分にある新たなダンスのメロディの背に乗って、ふたたび目まぐるしく流れだす。

リチャードはよろけて壁に倒れ込んだ。

ダークが駆けつけてきてつかまえる。

「しっかりしろよ」とぶっきらぼうに言った。「どうしたっていうんだ。この音楽が我慢ならないって？　ああ、ちょっとやかましいよな。頼むからさ、しゃんとしろよ。ここにはやっぱりよくわからないところがある。どうもおかしい。ほら――」

ダークはリチャードを引きずって歩きだしたが、やがて支えなくてはならなくなった。リチャードの心は、この圧倒的な音楽の重みに耐えきれずにどんどん沈み込んでいく。震える音楽の糸がすり抜けていくとき、その百万もの糸によって彼の心のうちに織りなされるイメージは、時とともにいよいようねる混沌と化していく。しかし、混沌が膨れあがるにつれて、それはほかの混沌と、そして次のさらに大きな混沌と調和していき、やがてはすべてがひとつに調和して、巨大なハーモニーの球となって爆発する。その展開があまりに速すぎて、とうてい人の心には対処しきれなかった。

ところが、そこでなにもかも急に単純になる。

ただひとつの旋律が、ダンスをしながら心を通り抜けていき、彼はただそれにじっと耳を傾けていればよかった。その旋律は魔法の洪水を貫いて渦巻き、それに形を与え、その形を整え、それを通じてあるときは巨大に、あるときは微小に息づく。その旋律こそが真髄だった。それは跳躍し、震え、最初は短い軽快な旋律だったのが、次にはテンポがゆるやかになり、やがてまた、今度はさっきより複雑なステップで踊りだし、迷いと混乱の波に沈んだように見え、それがだしぬけに、その波はたんなる最初の小波にすぎなかったことがわかる。そのあとにはエネルギーの新たな怒濤が、歓喜とともに底から噴き上がってくるのだ。

ゆっくりと、それはゆっくりと、リチャードは意識が遠のいていった。

彼はじっと横たわっていた。

古いスポンジになって、灯油に浸けられて日に干されているような気がした。

老馬の身体になって、強い日差しを浴びてぼんやりしているような気がした。さらさらで香り高い油の夢を見、暗い波うつ海の夢を見た。白い砂浜にいて、魚に酔い、砂に陶酔し、漂白され、うとうとし、光に打たれ、沈み、遠くの新星のガス雲の濃度を測定し、絶対の歓喜に回転していた。ポンプになって春の雪解け水をくみあげ、強烈な香りを発散する刈ったばかりの草の山にそれを浴びせかけていた。音が、ほとんど聞きとれないほどかすかな音が、遠い眠りのように燃え尽きていく。

彼は走り、そして落ちていく。光に満ちた港がたちまち夜になった。暗い霊魂のような海が、無限小の波で砂浜を叩く。ぼんやりと光りながら、無意識に。港の外はさらに深く冷たく、彼はあっさり沈んだ。重い海が耳のまわりで油のようにうねり、邪魔をするのは遠くで執拗にプルプル鳴る音――電話の呼出音のような――だけだ。

彼はいま、生命そのものの音楽を聴いているのだ。風と潮にさざめく水面に躍る光の音楽、その水のなかを泳ぐ生命の音楽、陸上をうごめき、光に暖まる生命の音楽を。

彼はじっと横たわりつづけていた。そして電話の呼出音のような遠くのプルプルに邪魔されつづけていた。

だんだん気がついてきたのだが、電話の呼出音のような遠くのプルプルは、電話の呼出音だった。

彼はがばと身を起こした。

小さな乱れたベッドに横になっていた。狭い散らかった鏡板張りの部屋で、見知った部屋なのはわかったが、どこかは思い出せなかった。本や靴が散乱している。まばたきをして仰天した。

ベッドのそばの電話が鳴っている。受話器をとった。

「もしもし?」彼は言った。

「リチャード!」スーザンの声だった。ひどく取り乱している。頭をふったが、役に立つことはなにも思い出せない。

「もしもし？」彼はまた言った。「リチャード、あなたなの？　いまどこなの？」

「ええと、ちょっと待って、見てくるから」

受話器をしわくちゃのシーツのうえに置き、それがなにか叫んでいるのを放って、ふらふらとベッドから降り、よろめきながら歩いていってドアをあけた。

そこは浴室だった。うさんくさい思いでのぞき込む。やはり見覚えはあるが、なにか足りないという気がした。ああそうだ、馬がいないのだ。というか少なくとも、最後に見たときはここに馬がいたのだ。浴室を突っ切り、反対側のドアから外へ出た。ふらふらと階段を降りて、レジの主室に入った。

そこで目にしたものに彼は驚いた。

34

前日と前々日の嵐も、先週の洪水も、いまは収まっていた。空はあいかわらず重たく雨をはらんでいるが、しだいに濃くなる夕闇のなか、実際にはぽつりぽつりと物憂く小粒が落ちてくるだけだ。

暗みいく平原を風が渡っていく。低い丘陵のあいだでまごまごし、浅い谷をあわてて吹き抜ける。その谷には、塔のような構造物がただひとつ、悪夢の泥に埋もれて立っていた。傾いて。

それは黒ずんだ塔の残骸だった。ここよりもっと毒々しい、地獄の穴から噴き出したマグマのようだ。なにかに――その大変な重量すら圧倒する、恐るべきなにものかに――のしかかられているかのように、おかしな角度に傾いている。はるかな昔に死んで、ここに屍《しかばね》をさらしているもののように見えた。

動くものは泥の川だけだ。谷底の塔のかたわらをゆるゆると流れていく。一マイルかそこら先で、この川は滝に落ち込んで地下に呑まれている。

しかし、闇が濃くなっていくにつれてわかってくる――この塔は完全に死に絶えてはいない。その奥底で、ぼんやり赤い光がただひとつ揺らめいている。

リチャードが見て驚いたのはこの景色だった。谷間の側面の岩壁に小さな白いドアがはまっていて、問題の塔はそこから数百メートル先にあった。

「外へ出るな!」ダークが片腕をあげながら言った。「呼吸ができないから。なにが含まれてるかよくわからないが、カーペットを外に干せばすっかりきれいになると思うぜ」

ダークは戸口に立って、不信感もあらわに谷間をにらんでいる。

「ここはどこだ」リチャードが尋ねる。

「バーミユーダだ」とダーク。「ちょっと込み入った事情があって」

「ありがとう」リチャードは言って、ふらふらとまた部屋を引き返していった。

「ちょっと失礼」彼はレジに言った。レジはマイクル・ウェントン゠ウィークスのまわりをせかせかと動きまわり、ダイビングスーツがちゃんと身体に合っているか、マスクがぴったりしているか、呼吸用のレギュレーターが正しく動いているかと確かめていた。

「すみません、ちょっと通してもらえますか」リチャードは言った。「どうも」

彼は階段をのぼり、レジの寝室に引き返した。くたくたとベッドの縁に腰をおろし、また受話器をとりあげた。

「ここはバーミユーダだよ」彼は言った。「ちょっと込み入った事情があって」

階下では、スーツのあらゆる継ぎ目と、マスクのまわりのわずかに露出した皮膚にレジがワセリンを塗り終えて、これで用意はすべて整ったと言った。

ダークはくるりと向きを変え、最大限にしぶしぶとドアの前からわきへどいた。

「よし、それじゃ」彼は言った。「さっさと行けよ。いい厄介払いだ。おれはこの一件にはなんの関係もないからな。だが、おれたちはここで待ってなきゃならないんだろ、空になった容《い》れものをおまえが返してよこすのを。どんだけ価値があるのか知らんがな」腹立たしげに、ふんぞりかえってソファの正面へまわっていく。気に入らなかった。なにもかも気に入らなかった。とくに気に入らないのは、レジのほうが時空についてずっとくわしいということだ。腹が立つのは、なぜそれが気に入らないのかわからないことだった。

「まあまあ」レジがなだめるように言った。「考えてもみなさい、ほんのちょっとした労力で、この気の毒なかたを助けてあげられるんだよ。きみには期待外れかもしれないね、あっと驚く推理力を発揮したあげくがこれでは。ただの救難活動では面白くないときみが感じるのはわかるが、もう少し慈善に熱心でもいいのではないかな」

「慈善ですか、へっ」とダーク。「税金はちゃんと払ってますよ。このうえなにをしろっていうんですか」

ソファにどさっと身を投げ、ぶすっとして両手で髪をかきむしった。

取り憑かれたマイクルの肉体はレジと握手をし、ふたこと三こと礼を言った。それからぎくしゃくと戸口に向かい、ふり返ってふたりに頭を下げた。

ダークはぐいと首をひねってそれをにらみつけた。眼鏡の奥の目は鋭く光り、髪は乱れて波うっている。亡霊はダークを見、しばし不安に胸中おののいた。迷信的な恐怖に駆られて、とっさに亡霊は手をふった。マイクルの手をふらせて、三度円を描いた。それからひとことこう言った。

「さようなら」

それを最後にまた向きなおり、戸口の両側をつかむと、泥のなかに、そして鼻を突く有毒な風のなかに決然と足を踏み出した。ちょっと立ち止まり、足場を確かめ、バランスを確かめた。そのあとは、一度もふり返ることなく歩き去っていった。足のあるぬるぬるしたものの手の届かないところへ、自分の船をめざして。

「なんだあれ、どういう意味だ」ダークは言って、みょうな三重の円を描く手ぶりを腹立たしげにまねしてみせた。

リチャードがどたどたと階段を駆けおりてきて、力まかせにドアをあけ、目をむいて部屋に飛び込んできた。

「ロスが殺された！」彼は怒鳴った。

「だれだ、ロスって」ダークが怒鳴りかえす。

「名前は知らん、なんとかロスだ」リチャードは叫んだ。「『ファゾム』の新しい編集長だよ」

「だから『ファゾム』ってなんだ」ダークがまた怒鳴る。

「マイクルがやってた雑誌だよ、ダーク、憶えてないのか。ゴードンはマイクルを馘首《くび》にして、代わりにこのロスってやつを編集長に据えた。だからマイクルに恨まれてたんだよ。それで昨夜、マイクルはロスを殺してきたんだ！」

そこで言葉を切って、息をあえがせた。「少なくとも」と続ける。「ロスは殺された。動機があるのはマイクルだけだ」

戸口に駆け寄った。見れば、人影はしだいに小さくなって闇に呑まれていく。リチャードはまたくるりとふり向いて、言った。

「あいつ、戻ってくるかな」

ダークははじかれたように立ちあがり、しばし突っ立って目をぱちくりさせていた。

「そうだったのか……」彼は言った。「道理で、マイクルが完璧な相手だったわけだ。そこを突っ込むべきだった。あの亡霊が、あいつをがっちりつかまえるためになにをやらせたのか。基本的に本人がやりたがっていたことで、亡霊自身の目的にも合致するようなこととはなんだったのか。ああ、なんてこった。あの亡霊は、おれたちにこの星を乗っ取られたと思ってて、それをひっくり返そうとしてるんだ。

ここは自分たちの星で、おれたちのじゃないと思ってる。ここに植民して、自分たちの天国を建設するつもりでいやがったんだ。これでなにもかも説明がつく。

おれたちがなにをしでかしたかわかりますか」とレジに顔を向けた。「あなたの言うあの『気の毒なかた』は、あそこで起こった事故をなかったことにしようとしてるけど、その事故がなかったら、この惑星には生命なんか誕生しなかったかもしれませんよ。そうとわかっても、おれは驚く気にはなれないな」

真っ青になって震えているレジから急に目をそらし、またリチャードに顔を向けた。

「その話、いつ聞いたんだ」と不思議そうに尋ねた。

「いやその、たったいまだよ」リチャードは言った。「その……電話で。上の階の」

「なんだって？」

「スーザンから電話が――どうしてかわからないけど、それで、留守番電話にそういうメッセージが入ってたらしい。しかもそのメッセージが……その――ゴードンからだったっていうんだよ。でも、スーザンは気が動転してたんだと思う。ダーク、いったいなにが起こってるんだ。ここはどこなんだ？」

「四十億年前だよ」レジの声は震えていた。「この広い宇宙で、回線のつながっているはずのない場所にいるのに、そんなときに電話が通じた理由はわたしにもわからない。それは〈ブリティッシュ・テレコム（英国最大の電話会社）〉と話し合ってみるしかないが、しかし――」

「〈ブリティッシュ・テレコム〉のくそったれが」ダークは怒鳴った。いつも言っていることだから自然に口をついて出たのだ。ドアに走っていき、また薄ぼんやりした影に目をこらした。泥をかき分けかき分け、サラクサラの船に近づいていく。引き留めようにもとうてい間に合わない。

「どれぐらいかかるかな」ダークはすっかり落ち着いた声で言った。「あの自己欺瞞《ぎまん》の塊のでぶがやつの船にたどり着くまで。おれたちに残された時間はそれだけだ。

さあ、みんなで腰をすえて、いっしょに考えよう。これからどうするか、あと二分で決めなくちゃならない。そのあとには、おれたち三人はもちろん、おれたちが知ってるものはなにもかも――シーラカンスもドードーもですよ、先生――まずまちがいなく存在しなくなるだろうから」

ダークはどさりとソファに腰をおろしたが、その腰をまた浮かせて、マイクルが脱ぎ捨てていったジャケットを尻の下から引っぱり出した。とそのとき、ジャケットのポケットから本が一冊落ちてきた。

35

「これは赦しがたい冒瀆《ぼうとく》だと思いますね」リチャードはレジに言った。ふたりは生垣の陰にうずくまって隠れている。

コテージの庭から、夏の香りがあふれて立ち込めていた。ブリストル海峡の岸で楽しくやっている微風に乗って、ときおり潮の香りも吹き寄せてくる。かなたの海のうえに月が明るく輝き、その光に照らされて、南に広がるエクスムア（イングランド南西部の荒野）もかなり遠くまで見渡せた。

レジがため息をついた。

「そうかもしれんね」彼は言った。「しかし、彼の言うとおりだと思うよ。こうするしかないんだ。ほかに確実な方法はないのだからね。なにを探しているかわかってみれば、あれには明らかにやりかたがすべて説明されていたんだ。差し止めるしかしかたがない。亡霊はこれからもずっとさまよいつづけるだろう。それどころか、いまではふたりに増えてるんだ。これがうまく行けばの話だがね、気の毒に。とはいえ、それも身から出たさびというものだろうね」

リチャードはそわそわと草の葉をむしり、指にはさんで転がした。

それを月光にかざし、まわして角度を変え、光の効果がどう変化するか眺めた。

「あの音楽ですけど」彼は口を開いた。「ぼくは神は信じてませんが、もし信じてたら、神の心をかいま見たようだったと言うでしょうね。ほんとにそうだったのかもしれない。ぼくは神を信じるべきなのかもしれない。ずっと自分に言い聞かせてるんですが、あの音楽を生み出したのはかれらではなくて、かれらは楽譜の読める楽器を生み出しただけなんですよね。そしてその楽譜は生命そのものなんだ。それがみんなあそこにはある」

ちらと空を見あげた。気がついたら一節を暗誦しはじめていた。

「わが身内によみがえらせることができたなら、
あの乙女の演奏と歌を
そしてあの深い歓喜の念を呼び覚ますことができたなら、
高らかに響いてやまぬ音楽の力で
わたしはあの宮を空中に築くこともできるだろう
あの陽光輝く宮を！　あの氷の洞窟を！」

「うーん」レジはつぶやくように言った。「これは間に合わなかったんじゃないだろうか」

「なんですって？」

「いや、なんでもない。ただのひとりごとだよ」

「驚いた、あいつほんとに話をしてるんだな」急にリチャードが声をあげた。「もう入ってって一時間以上になる。いまどうなってるんでしょうね」

彼は立ちあがって向こうの様子をうかがった。生垣の向こうで、小さな田舎家が月光を浴びている。その玄関口にダークがぬけぬけと歩いていって、ドアをノックしたのは一時間ほども前のことだ。

ドアがなにやら不承不承に開いて、いささかぼんやりした顔が現われたとき、ダークはいつもの変てこな帽子を脱ぎ、大声を張りあげて言った。「ミスター・サミュエル・コールリッジでいらっしゃいますか。

わたくし、ポーロックから参った者ですが、こちらを通りかかったものですから、それでひょっとして、ご迷惑とは存じましたが、インタビューに応じていただけはすまいかと思いまして。ささやかなものですが、教区新聞を編集しております。それほどお時間はいただきませんので、お忙しいのは存じておりますし、なにしろご高名な詩人でいらっしゃいますから、ただ先生のお作にはわたくしまことに感銘を受けておりまして、それで……」

そのあとは聞こえなかった。このころにはダークは首尾よくなかに入り込んでおり、ここでドアが閉じたからだ。

「ちょっと失礼してきていいかな」レジが言った。

「えっ？　ええ、どうぞ」リチャードは言った。「ぼくはちょっと、どうなってるか見てきます」

レジがぶらぶらと木の陰に歩いていくのを横目に、リチャードは小さな門扉を押しあけた。しかし、玄関に通じる道を歩きだそうとしたおりしも、家のなかから声が聞こえてきた。玄関のほうに近づいてくる。

彼があわてて引っ込むのと同時に、玄関のドアが開きはじめた。

「いや、まことにありがとうございました、ミスター・コールリッジ」ダークが言った。帽子をいじりながら出てきて頭を下げ、「ご親切にこんなにお時間を割いていただいて、なんとお礼を申してよいやら、新聞の読者も感謝することでしょう。短いながらもすばらしい記事になると思います、写しはまちがいなくお送りしますので、お時間があるときにお読みくださいまして、ぜひともご意見をうかがわせていただきたいものです。文体に関するご指摘ですとか、アドバイスとかヒントとか、そういったことをですね。いや、ほんとうにありがとうございました、お時間をいただいて、なにか重要なお仕事のお邪魔をしてしまったのでないとよいのですが――」

ドアが乱暴にばたんと閉まった。

ダークは得意満面でにやにやしつづけていたが、また新たににやにや笑いを浮かべてふり返り、リチャードのほうへ私道を小走りに戻ってきた。

「まあ、これで阻止したな」彼は言って、両手を打ちあわせた。「書き留めようとしはじめたとこだったみたいだが、もう一語も思い出せないだろう。まちがいないよ。あのいまいましい教授はどこだ？　ああ、そこでしたか。こりゃ驚いたな、そんなに長くかかったとは思いませんでしたよ。しかし、ミスター・コールリッジはじつに魅力的な面白い人物ですね、というか、きっとそうだろうと思うんですがね、ただそういうところを発揮する機会がなかったみたいだな、なにしろおれのほうが面白い人物をやるので忙しかったから。

ああ、でもおまえに言われたことはちゃんと訊いといたぜ、リチャード。最後のほうでアホウドリについて質問したら、アホウドリってなんだって訊き返されたよ。それでいや大したことじゃない、アホウドリにはなんの意味もないって言ったら、アホウドリになんの意味がないんだって言うから、アホウドリのことは気にしないでくれ、大した問題じゃないからって言ったら、いや大した問題だ、夜中に家に押しかけてきた人間がアホウドリアホウドリって大騒ぎするなら、その理由を知りたいじゃないかって言うんだ。それで、アホウドリなんかぶっ殺しちまえって言ったら、それはいい考えだ、いまとりかかっている詩に使えないこともないんじゃないかだってさ。小惑星が落ちてくるよりずっといい、小惑星はちょっと荒唐無稽すぎると思ってたって。まあそんなわけで、おれは引き揚げてきたわけだ。

さてと、全人類を絶滅から救ったからには、ピザも悪くないと思うんだが。この提案に対するご意見は？」

リチャードはなんの意見も述べなかった。いささか当惑してレジを見つめている。

「どうかしたかね」レジがどぎまぎして言った。

「うまい手品ですね」リチャードは言った。「これは断言しますけど、あの木の陰に行かれる前には、そんなにあごひげは伸びてませんでしたよね」

「ああ――」レジは指でまさぐった。ひげはふさふさと七、八センチほど伸びている。

「――そうだね。ちょっと気がつかなかった。うっかりしていたよ」

「なにをしてらしたんです？」

「いやなに、ちょっとした調整だよ。小規模な処置をね。大したことじゃない」

数分後、近くの牛小屋がいつのまにか獲得した余分なドアに、レジはふたりを追い立てるように案内した。そしてそのふたりの背後で空をふりあおぐと、ちょうど小さな光がぱっと燃えあがって消えるのが見えた。

「すまないね、リチャード」そうつぶやいて、ふたりのあとからドアをくぐった。

36

「せっかくだけど遠慮しとく」リチャードはきっぱり言った。「ピザをおごっておまえが食べるのを眺めていたいのは山々だけどな、ダーク、いまはまっすぐ家に帰りたいんだ。スーザンに会わなくちゃ。お願いできますか、レジ。まっすぐぼくのフラットに着けてもらえます？　車は来週ケンブリッジに取りにうかがいますから」

「もう着いたよ」レジは言った。「このドアを一歩出れば、そこはもうきみのフラットのなかだ。時刻は金曜日の宵の口だから、明日からは週末が待っているよ」

「どうもすみません。ああダーク、近いうちに会いに行くけどさ、おれ、おまえになにか借りがあるんだっけ。よくわからないんだが」

ダークはすかして手をふり、その話題を片づけた。「そのうち、うちのミス・ピアスから連絡させるよ」彼は言った。

「わかった。それじゃ、ちょっとゆっくりしてからまた会おう。今度のことは、その、ちょっと予想外だったから」

歩いていってドアをあけた。外へ出ると、そこは自宅の階段をなかほどまで昇ったところだった。ドアはその壁に実体化していたのだ。

階段を昇りかけたが、そこで思いついたことがあって、彼はまたまわれ右をした。なかへ戻ってドアを閉じる。

「レジ、あと一回、ちょっと寄り道できませんか」彼は言った。「今夜、スーザンを食事に連れていけたら悪くない手だと思うんですが、心あたりのある店は事前の予約が必要なんですよ。三週間前に飛んでもらえませんか」

「お安いご用だよ」レジは言って、そろばんの玉の配置を少しいじった。「さあ着いた」彼は言った。「三週間前まで時間をさかのぼったよ。電話の場所は知ってるね」

リチャードは急いで内階段を昇ってレジの寝室に入り、〈レスプリ・デスカリエ〉に電話をかけた。ボーイ長は予約を愛想よくいそいそと受け付け、三週間後のおいでをお待ちしておりますと言った。リチャードはあきれて首をふりながら階段をおりていった。

「現実にしっかり足をつけた週末を過ごさなくちゃ」彼は言った。「いまドアから出てったのはだれ？」

「あれは」とダーク。「おまえのソファの配達員だよ。向きを変えられるようにこのドアをあけていいかって言うから、どうぞって言ってやったんだ」

それからほんの数分後、気がついたらリチャードはもうスーザンのフラットの階段を急ぎ足で昇っていた。玄関ドアの前に着いたとき、彼女の弾くチェロの豊かな音が奥からかすかに聞こえてきて、いつものことながらうれしくなった。静かになかに入り、音楽室の入口まで来て、そこで驚愕に棒立ちになった。彼女が弾いているメロディに聞き憶えがある。短く軽快な旋律、次にはテンポがゆるやかになり、やがてまた、今度はさっきより複雑なステップで踊りだす……

彼があまりにぼうぜんとした表情を浮かべているので、スーザンはその顔を見たとたん演奏する手を止めた。

「どうかした?」不安げに言った。

「その曲、どこで……?」リチャードはかすれた声で尋ねた。

彼女は肩をすくめた。「そりゃ、楽譜売場よ」と面食らったように言う。べつにふざけているわけではなく、なにを訊かれているのかわかっていないようだ。

「なんて曲?」

「二週間後に演奏することになってる、カンタータのなかの曲よ」彼女は言った。「バッハの第六番」

「だれが書いたの」

「そりゃ、バッハじゃないかしら。考えたことなかったけど」

「だれだって?」

「いい、もう一度言うからよく聞いてね。バ・ッ・ハ。ヨハン・セバスチャン・バッハ。思い出した?」

「いや、聞いたこともない。どういう人? ほかにもなにか書いてる?」

スーザンは弓を置き、チェロを立てかけると、立ちあがって近づいてきた。

「大丈夫？」彼女は言った。

「えーと、なんて言ったらいいか。あれは……」

そこで目に留まったのは、部屋のすみに積まれた楽譜集の山だった。てっぺんの本にその名前が書かれていた——バッハと。彼はその山に飛びついてあさりはじめた。これも、またこれも——J・S・バッハだった。チェロソナタ集。ブランデンブルク協奏曲。ミサ曲ロ短調。

わけがわからず、ぽかんとして彼女を見あげた。「こんなの見るの初めてだよ」彼は言った。「リチャードったら」スーザンは彼の頬に片手を当てて、「いったいどうしたの？　ただのバッハの楽譜じゃないの」

「でも、わからないかな」彼は手に持った楽譜をふってみせながら、「ぼくはこんなの、いままでいっぺんも見たことがなかったんだよ！」

「そう」彼女は深刻そうな顔をしてみせて、「たぶん、あなたがいつもいつも、コンピユータ・ミュージックばかりいじってなかったら……」

彼は目を丸くしてスーザンを見やったが、壁に寄りかかってゆっくりと座り込み、狂ったように笑いはじめた。


月曜日の午後、リチャードはレジに電話をかけた。

「レジ！　電話が直ったんですね。よかった」

「ああ、そうなんだよ」とレジ。「きみの声が聞けてじつに喜ばしい。そう、ついさっきまことに腕のいい若者がやって来て、電話を直してくれたんだ。今度はもう故障しないと思うよ。まったくありがたいことだ、そう思わないかね」

「思いますとも。それじゃ、あのあと無事お戻りだったんですね」

「そうなんだ、ご心配ありがとう。そうそう、きみをおろしたあと、こっちに戻ってきたときは大騒ぎだったんだ。ほら、馬がいたろう、あれがまた主人といっしょに現われてね。なにか警察とひと悶着あったらしくて、故郷に戻りたいと言うんだ。かえって好都合だったよ。あんな男にここらをうろうろされたら危なそうだからね。それで、きみのほうはどうかね」

「レジ……あの音楽ですけど――」

「あああれね、きみは喜ぶだろうと思ったよ。正直な話、けっこうな大仕事だったよ。もちろんごくごく一部しか拾えなかったが、それでもペテンはペテンだからね。ひとりの人間が一生かかって作曲できるぶんよりかなり多かったが、そんなことを本気で気にする人はいないだろう」

「レジ、もっととってくることはできないんですか」

「いや、それは無理だよ。船は消えてしまったし、それに――」

「でも過去に戻って――」

「それはできないよ。ほら、電話が直って、もう故障することはないと思うと言ったじゃないかね」

「それがなんです？」

「うん、だからタイムマシンはもう動かなくなったんだよ。燃え尽きたというか、完全にお亡くなりになったんだ。残念だが、だからもう無理だと思うね。たぶん、かえって好都合だったんじゃないかな。そうは思わないかね」


月曜日、ミセス・ソスキンドは〈ダーク・ジェントリー全体論的探偵事務所〉に電話をかけて、請求書のことで苦情を言った。

「これはなにもかも、なんのことだかわからないわ」彼女は言った。「まるっきりのでたらめじゃありませんか。いったいどういう意味なんです？」

「ああミセス・ソスキンド」彼は言った。「このときをわたしがどれだけ待ちわびていたか、とうていおわかりいただけないでしょうね。あなたとまたこうして、いつもと同じ話ができるとは夢のようです。今日はどこから始めます？　とくにどの項目がおかしいとお思いですか」

「せっかくですけど、とくにどれってこともございません。ミスター・ジェントリー、あなたいったいどなたですの。それに、どうしてうちの猫が迷子になったと思ってらっしゃるの。ロドリックは二年前、わたしの腕のなかで息を引き取りましたし、またべつの猫を飼いたいと思ったこともありませんよ」

「ミセス・ソスキンド、それはですね」とダークは言った。「おそらくお気づきではないでしょうが、それはわたしの努力が実を結んだ直接の結果で——万物は相互に関係しあっていることをご説明すれば……」彼は口をつぐんだ。説明しても意味がない。ゆっくりと、受話器をおろした。

「ミス・ピアス！」と声をあげる。「われらがミセス・ソスキンドに請求書を送りなおしてくれないか。新しい請求書には、『完全な絶滅に瀕した人類を救済——無料』と書いて」

帽子をかぶると、今日の仕事は終わりにして、彼はオフィスをあとにした。

訳者あとがき

本書は、一九八七年に発表されたダグラス・アダムスの *Dirk Gently's Holistic Detective Agency* の全訳である。

すでにご存じのかたも多いとは思うが、ダグラス・アダムスはモンティ・パイソンにも関わっていた英国の作家で、映画化もされたユーモアＳＦ「銀河ヒッチハイク・ガイド」シリーズ（五作からなる三部作）で世界的にその名を知られている。本書はそのアダムスの書いた探偵小説の第一作だ。

そういう作家だからふつうの探偵小説など書くわけもなく、そのことはHolistic Detective（全体論的探偵）という聞き慣れない言葉からもわかる。これは「万物は万物と関連しあっているから、あらゆる問題はその関連性から解きほぐすことができるのであり、したがって迷子の猫を捜すためにバーミューダ島へ出かける必要があるとしても（そしてその費用を経費として請求するとしても）なんの不思議もない」という、ダーク・ジェントリーなる奇矯な探偵の信条を表わしているのである。アダムスの『銀河ヒッチハイク・ガイド』シリーズを読んだことのあるかたなら、事象渦絶対透視機《トータル・パースペクティヴ・ヴォーテックス》——あらゆる物質は互いに関係しあっているから、ひと切れのスポンジケーキから森羅万象の成り立ちを読みとることもできるという、理屈が通っているようなないないような意味のわからない機械――を思い出されるかもしれない。

現実の事件がほんとうに「全体論的に」解決できるかどうかはともかく、本書は「万物が万物と関わりあっていて、まったく関係のなさそうなことから真実が読みとれる」という思想をそのまま小説にしたと言いたいような作品である。冒頭からなにが書いてあるのかさっぱりわからず、いったいなにが起こっているのかすらよくわからない。とはいえ、わりと早い段階で奇怪な殺人事件が起こるから、ダーク・ジェントリーが「全体論的探偵」としてこの事件を解決する話なのだろうとだれしも思うだろう。ところが、肝心のダーク・ジェントリーはなかなか登場しないし、やっと出てきたと思ったら、殺人事件の犯人探しにはまるで関心がないときっぱり言い切ってくれるのである。名称を聞いただけで笑える電動修道士なる登場人物（？）が出てきたかと思えば、コールリッジの詩の話が格調高くも思わせぶりに何度も出てくるし、正体不明の老人は驚愕の手品を披露するわ、狭い浴室にいきなり馬が出現するわ、階段にソファは引っかかるわで、わけがわからないままアダムスの筆力に引きずられて読んでいくうちに、ページは残り少なくなるのに相変わらず話の筋道は見えてこず、どこかでなにかを読み落としたのではないか、このまま行くと結局なにがなんだかわからないまま終わってしまうのではないかと不安になってくる。それだけに、ハチャメチャと見えたさまざまな要素があれよあれよとあるべき場所に収まって、あっと驚く怒濤の解決を見たときには「やられた」

とうならされること請け合いである。というわけなので、本書は最低でも二回は読んでいただきたい。最初は五里霧中の宙ぶらりん《サスペンス》を楽しみながら、二度目はあっくそこんなところにも伏線がと歯ぎしりしながらお読みください。

そんなわけで謎はすべてきれいに解決を見るのだが、主要登場人物のひとりであるケンブリッジ大学のアーバン・クロノティス教授については、その正体は最後まで明かされていない。なにしろ教授自身が、長生きしすぎて自分が何者だったか忘れてしまったとほざく、いやのたまうのだからどうしようもない。著者が意図的に言わずにすましていることを、訳者がばらしてしまうのはどうかと思わないでもないが、一九八七年当時の英国人には自明なことが、二十一世紀の日本人にはちんぷんかんぷんだったとしても不思議はないから、ここでお節介ながらネタを割っておくことにしよう。そのためには本書の内容に触れざるをえないので、本文をまだお読みでないかたはここから先は読んではいけません。

そこでさっそくネタバレであるが、本書の大筋はこうだ――四十億年前、生命が誕生するずっと以前の地球に、はるかかなたのサラクサラ星から植民にやってきた宇宙船があった。ところが着陸船の事故でサラクサラ星人は全員死亡してしまい、その事故を引き起こした責任者は罪の意識にさいなまれて「成仏」できず、亡霊となってずっと地上をさまよっていた。ところが四十億年後、ケンブリッジ大学のクロノティスなる教授がタイムマシンを持っていることを知り、亡霊ははるかな過去に戻って宇宙船の事故をなかったことにしようともくろむ。そしてそのせいで奇怪な事件が次々に起こりだし、ソフトウェア技術者でコンピュータ・ミュージシャンでもあるリチャードはひょんなことからその事件に巻き込まれ、友人の全体論的探偵ダーク・ジェントリーの出番になるというわけだ。

この四十億年前の事故と亡霊の話は、じつはアダムスが脚本を書いた「ドクター・フー」シリーズの一話（といっても四回連続だが）“City of Death（死の都）”の焼き直しである。ご存じの読者も多いと思うが、「ドクター・フー」は英国の人気テレビドラマで、主人公の「ドクター」（ちなみに「ドクター・フー」というのは主人公の名前ではない。これは、「ドクター」としか名乗らない主人公に対する「なに先生《ドクター》ですって《フー》？」という問いかけをタイトルにしているのである）は宇宙人であり、「タイムロード」と呼ばれるたいへん長命な種族である（死ぬとまったく別人になって生き返ってくる。だからシリーズごとに演じる俳優が代わってもまったく問題ないのである。なんと好都合な）。

さてそこで問題のアーバン・クロノティス教授だが、これまたアダムスが脚本を書いた「ドクター・フー」シリーズの一話“Shada（惑星シャーダ）”にまったく同じ人物が登場している。名前も同じなら、ケンブリッジ大学の教授であるところも、カレッジの一室がタイムマシンになっているところまで同じである。そしてこの「惑星シャーダ」

のクロノティス教授は宇宙人、つまり「ドクター」と同じタイムロードなのだ。タイムロードはひとり一台ずつ「ターディス」と呼ばれるタイムマシンを持っているのだが、これは外側より内側のほうがはるかに広く、また外見はいかようにも変化して周囲に溶け込んでしまうという、まことに便利な機能を持っている（ちなみに、ドクターのターディスはこの機能が故障していて、警察専用電話ボックスの姿しかとれなくなっている）。それで、教授のターディスはカレッジの一室に難なく化けているというわけだ。

本書ではクロノティス教授の正体は明かされないものの、彼がタイムロードなのはたぶんまちがいないと思う。その証拠に、アダムスがひとつヒントを与えてくれている。教授は「アーバン・クロノティス」という名でありながら、なぜか「レジ」と呼ばれたがっているが、本名を名乗らず「ドクター」とか「マスター」といった身分だけを名乗るのはタイムロードの習慣である。しかも「レジ」と言えばふつうは「レジナルド」の愛称だが、これはラテン語で「王」を意味する「レックス」に関連する名前であり、また「クロノティス」はギリシア語で「時」を意味する「クロノス」の形容詞形だから、「レジ・クロノティス」で「時の王」すなわち「タイムロード」を意味することになるわけだ。

ついでに書いておくと、「惑星シャーダ」は脚本としては完成しているにもかかわらず、BBCのストライキのせいで制作することができず、そのままお蔵入りになってしまったという幻の作品である。ケンブリッジ大学のカレッジにほとんど不老不死の宇宙人が何百年も暮らしていて、そのカレッジの一室がじつはタイムマシンだった、というアイデアはじつに秀逸だし（だからアダムスも惜しくてこちらに使う気になったのだろう）、映像化すればさぞかしインパクトがあったのではないかと思うので、かえすがえすも残念でならない。

本書のネタバレをするならコールリッジの詩の話ははずせないが、あまりばらすのもどうかと思うので、ここではひとつだけ指摘しておくことにしよう。これまた名前の話である。亡霊に取り憑かれたマイクル・ウェントン＝ウィークスは、恨みを晴らそうと後任の編集長を殺しに行くが、この編集長はずっと「ロス」というラストネームだけで呼ばれている。しかし、一度だけファーストネームがさらりと言及されていて、それが「アル」なのだ。「アル」と言えばふつう「アルバート」の愛称だから、したがって彼の名前は「アルバート・ロス」、つまり「アホウドリ《アルバトロス》」であり、彼が殺されることはその名前によって最初から暗示されていたわけである。まえがきでしつこく「アルバトロス」を連呼した訳者の意図をお汲みいただけていたなら大変うれしいが、「アル」が「アルバート」の愛称だということが、日本人にはピンとこないのがつらいところである。

正直な話、本書を翻訳できる日が来るとは思っていなかった。面白くないからではもちろんなく、コールリッジが重要なモチーフになっていて、それを知らないと話がよく見えないからだ。そこをなんとかしようと思って要らぬまえがきを書かせてもらったわけだが、こんな薄っぺらな説明だけで面白さが伝わるかどうか心もとないと心配していた（訳が悪くて伝わらないという面はもちろんあると思うが、それはまたべつの話である）。しかし訳し終えてみて、それは杞憂だったといま胸をなでおろしている。考えてみれば私自身、初めて本書を読んだときはコールリッジの詩など読んだこともなかったのだから、面白さが伝わるかなどと心配することじたいどうかしていた。それにしても、これだけ突拍子もない話を思いつき、それを読んで面白い小説（それもいちおう探偵小説だ）に仕立てられるとは、アダムスはやはりただ者ではないと思う。

ちなみに、この『ダーク・ジェントリー』はBBCで二度テレビシリーズ化されている。英国で放映されたシリーズは残念ながら続編は作られなかったようだが、BBCアメリカで製作されたぶんは好評を受けて第二シーズンを制作中と聞いている（二〇一七年現在、日本でもNetflixで第一シーズンが配信中）。一九八七年の作品が二十一世紀になってこうして映像化されるというのも、やっと時代がアダムスに追いついてきたということだろうか。

アダムスは四十九歳であっけなく死んでしまってもう新作は書かれないし、そもそも寡作だったから遺した作品はとても少ない。それなのに、日本で紹介されていない作品があるというのはあまりにもったいない話である。今回、その「もったいなさ」を解消するお手伝いができて、翻訳者として、また一ファンとして心からうれしく思っている。

読者のみなさんにも、日本語で読めてよかったと思っていただければこれにまさる喜びはない。なお、本書の続編 *The Long Dark Tea-Time of the Soul* も同じく河出文庫で出る予定なので、そちらもぜひよろしくお願いします。

本書の訳出にあたっては、今回も河出書房新社の松尾亜紀子氏にたいへんお世話になった。邦訳出版の企画が実現したのも、氏のご尽力によるところがとても大きい。この場をお借りして、心よりお礼を申し上げます。

二〇一七年十月

ダーク・ジェントリー
全体論的探偵事務所《ぜんたいろんてきたんていじむしょ》

二〇一七年一二月二〇日　初版発行
二〇二三年一〇月三〇日　２刷発行

著　者　D・アダムス
訳　者　安原和見《やすはらかずみ》
発行者　小野寺優
発行所　株式会社河出書房新社
〒一五一―〇〇五一
東京都渋谷区千駄ヶ谷二―三二―二
電話〇三―三四〇四―八六一一（編集）
〇三―三四〇四―一二〇一（営業）
https://www.kawade.co.jp/

ロゴ・表紙デザイン　粟津潔
本文フォーマット　佐々木暁
印刷・製本　中央精版印刷株式会社

Printed in Japan　ISBN978-4-309-46456-5

銀河ヒッチハイク・ガイド

ダグラス・アダムス　安原和見〔訳〕　46255-4

銀河バイパス建設のため、ある日突然地球が消滅。地球最後の生き残りであるアーサーは、宇宙人フォードと銀河でヒッチハイクするはめに。抱腹絶倒ＳＦコメディ「銀河ヒッチハイク・ガイド」シリーズ第一弾！

宇宙の果てのレストラン

ダグラス・アダムス　安原和見〔訳〕　46256-1

宇宙船が攻撃され、アーサーらは離ればなれに。元・銀河大統領ゼイフォードとマーヴィンがたどりついた星で遭遇したのは⁉　宇宙の迷真理を探る一行のめちゃくちゃな冒険を描く、大傑作ＳＦコメディ第二弾！

宇宙クリケット大戦争

ダグラス・アダムス　安原和見〔訳〕　46265-3

遠い昔、遙か彼方の銀河で、クリキット軍の侵略により銀河系は絶滅の危機に陥った——甦った軍を阻むのは、宇宙イチいい加減なアーサー一行。果たして宇宙は救われるのか？　傑作ＳＦコメディ第三弾！

さようなら、いままで魚をありがとう

ダグラス・アダムス　安原和見〔訳〕　46266-0

十万光年をヒッチハイクして、アーサーがたどり着いたのは、八年前に破壊されたはずの地球だった‼　この〈地球〉の正体は⁉　大傑作ＳＦコメディ第四弾！……ただし、今回はラブ・ストーリーです。

ほとんど無害

ダグラス・アダムス　安原和見〔訳〕　46276-9

銀河の辺境で第二の人生を手に入れたアーサー。だが、トリリアンが彼の娘を連れて現れる。一方フォードは、ガイド社の異変に疑問を抱き——。ＳＦコメディ「銀河ヒッチハイク・ガイド」シリーズついに完結！

新　銀河ヒッチハイク・ガイド　上・下

オーエン・コルファー　安原和見〔訳〕　46356-8
46357-5

まさかの……いや、待望の公式続篇ついに登場！　またもや破壊される寸前の地球に投げ出されたアーサー、フォードらの目の前に、あの男が現れて——。世界中が待っていた、伝説のＳＦコメディ最終作。

タイムアウト

デイヴィッド・イーリイ　白須清美〔訳〕　46329-2

英国に憧れる大学教授が巻き込まれた驚天動地の計画とは……名作「タイムアウト」、MWA最優秀短篇賞作「ヨットクラブ」他、全十五篇。異色作家イーリイが奇抜な着想と精妙な筆致で描き出す現代の寓話集。

猫のパジャマ

レイ・ブラッドベリ　中村融〔訳〕　46393-3

猫を拾った男女をめぐる極上のラブストーリー「猫のパジャマ」、初期の名作「さなぎ」他、珠玉のスケッチ、ＳＦ、奇譚など、ブラッドベリのすべてが詰まった短篇集。絶筆となったエッセイを特別収録。

ハローサマー、グッドバイ

マイクル・コーニイ　山岸真〔訳〕　46308-7

戦争の影が次第に深まるなか、港町の少女ブラウンアイズと再会を果たす。ぼくはこの少女を一生忘れない。惑星をゆるがす時が来ようとも……少年のひと夏を描いた、ＳＦ恋愛小説の最高峰。待望の完全新訳版。

拳闘士の休息

トム・ジョーンズ　岸本佐知子〔訳〕　46327-8

心身を病みながらも疾走する主人公たち。冷酷かつ凶悪な手負いの獣たちが、垣間みる光とは。村上春樹のエッセイにも取り上げられた、Ｏ・ヘンリー賞受賞作家の衝撃のデビュー短篇集、待望の復刊。

海を失った男

シオドア・スタージョン　若島正〔編〕　46302-5

めくるめく発想と異様な感動に満ちたスタージョン傑作選。圧倒的名作の表題作、少女の手に魅入られた青年の異形の愛を描いた「ビアンカの手」他、全八篇。スタージョン再評価の先鞭をつけた記念碑的名著。

不思議のひと触れ

シオドア・スタージョン　大森望〔編〕　46322-3

天才短篇作家スタージョンの魔術的傑作選。どこにでもいる平凡な人間に“不思議のひと触れ”が加わると……表題作をはじめ、魅惑の結晶「孤独の円盤」、デビュー作「高額保険」ほか、全十篇。

輝く断片

シオドア・スタージョン　大森望〔編〕　46344-5

雨降る夜に瀕死の女をひろった男。友達もいない孤独な男は決意する——切ない感動に満ちた名作八篇を収録した、異色ミステリ傑作選。第三十六回星雲賞海外短編部門受賞「ニュースの時間です」収録。

［ウィジェット］と［ワジェット］とボフ

シオドア・スタージョン　若島正〔編〕　46346-9

自殺志願の男、女優を夢見る女……下宿屋に集う者たちに、奇蹟の夜が訪れる——表題作の中篇他、「帰り道」「必要」「火星人と脳なし」など全六篇。孤高の天才作家が描きつづけたさまざまな愛のかたち。

カリブ諸島の手がかり

T・S・ストリブリング　倉阪鬼一郎〔訳〕　46309-4

殺人容疑を受けた元独裁者、ヴードゥー教の呪術……心理学者ポジオリ教授が遭遇する五つの怪事件。皮肉とユーモア、ミステリ史上前代未聞の衝撃力！　〈クイーンの定員〉に選ばれた歴史的な名短篇集。

透明人間の告白　上・下

H・F・セイント　高見浩〔訳〕　46367-4　46368-1

平凡な証券アナリストの男性ニックは科学研究所の事故に巻き込まれ、透明人間になってしまう。その日からＣＩＡに追跡される事態に……〈本の雑誌が選ぶ三十年間のベスト三十〉第一位に輝いた不朽の名作。

世界の涯の物語

ロード・ダンセイニ　中野善夫／中村融／安野玲／吉村満美子〔訳〕　46242-4

トールキン、ラヴクラフト、稲垣足穂等に多大な影響を与えた現代ファンタジーの源流。神々の与える残酷な運命を苛烈に美しく描き、世界の涯へと誘う、魔法の作家の幻想短篇集成、第一弾（全四巻）。

夢見る人の物語

ロード・ダンセイニ　中野善夫／中村融／安野玲／吉村満美子〔訳〕　46247-9

『指輪物語』『ゲド戦記』等に大きな影響を与えたファンタジーの巨匠ダンセイニの幻想短篇集成、第二弾。『ウェレランの剣』『夢見る人の物語』の初期幻想短篇集二冊を原書挿絵と共に完全収録。

最後の夢の物語

ロード・ダンセイニ　中野善夫／安野玲／吉村満美子〔訳〕　46263-9

本邦初紹介の短篇集「不死鳥を食べた男」に、稲垣足穂に多大な影響を与えた「五十一話集」を初の完全版で収録。世界の涯を描いた現代ファンタジーの源流ダンセイニの幻想短篇を集成した全四巻、完結！

たんぽぽ娘

ロバート・F・ヤング　伊藤典夫〔編〕　46405-3

未来から来たという女のたんぽぽ色の髪が風に舞う。「おとといは兎を見たわ、きのうは鹿、今日はあなた」……甘く美しい永遠の名作「たんぽぽ娘」を伊藤典夫の名訳で収録するヤング傑作選。全十三篇収録。

TAP

グレッグ・イーガン　山岸真〔訳〕　46429-9

脳に作用して究極の言語表現を可能にするインプラントＴＡＰの使用者が死んだ。その事件に秘められた真相とは？　変わりゆく世界、ほろ苦い新現実……世界最高のＳＦ作家が贈る名作全10編。

フェッセンデンの宇宙

エドモンド・ハミルトン　中村融〔編訳〕　46378-0

天才科学者フェッセンデンが実験室に宇宙を創った！　名作中の名作として世界中で翻訳された表題作の他、文庫版のための新訳３篇を含む全12篇。稀代のストーリー・テラーがおくる物語集。

塵よりよみがえり

レイ・ブラッドベリ　中村融〔訳〕　46257-8

魔力をもつ一族の集会が、いまはじまる！　ファンタジーの巨匠が五十五年の歳月を費やして紡ぎつづけ、特別な思いを込めて完成した伝説の作品。奇妙で美しくて涙する、とても大切な物語。

とうに夜半を過ぎて

レイ・ブラッドベリ　小笠原豊樹〔訳〕　46352-0

海ぞいの断崖の木にぶらさがり揺れていた少女の死体を乗せて闇の中を走る救急車が遭遇する不思議な恐怖を描く表題作ほか、ＳＦの詩人が贈るとっておきの二十二篇。これぞブラッドベリの真骨頂！

クライム・マシン
ジャック・リッチー　好野理恵〔訳〕　46323-0

自称発明家がタイムマシンで殺し屋の犯行現場を目撃したと語る表題作、ＭＷＡ賞受賞作「エミリーがいない」他、全十四篇。『このミステリーがすごい！』第一位に輝いた、短篇の名手ジャック・リッチー名作選。

カーデュラ探偵社
ジャック・リッチー　駒月雅子／好野理恵〔訳〕　46341-4

私立探偵カーデュラの営業時間は夜間のみ。超人的な力と鋭い頭脳で事件を解決、常に黒服に身を包む名探偵の正体は……〈カーデュラ〉シリーズ全八篇と、新訳で贈る短篇五篇を収録する、リッチー名作選。

ギフト　西のはての年代記Ｉ
ル＝グウィン　谷垣暁美〔訳〕　46350-6

ル＝グウィンが描く、〈ゲド戦記〉以来のＹＡファンタジーシリーズ第一作！　〈ギフト〉と呼ばれる不思議な能力を受け継いだ少年オレックは、強すぎる力を持つ恐るべき者として父親に目を封印される——。

ヴォイス　西のはての年代記Ⅱ
ル＝グウィン　谷垣暁美〔訳〕　46353-7

〈西のはて〉を舞台にした、ル＝グウィンのファンタジーシリーズ第二作！　文字を邪悪なものとする禁書の地で、少女メマーは一族の館に本が隠されていることを知り、当主からひそかに教育を受ける——。

パワー　上　西のはての年代記Ⅲ
ル＝グウィン　谷垣暁美〔訳〕　46354-4

〈西のはて〉を舞台にしたファンタジーシリーズ第三作！　少年奴隷ガヴィアには、たぐいまれな記憶力と、不思議な幻を見る力が備わっていた——。ル＝グウィンがたどり着いた物語の極致。ネビュラ賞受賞。

パワー　下　西のはての年代記Ⅲ
ル＝グウィン　谷垣暁美〔訳〕　46355-1

〈西のはて〉を舞台にした、ル＝グウィンのファンタジーシリーズ、ついに完結！　旅で出会った人々に助けられ、少年ガヴィアは自分のふたつの力を見つめ直してゆく——。ネビュラ賞受賞。

著訳者名の後の数字はISBNコードです。頭に「978-4-309」を付け、お近くの書店にてご注文下さい。